지혜로 통찰하는
힘 얻으소서

2023. 남지심 합장

우담
바라

Udambara

35주년 기념판

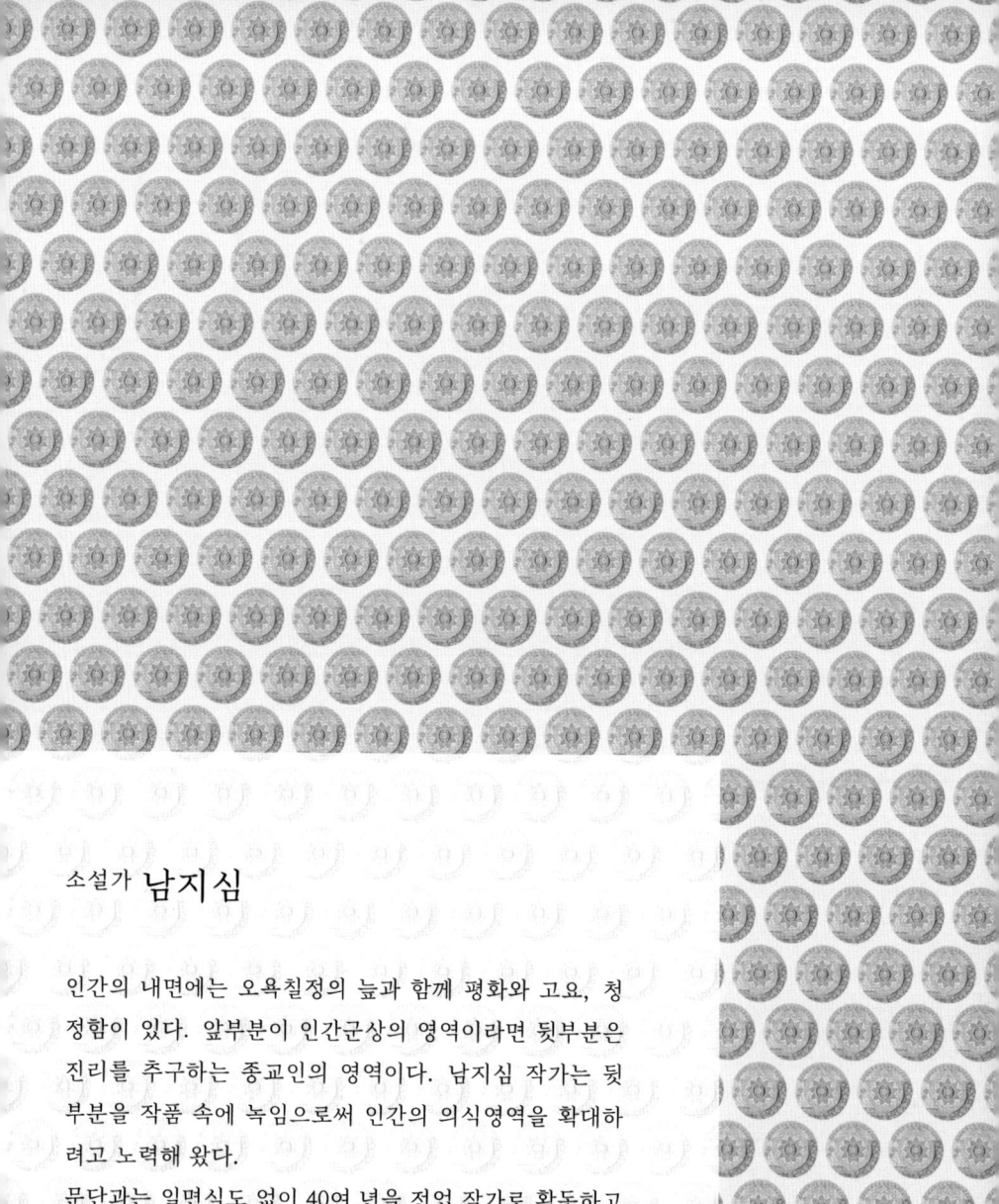

소설가 남지심

인간의 내면에는 오욕칠정의 늪과 함께 평화와 고요, 청정함이 있다. 앞부분이 인간군상의 영역이라면 뒷부분은 진리를 추구하는 종교인의 영역이다. 남지심 작가는 뒷부분을 작품 속에 녹임으로써 인간의 의식영역을 확대하려고 노력해 왔다.

문단과는 일면식도 없이 40여 년을 전업 작가로 활동하고 있는 그는 지금도 새벽 3시면 일어나 향을 사르며 하루를 시작한다. 청정수로 차를 내리고 책상에 앉아 사경을 한다. 기도하고 글을 쓰는 작가의 일상은 앞으로도 계속될 것이다.

남
지
심
作

차
례

1장 …… 007

2장 …… 051

3장 …… 079

4장 …… 109

5장 …… 161

6장 …… 209

247 ...... **7**장

267 ...... **8**장

307 ...... **9**장

347 ...... **10**장

387 ...... **11**장

413 ...... **12**장

440 . 작가후기

1
장

Udumbara

망망대해와 같이 끝없이 펼쳐진 푸른 하늘 아래로 금빛 광명이 소용돌이치고, 그 빛 사이로 눈이 부시도록 아름다운 꽃 한 송이가 지상을 향해 서서히 내려오고 있었다. 백족화상은 형언할 수 없는 환희심을 느끼며 꽃을 맞이하기 위해 호숫가로 나갔다. 그러자 어디에선가 사람들이 하나둘 모여들기 시작해 호숫가는 삽시간에 수천수만의 인파로 뒤덮였다.

    백족화상은 두 손을 모아 합장하며 경건한 마음으로 금빛 찬란한 꽃을 올려다보았다. 그 순간 꽃은 융(隆)의 모습으로 바뀌었고, 지상으로 내려온 융은 호숫가에 운집해 있는 사람들 속으로 힘차게 걸어갔다. 백족화상은 충격과 감동을 함께 느끼며 호수 쪽을 물끄러미 바라보았다.

바로 그때 호숫가를 뒤덮고 있던 인파가 수천수만 개의 촛불을 켜놓은 것처럼 밝은 빛을 뿜어내기 시작했고, 그 빛은 그대로 물속에 잠겨 호수 속에서도 수천수만 개의 촛불을 켜놓은 것처럼 밝은 빛이 고요히 뿜어져 나오고 있었다.

깊은 삼매에 잠겨 있던 백족화상은 천천히 눈을 떠 토굴 안을 살펴보았다. 아직 여명이 밝기 전인 듯 손바닥만 한 창으로 달빛이 조금 스며들어오고 있었다. 백족화상은 결가부좌를 풀고 자리에서 일어나 방안을 잠시 포행하다 횃대에 걸어둔 가사장삼을 내려 입고 창 쪽으로 몸을 돌렸다. 그러곤 창 밑에 놓아둔 향로에 향 하나를 사르고 화엄법계와 욕계중생을 지켜주시는 모든 불보살님을 향해 조용히 삼배를 드렸다.

삼배를 드리고 있는 그의 머릿속에는 조금 전 선정에 들었을 때 본 도다가의 호수가 선명하게 되살아났다. 백족화상은 융을 맞이할 채비를 하기 위해 자기 자신이 도다가로 되돌아가야 한다는 생각을 마음속으로 하고 있었다.

"어떤 물질을 점점 냉각시켜서 초저온까지 냉각시키면 -270℃쯤에서 갑자기 전기 저항이 떨어져 제로가 되는데, 이렇게 전기 저항이 제로가 되는 상태의 물질을 초전도체라고 합니다. 이런 초전도 현상은 어느 온도를 경계로 돌연히 일어나며, 그 온도는 물질에 따라 거의 일정한 값을 가지게 됩니다. 이것은 물이 0℃에서 갑자기 얼음이 되는 현상과 같습니다.

초전도체는 자기를 걸어도 내부의 자기가 항상 제로인데, 그것은 초전도체 자체가 밖으로부터의 자기를 없애려고 역방향으로 자기화하기 때문입니다. 다시 말하면 주위에 자계가 있어도 물질의 표면에 전류가 흘러 자계를 소모시키므로 물질 내부의 자장에는 들어갈 수가 없습니다.

그럼 지금부터 액체 질소 온도에서 사용할 수 있는 초전도체를 직접 만드는 실험을 해보겠습니다. 초전도체의 분자식은 $Y_1Ba_2Cu_3O_y$입니다."

설명을 마친 박 교수는 손가락으로 안경을 밀어 올리며 실험대 쪽으로 몸을 돌렸다. 머리 위에 켜진 수은등 때문인지 반백으로 변한 머리가 더욱 희게 보였다.

"바륨이 얼마지?"

실험대 위에 놓인 분말 봉지를 집어 들던 학생이 묻자

"투."

메모한 분자식을 들여다보던 학생이 대답했다.

"분자량을 정확하게 칭량하는 게 실험의 제1단계네. 1만분의 1g의 오차까지는 밝혀낼 수 있는 저울이니까 분자량을 정확하게 칭량하도록 하게."

박 교수는 학생들의 손놀림을 주의 깊게 살피며 말했다.

"……."

학생들의 얼굴에는 긴장감이 감돌았다. 실험을 할 때마다 느끼게 되는 과학도 특유의 긴장감이었다.

"교수님, 됐습니다."

전자저울을 들여다보고 있던 학생이 박 교수를 쳐다보며 칭량이 됐음을 알렸다.

"지르코니아 볼이 담긴 통에 칭량한 분말을 쏟아붓고 고루고루 잘 섞도록 하게."

"네."

학생들은 칭량한 분말을 갈색 플라스틱 통에 쏟아붓고 그 안에 지르코니아 볼을 한 움큼 집어넣더니 흔들기 시작했다. 그러자 통 안에 든 분말이 엉킴이 없이 고루고루 잘 섞였다.

"분말이 골고루 잘 섞였으면 이번에는 그것을 도가니에 쏟아붓도록 하게."

박 교수는 시간을 가늠해보며 말했다.

"네."

플라스틱 통을 흔들던 학생이 지르코니아 볼을 꺼내고 통 속에 든 분말을 도가니에 쏟아부었다. 그러자 옆에 있던 학생이 도가니를 집게로 집어서 전기로 속에 넣었다. 전기로 아래에는 현재 온도가 999℃임을 알리는 푸른 글자가 내비치고 있었다.

검은 커튼이 쳐진 실험실은 암실 같은 분위기를 느끼게 했고, 수은등 아래서 흰 가운을 입고 있는 학생들은 엄숙하고 진지했다. 전기로 앞에 모여선 학생들은 실험 실습지를 들고 온도와 시간을 측정하면서 열심히 그래프를 그리고 있었다. 전기로 속으로 들어간 분말은 특수한 원자 구조를 만들면서 합성 물질로 변화되어 가고 있었다.

박 교수는 한쪽 구석에 서서 전기로 속을 들여다보고 있는 융을 주의 깊게 살펴보고 있었다. 흰 가운을 입고 동료들과 같이 서 있는 그의 모습은 어쩐지 기린 같은 느낌을 갖게 했다. 긴 다리와 어깨에서부터 쭉 뻗어 올라간 목, 슬프도록 쓸쓸한 눈길. 약육강식의 쟁탈전이 벌어지고 있는 지상에서 함께 뒹굴며 살기에는 너무나 이질적인 선족(仙族)의 동물 기린. 박 교수는 일말의 불안감을 느끼며 그런 융을 바라보고 있었다. 그 불안감은 어쩌면 융을 속화시키고 싶은 욕구와 상통하고 있는 것인지도 모른다.

"스님, 손님 오셨습니다."

문밖에서 이랑의 목소리가 들려왔다. 아르바이트 관계로 은사 교수님을 만나러 간다고 하더니 마당에서 손님을 만난 모양이었다.

"……."

이랑의 목소리를 들은 지효 스님은 조용히 자리에서 일어났다. 그녀의 손에는 고구마 껍질을 벗기던 조그만 과도가 들려 있었다.

"낯선 스님이신데요. 들어오시라고 할까요?"

이랑은 눈을 반짝이며 지효 스님을 쳐다봤다. 보라색 아이섀도를 엷게 바른 때문인지 그녀의 눈은 유난히 빛났다.

"비구 스님이셔?"

"네."

"누구실까?"

지효 스님은 들고 있던 과도를 신발장 위에 놓고 현관으로 내려서서 신을 찾아 신었다.

"만나실 거면 제가 나가서 들어오시라고 할게요."

이랑은 마음이 급한 듯 이렇게 말하고는 먼저 밖으로 나갔다. 현관 밖으로 나온 지효 스님은 잠시 서서 이랑의 뒷모습을 바라보았다. 검은 바바리코트에 흰 머플러를 두른 그녀의 모습은 너무도 화려해 보였다. 절기로 봐서는 아직 바바리코트를 입을 철이 아니지만 세련된 몸매 때문인지 조금도 어색하게 보이지 않았다.

또박또박 힐 소리를 내며 앞에서 걸어가던 이랑은 나무 밑에서 서성이고 있는 스님한테로 다가가 안으로 들어가도 좋다는 말을 하고는 대문 쪽으로 뛰어갔다. 그러자 스님은 안을 향해 몸을 돌렸다. 누구실까? 지효 스님은 두 사람 모습을 멀리서 지켜보며 나무 사이로 난 길을 따라 나갔다.

"안녕하셨습니까?"

지효 스님이 가까이 다가가자 안으로 들어오던 스님이 머리에 썼던 회색 털모자를 벗으며 합장을 했다.

"반초 스님 아니세요?"

지효 스님은 의외의 내방객에 몹시 놀라며 합장을 했다.

"바로 알아보시는군요."

반초 스님은 지효 스님을 보며 허허 하고 웃었다. 하지만 그의 눈길은 지효 스님을 보고 있는 게 아니라 허공을 보고 있는 것 같았다. 지효 스님은 그런 반초 스님을 미소를 지으며 바라보고 있었다. 오랫동안 만행을 한 듯 피부는 거칠었지만 그 거친 피부 속에는 새순이 솟아오르는 것처럼 맑은 기운이 감돌고 있었다.

"안으로 들어가시죠."

"네."

"여긴 아직 겨울인데 산은 그렇지가 않지요?"

"여기도 봄입니다."

반초 스님은 담 밑에 서 있는 커다란 오동나무를 쳐다보며 대답했다. 오동나무는 검은 가지를 드리우고 서 있지만 검은 가지 속에는 보라색 꽃잎도 함께 숨어 있으리라.

"서울엔 언제 오셨습니까?"

"지금 막 입성을 하는 길입니다."

반초 스님은 조금 전처럼 다시 한 번 허허 하고 웃었다.

"……."

지효 스님은 옆에서 걷고 있는 반초 스님을 슬며시 쳐다보았다. 옛날 그에게서 느꼈던 감정이 그대로 되살아나서였다. 반초 스님을 보고 있으면 그가 꼭 허공 법계 어디에선가 살고 있다가 일찌감치 저녁공양을 들고 지구로 슬슬 마실 나온 사람처럼 느껴졌었다. 그런데 그 느낌은 몇 년이 지난 지금도 마찬가지였다.

"스님, 이리로 들어가십시오."

지효 스님은 법당 밑에 있는 대중방 문을 열며 말했다.

"여기서 저녁 한 끼 얻어먹고 가려면 부처님한테 가서 절부터 하고 와야겠지요?"

반초 스님은 메고 있던 걸망을 툇마루에 내려놓고 성큼성큼 법당으로 올라갔다. 반초 스님이 법당 안으로 들어가자 지효 스님은 안채로 되돌아왔다. 현관에 흰 고무신을 가지런히 벗어놓고 거실로 올라서던 지효 스님은 깜짝 놀라며 용정한테로 달려가 용정이 쥐고 있는 칼을 빼앗았다. 용정은 신발장 위에 두고 간 칼을 어느샌가 내려가지고 고구마를 깎고 있었다.

"손님이 오신 거 같은데 스님이시라우?"

고구마가 담긴 소쿠리를 들고 방에서 나오던 한 보살이 물었다.

"네."

"어느 절에 계신 스님이시간데요?"

"전에 도다가에서 함께 공부하던 스님이세요."

"어매, 반가운 스님이시구만요잉. 공양 상을 차려라우?"

"그래야 할 거 같아요. 공양 전에 차를 먼저 주세요."

지효 스님은 이렇게 시키고 몸을 돌렸다. 백족화상이 도다가에 안주하면서 처음으로 선방을 개설했을 때 도다가에 있는 사람들은 하루에 한 번 사시공양만 들었다. 그들은 백족화상을 따라 그렇게 했지만 그것은 부처님 당시부터 지켜온 초기불교 교단의 수행 방법이기도 했다.

그 후 외부에서 수좌들이 몰려와 이삼십 명으로 늘어나면서부터 도다가도 다른 절과 마찬가지로 하루에 세 번씩 공양을 들게 되었다. 하지만 처음 공부를 시작한 정관 스님, 달운 스님, 지효 스님 그리고 그들보다 1년 늦게 방부를 들인 아홉 분 스님들은 10년 결제가 끝날 때까지 이 규칙을 지켰다.

반초 스님도 그 아홉 분 스님 중 한 분이기 때문에 도다가에서 정진할 때는 1일 1식을 실행했다. 하지만 지금은 어떠한지 지효 스님으로서는 알 수가 없었다.

"너도 무슨 업력인갑다잉. 그렇지 않고서야 고구마고 감자고 보기만 허면 썰어놓을 수 있갔냐?"

한 보살은 용정을 보고 혀를 차더니 부엌으로 들어갔다. 용정의 무릎 밑엔 고구마를 깎은 부스러기가 수북이 쌓여 있었다.

지효 스님은 못 들은 체하고 다관에다가 더운물을 담아가지고 대중방으로 들어갔다. 부처님한테서 한 끼 공양을 들고 가도 좋다는 허락을 받았는지 반초 스님은 이미 방에 들어와서 느긋한 얼굴로 앉아 있었다.

"그동안 어디서 정진을 하셨습니까?"

지효 스님은 다관에 차를 넣으며 반초 스님을 쳐다봤다.

"육도를 두루 살피고 다녔습니다."

반초 스님은 미소를 지으며 대답했다. 깍지 낀 두 손을 무릎 위에 놓고 미소를 짓고 있는 스님 얼굴은 육도의 고통 속을 헤집고 다닌 사람이라기보다는 깊은 산에서 갓 내려온 사람처럼 보였다.

"그중에서 어디가 제일 마음에 드시던가요?"

지효 스님도 미소를 지으며 물었다.

"마음에 들기로는 지옥이 으뜸이더군요."

"스님은 그동안 지옥 중생을 제도할 원을 세우셨나 보군요."

"웬걸요. 공부를 조금 더 해볼 요량으로 그런 생각을 한번 해봤습니다."

"지옥에 가시면 공부가 더 잘 되십니까?"

"암요. 불구덩이 속에 집어넣고 콩 볶듯 팥 볶듯 볶아대는데 공부를 안 하고 배길 장사가 있겠습니까?"

반초 스님은 다시 한 번 허허 하고 웃었다. 열화지옥 속에 몸을 던져 공부를 해보겠다는 원을 세웠다고는 하지만 그의 얼굴은 조금도 비장해 보이지가 않았다.

"차 드십시오."

지효 스님은 다관 속의 차를 따라 반초 스님 앞에 놓으며 말했다. 하늘색이 서려 있는 푸르스름한 찻잔 속에는 겨자색 차가 칠 푼쯤 담겨 있었다.

"네."

반초 스님은 오른손 끝으로 찻잔을 받치면서 천천히 차를 마셨다. 찻잔을 받치고 있는 그의 손은 검게 그을려 있었다.

"인편에 들으니 스님은 전국에 있는 사암을 도시면서 기도를 하신다고 하던데, 기도는 잘 하셨습니까?"

"마을에 있을 때는 사람을 보고 산에 있을 때는 나무를 봤습니다."

"부처님은요?"

"아난존자를 만나서 서너 번 법담을 나눴습니다."

반초 스님은 무심한 얼굴로 대답했다. 그런 그는 마치 아랫마을에서 김 서방하고 잠시 이야기를 나누다가 올라왔다는 말을 하고 있는 사람처럼 담담했다.

"······?"

반초 스님 이야기를 듣고 있던 지효 스님은 어리둥절한 얼굴로 쳐다봤다. 아난존자라면 부처님 재세 시에 살았던 10대 제자 중 한 사람이었는데, 그 아난존자를 만나서 서너 번 법담을 나눴다니 무슨 말인지 이해가 되지 않아서였다.

"여기 오기 며칠 전에 백족화상을 뵈었습니다."

지효 스님이 의아한 표정을 짓고 있자 반초 스님은 괜한 말을 했다고 생각했는지 화제를 돌렸다.

"큰스님을 만나셨다는 말씀이십니까?"

지효 스님은 몹시 놀라며 반초 스님을 쳐다봤다.

"네."

"어디에서요?"

"지리산에서 뵈었습니다. 그 노장님도 하늘 위로 몸을 숨기지는 못하셨더군요."

반초 스님은 또다시 허허 하고 웃었다.

"지리산 어디에 계시던가요?"

지효 스님은 이 스님이 혹시 농을 하고 계신 게 아닌가 하는 생각을 속으로 해보면서 다그쳐 물었다.

"반야암에 계시더군요."

"반야암에요?"

"반야의 지혜를 깨우칠 성현이 나올 거라고 예언을 했다는 그 암자 말입니다."

"그런 암자가 있었던가요?"

"암요. 공부하는 수좌들 사이에선 꽤 알려진 암잡니다."

"그렇다면 스님도 그 암자에서 공부를 하시지요."

지효 스님은 웃으며 반초 스님을 바라보았다.

"웬걸요. 도량이 세서 저 같은 사람은 하루도 배겨내기가 힘이 듭디다."

"도량이 세다는 것은 어떻게 알 수 있습니까?"

지효 스님은 진지하게 물었다. 수좌들 사이에선 도량 이야기가 흔히 화제에 오르고, 실제로 많은 스님은 자신에게 맞는 도량을 찾아 여기저기 옮겨 다니기도 하지만, 지효 스님으로서는 그것이 어떤 경계인지 실제로 체험을 해보지 못했다. 강원을 졸업하고 선방에 가서 3년간 공부를 했지만 그때도 도반을 따라서 갔지 특별히 마음에 드는 도량을 선택했던 것은 아니었다.

그 후 청은사를 거쳐 도다가에서 10년간 공부하는 동안 지효 스님은 구도자로서 강렬한 체험을 몇 번 경험했다. 하지만 그 경우도 백족화상이라는 스승이 계셨기 때문에 가능했던 것이지 도다가라는 도량 때문이라고는 생각지 않고 있었다. 그렇기 때문에 지효 스님으로서는 자기한테 맞는 도량이라는 것이 무엇을 의미하는지 아직까지 확실하게 알지 못하고 있었다.

"그건 공부를 해보면 자연히 알게 됩니다."

반초 스님은 이렇게만 말할 뿐 자세한 설명을 하려고 하지 않았다.

"큰스님은 요즈음 어떻게 지내시던가요?"

지효 스님은 화제를 돌렸다. 그것은 느낌이지 설명할 성질의 것이 아니라는 생각이 들어서였다.

"지금도 장좌불와를 하고 계시더군요."

"아직 원하시던 공부가 끝나지 않으셨나보군요."

"그런 것 같습니다."

"건강은 좋으시던가요?"

지효 스님은 백족화상의 모습을 떠올리면서 안부를 물었다. 그런 스님의 가슴속에선 아련한 그리움 같은 것이 일었다. 그것은 고향 산을 떠올릴 때의 감정 같기도 했고, 어린 시절 어머니가 입으시던 옥색 저고리 소매 끝에 달린 자주색 반회장을 떠올릴 때의 감정 같기도 했다.

"제가 보기엔 좋으시더군요."

"큰스님이 반야암에 계신 걸 어떻게 아셨는가요?"

"제가 안 게 아니고 우연히 정관 스님을 만나게 돼서 노장님 거처를 알게 되었지요."

"정관 스님을요?"

"네."

만행을 하고 다니던 반초 스님이 정관 스님을 만난 것은 남원에서였다. 탁발이나 좀 해가지고 인근 암자로 가야겠다고 생각한 반초 스님은 가게들이 밀집해 있는 시장 안으로 들어갔다.

그동안 절이나 암자를 돌면서 기식한 일도 있기는 하지만 그것은 특별한 경우이고 대개는 자신의 공양 거리는 자신이 장만해가지고 다녔다. 공양 거리를 장만하는 방법은 주로 탁발을 이용했고, 한 번의 탁발 양은 쌀 한 말을 원칙으로 했다. 마을이나 저잣거리를 돌면서 탁발을 하다가 쌀이 한 말 정도 채워지면 반초 스님은 그걸 걸머지고 인근에 있는 절이나 암자를 찾아갔다. 그러고는 하루를 묵을 거면 쌀 한 홉을, 이틀을 묵을 거면 쌀 두 홉을 불단 위에 올려놓고 쌀을 시주한 사람들의 소원이 성취되기를 부처님께 대신 빌었다. 그래서 그의 수첩에는 축원해 준 사람들의 이름이 그가 메고 다니는 걸망 속의 쌀알 수보다도 더 많이 적혀 있었다. 말하자면 그는 간이 우체국이나 간이 병원같이 전국을 떠돌아다니는 간이 법당이었다.

시장 안으로 들어선 스님이 탁발을 시작하려고 할 때 어디에선가 산더덕 냄새가 확 풍겨왔다. 그래서 걸음을 멈추고 어디에서 더덕 냄새가 나는지 주위를 두리번거리고 있을 때

"이건 내가 먼저 맡았어라우."

하는 여자의 목소리가 들려왔다. 스님이 소리 나는 쪽을 바라보니 거기에는 놀랍게도 정관 스님이 서 있었다. 스님은 멍한 얼굴로 서 있었는데, 그를 에워싼 여자들이 걸망을 서로 빼앗으려고 격렬하게 몸싸움을 했다.

탁발을 시작하려던 반초 스님은 목탁을 든 채 정관 스님 앞으로 다가갔다.

"스님."

반초 스님이 웃으며 합장을 하자 멍하게 서 있던 정관 스님은 여자들을 헤치고 나오면서 반초 스님의 손을 잡았다.

"아니 이거…."

"……."

반초 스님은 정관 스님 얼굴을 가만히 주시했다. 자신의 손을 잡고 있는 정관 스님의 손에서 그동안 한 공부의 무게를 느낄 수 있었다.

"그동안 어느 절에 계셨습니까?"

"만행을 했습니다."

"지금도요?"

"네."

"무엇을 봤습니까?"

"스님 손을 봤습니다."

"하하하."

정관 스님은 반초 스님 손을 다시 움켜쥐고 큰 소리로 웃었다. 그 웃음 속에는 '이거 들켰군.' 하는 낭패감이 숨겨져 있었다. 그날 반초 스님은 정관 스님을 따라 반야암으로 갔다. 반야암 뒤에는 깎아지른 듯한 높다란 바위가 양쪽으로 서 있었다. 그런데 앞에서 보면 암자는 책상 같고 양쪽으로 서 있는 바위는 책상을 밝히기 위해서 켜놓은 두 자루의 황촛불 같았다. 참으로 묘한 분위기였다. 바위 밑은 천야만야한 낭떠러지기 때문에 바위 사이로 보이는 하늘은 유독 푸르렀다. 그야말로 무명의 검은 구름이 다 걷힌 청정무구한 반야의 세계를 보고 있는 느낌이었다.

"스님, 돌아왔습니다."

정관 스님이 두 손을 모으고 서서 마을에 다녀왔음을 알리자 방에서 백족화상의 음성이 들려왔다.

"수고하셨습니다."

그 음성을 듣는 순간 반초 스님은 가슴이 뛰기 시작했다. 백족화상을 만나게 된 것에 대한 반가움이었다.

"스님, 반초 수좌도 같이 왔습니다."

"어서 안으로 들어오십시오."

반초 스님과 정관 스님이 신을 벗고 툇마루로 올라설 때 백족화상이 문을 열며 그들을 맞아주었다.

"스님, 인사드리겠습니다."

반초 스님은 메고 있던 걸망을 벗어서 한옆에 놓고 백족화상을 향해 3배를 했다. 그러자 백족화상은 앉은 자리에서 합장을 하며 절을 받았다.

"건강은 어떠십니까?"

삼배를 마친 반초 스님은 정좌를 하고 앉으며 백족화상을 쳐다봤다.

"좋은 편입니다. 수좌는 어디서 지냈습니까?"

백족화상은 미소를 지으며 물었다. 미소를 짓고 있는 흰 치아에선 밝은 빛이 고요히 뿜어져 나오고 있었다.

"만행을 했습니다."

"만행을 하면서 무슨 생각을 하셨습니까?"

"사람들은 모두 좋은 세상을 만들려고 애를 쓰지만 세상은 별로 달라지는 게 없다는 생각을 해봤습니다."

"그것은 근원을 바로 보고 있지 못하기 때문입니다. 미혹의 파도는 또 다른 미혹의 파도를 만들 뿐이지요. 백파(百波) 만파(萬波)가 일어도 결국 마찬가집니다."

"그렇다면 이 세상은 무엇이 잘못돼 있는 겁니까?"

반초 스님은 진지하게 물었다. 질문을 받은 백족화상은 조용히 생각에 잠긴 얼굴로 앉아 있다가 입을 열었다.

"현대 인류를 지배하고 있는 사상은 서양 철학과 근대 과학입니다. 서양 철학과 근대 과학은 3차원의 세계인데, 이 3차원의 세계는 20세기로 종말을 맞게 될 겁니다. 그러고 나서 21세기로 넘어가면 4차원의 세계인 우주 시대가 열리게 되겠지요."

"……."

"우주 시대로 진입하려면 첨단 과학이 발달해야 하고, 첨단 과학이 발달하려면 필수적으로 신물리학이 발달해야 합니다."

"……."

"그렇게 되면 인간은 과학의 힘을 빌려서 우주 운행까지 관여하게 되겠지요. 그뿐 아니라 고도의 복지 사회 속에서 생활하게 될 겁니다. 그때가 되면 지금 인간이 하고 있는 일은 기계가 대신하게 되고 인간은 창조의 기능만 담당하게 될 것입니다."

"……."

"지금 우리는 4차원적인 새로운 정신 운동을 일으켜야 합니다. 가시적인 현상계만 놓고 인간의 문제를 해결하려고 하면 문제 해결이 안 되지요. 아까 수좌도 말씀했지만 사람들은 모두 좋은 세상을 만들려고 노력하고 있습니다. 그럼에도 좋은 세상이 되지 못하는 것은 근원을 바로 인식하지 못했기 때문입니다."

"새로운 정신 운동이라는 것은 어떤 운동을 말하는 것입니까?"

백족화상의 얘기를 경청하고 있던 반초 스님이 진지한 얼굴로 물었다.

"창조 운동이지요."

백족화상은 명료하게 대답했다.

"……."

반초 스님은 마주앉은 백족화상을 가만히 올려다보았다. 자기를 상대로 이야기를 하고 있지만 꼭 자기만을 대상으로 얘기를 하고 있는 것 같지 않았다. 그는 전기조차 들어오지 않는 토굴 속에 앉아 있었지만 그의 인식은 세상 속으로 깊숙이 내려와 있었다.

"큰스님은 언제쯤 토굴에서 내려오실 것 같으시던가요?"

반초 스님의 이야기를 듣고 있던 지효 스님이 조용히 물었다.

"머지않아 내려오실 겁니다."

"정말이신가요?"

"노장님은 도다가로 되돌아가실 의향을 비치시더군요. 하안거 해제 때쯤 해서 우리를 그쪽으로 모으실 모양입니다."

우리란 10년 결제를 들었던 아홉 분 스님과 지효 스님을 두고 하는 말이었다.

"그러시다면 목표로 하셨던 공부를 마치셨나보군요."

"거기에 대해서는 잘 모르겠습니다. 지금도 정진을 늦추시지 않는 걸 보면 목표로 하셨던 공부를 아직 끝내지 못하신 것 같고, 도다가로 되돌아가실 결심을 하신 걸 보면 또 그렇지 않으신 거 같기도 하고요."

"……."

지효 스님은 깊게 심호흡을 하며 조용히 눈을 감았다. 백족 화상을 뵐 수 있다는 설렘 때문에 마음을 진정시킬 수가 없었다.

"자네 마침 잘 만났군."

가방을 들고 부지런히 복도로 걸어 나오던 박 교수는 융을 보고 걸음을 멈췄다. 실험을 하다가 나온 듯 융은 흰 가운을 입고 있었다.

"퇴근하시는 길입니까?"

융은 들고 있던 핸드북을 가운 주머니에 넣으며 물었다. 그의 손에는 《낭가파르바트》라는 책자가 들려 있었다.

"시골에 계신 누님하고 송강이 온다고 해서 마중을 나가는 길일세."

"…네?"

융은 몹시 놀라며 박 교수를 쳐다봤다.

"집에 행사가 좀 있어서. 내 방 열쇠가 필요하면 주고 가겠네."

박 교수는 저고리 주머니에 손을 넣으며 말했다.

"……."

융은 그 말에 대해선 아무 대답도 하지 않고 그냥 묵묵히 서 있었다. 송강이 온다는 말에 충격을 받고 있음이 분명했다.

"몇 시까지 연구실에 있을 참인가?"

"잘 모르겠습니다."

"오래 있지 않을 거면 우리 집에 들르게. 저녁이나 같이 먹게."

"……."

"꼭 오게. 누님하고 송강도 볼 겸."

박 교수는 융의 대답을 기다리지 않고 몸을 돌렸다. 차가 도착할 시간이 임박했기 때문에 마음이 바빠서였다.

밖으로 나온 박 교수는 급히 차 안으로 들어가 시동을 걸었다. 그러면서 충격을 받고 서 있던 융의 모습을 떠올렸다. 그의 모습을 떠올리자 가슴속이 아릿해지면서 통증 같은 것이 느껴졌다. 융의 감정이 그대로 전이되고 있는 기분이었다. 박 교수는 그런 감정 속에 묶여 있는 자신이 싫어서 머리를 두어 번 흔들고는 라디오 스위치를 돌렸다. 어린이 시간인지 라디오에서는 앳된 소녀 목소리로 낮에 나온 반달 노래가 흘러나오고 있었다.

> 낮에 나온 반달은 하얀 반달은
> 햇님이 쓰다 버린 면빗인가요
> 우리 누나 방아 찧고 아픈 팔 쉴 때
> 흩은 머리 곱게 곱게 빗겨줬으면

박 교수는 라디오 볼륨을 조금 세게 키우고 차를 몰았다. 누나라는 말을 듣는 순간, 술이 몸속으로 퍼져갈 때처럼 표현하기 힘든 감정이 온몸으로 조용히 퍼져갔다.

박 교수는 어머니에 대한 기억은 별로 가지고 있지 않았다. 작은 체구에 몸뻬를 입었고 머리에는 늘 수건을 쓰고 있었다는 정도였다. 어머니는 외모로 보면 상당히 여성적이었는데 하는 일은 늘 남자들 일이었다. 막노동 일이 가사 일보다 수익이 좋아서 그러셨겠지만 그것은 그냥 짐작일 뿐 어머니에 대한 확실한 이해는 없다.

거기에 비해 누이에 대한 추억은 현란했다. 현란이라는 화사한 단어를 택한 것은 누이와 얽힌 기억은 모두가 아름답기 때문이었다. 고통도 아름답고 아픔도 아름답고 절망까지도 아름답게 느껴졌다. 기억 하나하나가 들판에 피어 있는 작은 풀꽃들을 바라보고 있을 때의 기분과 흡사했다.

박 교수는 가끔 자신의 이런 기분에 대해 의구심을 품을 때가 있었다. 비참이라는 말이 지니고 있는 의미보다 훨씬 더 비참했던 어린 시절, 그 어린 시절을 회상하면서 나는 어떻게 아름다움을 느끼고 있는 것일까 하는 의문에 젖어보던 박 교수는 그것이 사랑임을 알았다. 자신은 누이를 사랑했고 누이도 자신을 사랑했기 때문에 그 안에서 빚어졌던 일체의 것은 모두 다 아름다움일 수 있었다. 그런 감정은 누이에게만 국한되었던 것은 아니다. 오 교수와의 관계도, 지효 스님과의 관계도, 최길성과의 관계도, 그리고 융과의 관계도 마찬가지였다. 그들 모습은 아픔이었지만 아픔 뒤의 감정은 늘 아름다움이었다.

터미널에 도착한 박 교수는 주차장에 차를 세우고 시계를 보았다. 누이가 도착한다는 시간보다 3분 앞서 있었다. 박 교수는 차가 막히지 않아 정시에 올 수 있었던 것을 다행으로 생각하며 터미널 안으로 들어갔다. 서울을 떠난 지 24년 만에 서울로 돌아오고 있는 누이를 맞이하는 그의 마음은 착잡했다. 24년이라는 시간은 서울 모습도 사람 모습도 바꿔놓았다. 아니, 시간이 바꿔놓은 것이 아니라 시간 속에서 살고 있는 인간의 의지가 그것을 바꿔놓았다.

이제 그는 실용물리학 분야에선 국내외적으로 인정받는

학자가 되었다. 주위 사람들도 그를 박 교수 혹은 박 박사로 불러주고 있다. 가난뱅이 고학생이 권위 있는 학자로 변신할 수 있었던 것은 그의 의지가 나약한 감정들을 이겼기 때문이었다. 변신의 실체는 의지였다. 그것은 누이도 마찬가지였다. 동생인 자기처럼 능동적인 의지로 출발한 것은 아니었지만 지압을 하던 장님 처녀가 부잣집 마님 자리를 굳힐 수 있었던 것은 강한 의지가 누이를 지탱해왔기 때문이었다. 그렇지 않았다면 모진 운명 앞에서 그녀가 어떻게 여기 이 자리에 설 수 있었겠는가?

　인파를 헤치고 안으로 들어가면서 이런 생각을 하고 있던 박 교수는 혼자 미소를 지었다. 의지라는 말을 생각하노라니 송강의 모습이 떠올라서였다. 할머니가 살아계실 때는 이 씨의 손녀라는 사실만으로 송강은 이미 고귀해 있었다. 그러나 할머니가 돌아가시자 그런 후광은 걷혀갔다. 후광이 걷혀갔을 뿐 아니라 장님 딸이라는 덫이 하나 더 씌워졌다. 과거에도 장님 딸이 아니었던 건 아니지만 할머니가 살아 계실 때는 할머니의 날개 밑에서 그것은 문제가 되지 않았다. 그러던 것이 할머니가 돌아가시면서부터 그 사실은 강물이 빠져버린 갯바닥처럼 참담한 현실로 모습을 드러내고 말았다. 더욱이 재당숙뻘 되는 한중서의 교활함은 너무도 간교해서 송강은 그를 상대로 갯바닥에서 뒹굴지 않으면 안 되었다. 한중서는 한씨 가문의 대를 이어야 한다는 구실로 자신의 아들을 양자로 들여놓으려는 음모를 꾸몄고 집안 노인들도 그의 말에 동조해서 송강에게 압력을 가했다.

그들이 그렇게 할 수 있었던 저의에는 송강이 딸이라는 이유 외에도 그녀의 생모가 비천한 장님이라는 사실과 출생이 합법적인 결혼에 의해서 이루어진 것이 아니라는 두 가지 이유가 복합적으로 작용하고 있었다. 돌변한 현실을 받아들여야 했던 송강의 심정, 그것은 어쩌면 충언을 해줄 충신도 시중을 들어줄 시종도 아첨하는 무리마저 모두 사라져버린 폐허의 궁전 속에 혼자 남아 있어야 하는 공주의 심정과 비슷했을지도 모른다. 그 속에 남아 있는 공주가 끝까지 공주이기 위해서는 그녀 자신이 고귀해지지 않으면 안 된다. 그렇지 않으면 폐허의 궁전은 궁전으로서 다시 복구될 수 없다. 송강은 이 법칙을 영악하리만큼 정확하게 알고 있었고 그리고 무섭게 그것을 실천에 옮겨갔다. 자신만 실천에 옮겨간 것이 아니라 어머니까지도 그렇게 되도록 이끌어갔다. 자신이 공주이기 위해서는 어머닌 반드시 왕후가 돼야 했기 때문이었다.

박 교수는 그런 송강을 지켜보면서 그녀를 통해 누이의 환영을 수없이 보아왔다. 할머니를 그대로 빼닮은 송강을 사람들은 이 씨의 화신으로 생각하고 있었지만 박 교수는 송강에게서 이 씨 쪽보다는 오히려 누이 쪽을 더 가깝게 느끼고 있었다. 열여덟 살 장님 처녀가 다섯 살 아래인 동생을 지킬 수 있었던 힘, 누이의 그 힘이 송강한테 그대로 관통해 흐른다고 생각하고 있었기 때문이었다.

하차장 앞에 이른 박 교수는 고개를 빼고 광장을 바라보았다. 잘생긴 준마 같은 버스들은 손님들을 가득 싣고 분주히 광장을 오가고 있었다. 얼마쯤 그렇게 서 있자 강릉에서 올라온 버스가 하차장 안으로 미끄러져 들어왔다. 그러자 옆에 섰던 사람들이 웅성거리며 버스 가까이로 몰려갔다. 박 교수도 다른 사람들처럼 버스 쪽으로 다가갔다.

잠시 후 차의 문이 열리고 손님들이 내리기 시작했다. 박 교수는 긴장하며 내리는 손님들을 바라보았다. 손님들이 반쯤 내렸다고 생각되었을 때 송강하고 누이 모습이 보였다. 누이는 흰 바탕에 옥색 들국화 무늬가 잔잔하게 박힌 실크 치마저고리를 입고 있었고 얼굴엔 노란 금테 안경을 쓰고 있었다. 얼핏 보기엔 부잣집 마님 같은 모습이었지만 표정 속엔 앞을 못 보는 사람 특유의 불안함이 배어 있었다. 송강은 어머니 손을 꼭 잡고 한 계단 한 계단 조심스럽게 버스에서 내리고 있었다. 그러고 있는 그녀의 얼굴은 도도해 보였다.

박 교수는 누이보다도 오히려 그런 송강이 더욱 안쓰러워서 손을 흔들었다.

"송강아, 여기다."

"바쁠 텐데 자네가 어떻게 나왔는가?"

동생 목소리를 알아들은 박 씨가 먼저 반색을 했다.

"이쪽으로 오십시오."

박 교수는 사람들한테 방해가 되지 않도록 누이 손을 끌어다가 한옆에 세워놓고 송강을 쳐다보며 미소를 지었다.

"어머니 모시고 오느라고 수고했다."

"그동안 안녕하셨어요?"

송강도 미소를 지으며 고개를 숙였다. 화장기 없는 노르스름한 얼굴이 생명주 같은 섬세함을 느끼게 했다.

"그래, 잘 있었다. 피곤할 텐데 어서 가자."

박 교수는 누이 팔을 부축하며 먼저 몸을 돌렸다.

"짐이 좀 있는데요."

"그럼 물표를 날 다오. 내가 찾아오마."

"네."

송강은 핸드백에서 물표를 꺼내 박 교수한테 건네주었다.

"외삼촌 혼자 들기엔 무거울 텐데 네가 같이 가서 거들어라."

옆에 섰던 박 씨가 딸한테 시키자 송강은 나직이 대답했다.

"짐꾼이 있으니까 괜찮아요."

"오, 그래……."

딸의 말을 들은 박 씨는 안심하는 표정을 지으며 머리를 끄덕였다.

"송강아, 가자."

박 교수는 찾은 짐을 짐꾼한테 맡기고 송강을 향해 손짓했다.

"네."

송강은 어머니를 부축하며 인파 속으로 들어갔다. 사람들이 앞을 가로막기도 했지만 익숙하지 않은 길이라서 그런지 박씨 걸음걸이는 평소보다도 훨씬 더 불안했다. 그러자 마주 오던 사람들이 구경거리를 바라보듯 그들 모녀를 힐끔힐끔 쳐다보며 지나갔다. 송강은 자신의 얼굴에 와 닿는 잔인한 시선들을 묵살하고 침착하게 걸어갔다. 긴 통로를 거의 다 빠져나왔을 때 몇 발짝 앞에서 걷던 박 교수가 먼저 차 앞으로 뛰어가 차 문을 열고는 그들 모녀가 오기를 기다렸다.

"누님, 여깁니다. 허리를 조금 더 굽히십시오."

박 교수는 누이 등을 밀어서 차 안에 앉혔다.

"……."

박 씨는 손을 더듬어 앞 의자 등받이를 잡더니 자리에 앉았다.

"너도 타거라."

박 교수가 운전석으로 들어가며 말했다.

"네."

송강도 옆문을 열고 들어가서 어머니 옆에 앉았다. 잠시 후 차가 미끄러지며 차량의 홍수 속으로 빨려들어 갔다. 탕탕히 흘러가는 차량의 물결. 누이는 이런 거리 모습을 모르고 있을 것이다. 거리가 이렇게 바뀌기 훨씬 이전에 실명을 하였으므로.

"강릉에서 몇 시에 출발했니?"

누이에 대한 연민으로 마음이 아파진 박 교수는 아무 말이라도 하고 싶어서 송강한테 물었다.

"점심 먹고 떠났습니다."

"왜 좀 일찍 떠나지 않고."

"많이 기다리게 되면 어머니가 힘들어하실 것 같아서요."

"……."

박 교수는 입을 다물었다. 제사를 지내기까지의 시간이 길면 어머니가 힘들어할 것 같다는 말인데, 그 말을 바꾸어 하면 자기 아내와 같이 있는 시간을 가급적 피하게 하려고 그랬다는 말이 될 것이다.

"집안은 별고 없는가?"

박 씨가 물었다.

"네."

"아이들도 잘 크고?"

"네."

"제수는 장만했는지 모르겠네."

"했겠지요. 제사 음식 장만하는 책을 구해다 줬으니까요."

"떡하고 유과하고 어물은 내가 장만해 왔네."

"멀리서 그걸 왜 가져오셨습니까? 힘드시게."

"33년 만에 지내는 제산데 멀고 가까운 게 어디 있는가. 어머니가 오셔서 자네 모습을 보시면 저승에서도 자랑스러우실 걸세."

박 씨는 흐뭇한 얼굴로 말했다. 저승에 계신 어머니 얘기를 하고 있지만 그건 실은 이승에서 살고 있는 자신의 마음일 것이다. 박 교수는 누이의 그런 마음을 잘 알고 있었다.

"그건 누님도 마찬가지지요. 누님도 일생을 잘 살고 계시지만 송강이 같은 딸을 두셨으니 어머니 마음도 얼마나 자랑스럽겠습니까."

박 교수는 차를 몰며 말했다.

"……."

송강은 조용히 앉아서 두 사람의 대화를 듣고 있었다. 어머니와 외삼촌은 외조모의 제일을 맞아서 서로가 남매로 결속되어 있음을 더욱 진하게 확인하고 있었다. 그런 그들의 모습은 행복하게 느껴졌다. 행복하다고 느끼는 순간 송강은 표현할 길 없는 외로움 속에 휩싸였다. 어머니가 있는 삼촌이나 삼촌이 있는 어머니는 최소한 자신보다는 외롭지 않을 거라는 생각이 들었다.

송강은 두 손을 모아서 무릎 위에 놓고 조용히 눈을 감았다. 융의 환영이 떠올랐다.

융…….

한순간도 잊은 적이 없는데 언제나 아득하게 느껴졌다. 돌아가신 할머니보다도 더욱 아득하게 느껴졌다. 융도 나를 이렇게 아득하게 느끼고 있을까?

"형규한테선 자주 연락이 오니?"

박 교수가 고개를 돌리며 물었다.

"네."

송강은 융의 환영을 떨쳐버리며 대답했다.

"고시도 합격했으니 제대하는 대로 결혼을 하도록 해라."

박 교수는 외삼촌으로서 당부를 하고 있었다. 몇 번 고시에 낙방한 형규는 군 복무를 마치고 와서 다시 도전을 하겠다면서 입대를 했는데, 군에서 본 시험에 오히려 합격을 했다. 지난가을의 일이었다.

"……."

송강은 잠자코 앉아서 차창 밖으로 비껴가는 자동차의 행렬을 바라보고 있었다. 그렇게 해야겠다는 생각을 하고 있는데 그렇게 하겠다는 대답은 나오지가 않았다.

"금년 가을에 제대를 하거든 자네가 주선해서 성사를 시키게. 이쪽으로 보나 저쪽으로 보나 나설 사람은 자네밖에 없는 것 같네."

박 씨가 간곡하게 청을 했다.

"알겠습니다. 그렇게 해보겠습니다."

박 교수는 누이의 청을 선선히 받아들였다. 그들이 탄 차는 올림픽대로를 지나서 목동 아파트 단지 내로 들어서고 있었다. 거리엔 어느덧 가로등이 켜졌고 아파트 창문에도 밝은 불빛이 빼곡하게 새어 나왔다.

"길이 막혀서 오는 시간이 배는 더 걸린 거 같습니다."

박 교수는 주차장에 차를 세우며 말했다.

"다 왔는가?"

박 씨는 긴장하며 물었다. 올케를 만나는 일에 대해 심리적으로 압박감을 느끼고 있는 게 분명했다.

"네. 그대로 앉아 계십시오. 제가 부축해드리겠습니다."

박 교수는 앞문을 열고 나와서 누이를 부축해 내렸다. 송강도 차에서 내려 주위를 살펴보았다. 목련 몇 그루가 어둠 속에서 흰 꽃송이를 부풀리고 있었다. 고층 아파트 아래라서 그런지 꽃송이를 피우고 있는데도 이상하게 나무같이 느껴지지가 않았다.

"내가 짐을 가지고 갈 테니 너는 어머니를 모시고 가거라."

"네."

송강은 어머니를 부축해서 아파트 현관으로 들어갔다. 그러자 박 교수도 짐을 들고 뒤미처 따라 들어왔다.

"우리 집은 5층이다."

박 교수는 엘리베이터 버튼을 누르며 말했다.

"……."

송강도 긴장되었다. 약혼식 때 와서 소란을 피우고 간 이후로 한 번도 외숙모를 만난 적이 없었기 때문이었다.

"자, 타자."

먼저 엘리베이터 속으로 들어간 박 교수는 버튼을 누르고 서서 누이와 송강이 들어오기를 기다리고 있었다. 송강은 어머니를 부축해서 엘리베이터 안으로 들어갔다. 그들이 탄 엘리베이터는 순식간에 5층에 닿았다.

"누님, 이제 다 왔습니다."

엘리베이터에서 내린 박 교수는 초인종을 누르며 부드러운 목소리로 말했다. 누이의 긴장을 풀어주기 위한 배려였다.

"아빠예요?"

안에서 딸 요요의 소리가 들려왔다.

"그래, 아빠다. 어서 문 열어라."

"엄마, 아빠 오셨어."

문을 열고 나온 요요는 아빠를 맞으려다가 뒤에 선 송강과 박 씨를 보고는 소스라치게 놀랐다.

"언니하고 고모가 오셨다. 네가 모시고 들어가거라."

박 교수는 신발을 벗으며 말했다.

"엄마, 빨리 나와 봐."

요요는 박 씨와 송강을 다시 한 번 빤히 쳐다보더니 휙 몸을 돌렸다.

"당신 왔어요?"

안방 문이 열리고 아내가 나왔다. 그녀는 왼손 손가락으로 얼굴에 묻은 꿀을 열심히 마사지하고 있었다.

"누님 오셨어. 어서 안으로 모셔."

박 교수는 신을 벗고 거실로 올라서며 말했다. 누이를 안으로 모셔드리는 일은 일부러 가족들한테 시키려는 것 같았다.

"어머, 정말 오셨어요?"

온다고 하더니 정말 왔느냐고 하는 물음이었다.

"뭐 하는 거야? 빨리 모셔드리지 않고."

박 교수는 조금 언성을 높였다. 아내의 태도에 대해 짜증스러워하는 것이 역력했다.

"당신 왜 소리를 질러요? 내가 귀머거리예요?"

남편에 맞서 주희도 짜증스럽게 응수하더니 현관으로 나갔다.

"들어오세요."

주희는 의식적으로 송강을 못 본 체하고 박 씨한테만 인사를 했다. 전날 받은 수모가 새삼스럽게 떠오르는 모양이었다.

"그동안 잘 있었는가?"

박 씨는 올케한테 인사를 하고는 한 손으로 벽을 더듬거리며 안으로 들어갈 채비를 했다.

"……."

주희는 그런 박 씨가 불쾌한 듯 상을 찡그리며 바라보더니 딸처럼 몸을 획 돌렸다.

"어서 어머니 모시고 들어오너라."

박 교수는 현관에 갖다 놓은 짐을 안으로 끌어들이며 떨리는 목소리로 말했다. 분노를 삭이고 있음을 목소리를 통해서 느낄 수 있었다.

"네."

송강은 침착하게 대답하고는 어머니를 모시고 안으로 들어갔다.

"이쪽으로 앉으십시오."

박 교수는 누이 손을 잡아다가 소파에 앉혔다. 마음 같아서는 아이들을 불러다가 누님한테 절을 하도록 시키고 싶었지만 그랬다가 아이들이 거절하면 오히려 누님한테 상처만 더 줄 것 같아서 박 교수는 목구멍까지 올라오는 그 말을 꾹 눌러 참았다.

"……."

송강은 표정의 동요 없이 자리에 앉아 태연한 얼굴로 실내를 둘러보았다. 거실과 부엌 사이엔 커다란 어항 세 개가 나란히 놓여 있었고, 그 속에 있는 형형색색의 고기들은 싱그러운 수초 사이를 헤엄쳐 다니고 있었다. 어항은 실내를 꾸미는 장식 역할도 하지만 부엌과 거실을 차단하는 벽의 구실도 하고 있었다. 그러나 아파트 거실에 형형색색의 고기들이 노닐고 있는 대형 어항 세 개가 놓여 있다는 것은 어쩐지 그로테스크해서 아름답다거나 시원스럽다는 느낌보다는 오히려 괴기스러운 느낌을 안겨주었다.

"제사 지낼 준비는 다 했어?"

박 교수는 싱크대 앞에 서 있는 아내를 향해 물었다. 평소와 다름없는 집 안 분위기에서 알 수 없는 불안감이 느껴졌다.

"아니, 안 했어요."

주희는 남편 쪽으로 몸을 돌리며 분명한 어조로 말했다.

"안 하다니? 오늘이 어머니 제사인 거 몰라?"

"그걸 왜 몰라요? 당신이 아침에도 말하고 나갔는데."

"그런데?"

"아무리 생각해봐도 제사는 안 지내는 게 좋을 것 같아요."

아내는 제사를 지낼 것인가 말 것인가를 놓고 하루 종일 궁리를 한 모양이었다.

"이유가 뭐야?"

"이유요? 이유는 초라한 망령들을 집 안으로 끌어들이고 싶지 않은 거예요."

"……."

"난 당신과 연결된 과거가 싫어요. 당신의 부모, 당신의 형제, 그런 사람들을 내 아이와 연결하고 싶지 않아요."

"……."

"우리 가정은 우리 부부로부터 출발해야 해요. 우리가 새 가족사를 만들어야 한단 말이에요."

"가족사?"

박 교수는 아내를 한참 동안 노려보다가 일그러진 얼굴로 반문했다. 머리를 낚아채고 따귀를 때리고 폭언을 퍼붓고 살림을 때려 부수는 일은 오히려 애정에 속한다. 그러므로 박 교수는 지금 그 일을 할 수 없었다.

세 사람이 완전한 절망에 잠겨 있을 때 등 뒤에서 소리가 들렸다.

"아빠, 형님 오셨어요."

송강과 박 교수는 고개를 돌리고 뒤를 돌아다보았다. 언제 들어왔는지 현관에는 준과 융이 나란히 서 있었다.

"자네가 어떻게 이렇게 일찍 왔는가?"

박 교수는 당황한 얼굴로 떠듬떠듬 물었다.

"……."

융은 조용히 송강 쪽으로 시선을 돌렸다. 그의 시선 속엔 너 때문에 일찍 오지 않을 수 없었어, 하는 무언의 답이 숨겨져 있었다.

"왔으니까 들어오지. 이리로 오게."

박 교수는 자신의 옆자리를 가리키며 말했다. 그러고 있는 그는 눈에 띄게 허둥대고 있었다. 제사 음식을 같이 나눠 먹고 싶어서 오라고 했는데, 그 말을 한 자기 자신이 한없이 경솔하게 느껴졌다.

"네."

신발을 벗고 거실로 올라선 융은

"어머님 오셨군요. 절 받으십시오."

하며 박 씨 앞에 엎드려 공손히 절을 했다.

"오 그래, 융이구나."

박 씨는 손을 내밀어 융의 손을 잡았다. 맞잡고 있는 손이 떨리고 있었다. 송강은 그런 어머니의 손을 가만히 내려다보았다. 자신뿐 아니라 돌아가신 부모님마저도 수모를 당하는 것이, 하늘처럼 귀히 여기고 있는 동생이 방자한 아내와 같이 살면서 마음고생을 하는 일이, 이 모든 것을 딸인 자기한테뿐 아니라 융한테까지도 보여주고 말았다는 사실이 박 씨로서는 견딜 수 없이 괴로운 모양이었다.

"어머니를 모시고 절로 가지."

융이 송강을 보며 자신의 생각을 얘기했다. 현관 안으로 들어선 지가 한참 되었는지 융은 모든 얘기를 다 들은 것 같았다.

"……."

송강은 천천히 고개를 들며 융을 바라보았다.

"지효 스님한테 말씀드리면 오늘 밤에 제사를 모실 수 있을 거야. 자정까진 아직 시간 여유가 있잖아."

"……"

송강은 비로소 융의 말을 알아들을 수 있었다. 지금 이 순간 절망에 빠진 세 사람을 구하는 길은 그 방법밖에 없을 것 같았다.

"절에선 늘 제사를 지내니까 지효 스님도 쾌히 승낙을 하실 겁니다."

융은 다시 박 교수를 보며 말했다.

"……"

박 교수는 아무 대답도 하지 못하고 창백한 얼굴로 그대로 앉아 있었다.

"그렇게 하시죠. 절에서 지내는 게 오히려 더 나을지도 모르잖아요."

송강은 외삼촌을 위로해주고 싶은 마음에서 이렇게 말했다.

"미안하다. 부끄럽구나."

한참 동안 묵묵히 앉아 있던 박 교수는 허락의 뜻과 사과의 뜻을 함께 담으며 침울하게 말했다.

"어머니 생각은 어떠세요? 지효 스님한테 가서 제사를 모셔도 될까요?"

송강은 어머니 옆으로 조금 더 다가앉으며 조심스럽게 물었다.

"스님만 허락해주신다면 그렇게 하자."

박 씨도 찬성을 했다.

"그럼 서두르죠. 시간이 얼마 안 남았는데요."

송강이 먼저 자리에서 일어났다. 그러자 다른 사람들도 자리에서 일어났다. 이 무슨 아이러닌가. 지효 스님이 내 부모님 제사를 모신다니….

박 교수는 벗어놓았던 저고리를 도로 입으며 마음속으로 중얼거렸다.

"고마워, 융. 좋은 생각을 해줘서."

송강이 융 옆으로 다가서며 나직이 말했다.

"남처럼 왜 그런 말을 해?"

융은 송강의 얼굴을 물끄러미 바라보며 이렇게 물었다.

송강은 융이 한 '남처럼 왜 그런 말을 해?'를 그대로 따라했다. 그러자 뜨거운 감동이 가슴속을 꽉 메웠다. 별처럼 아득하다고 생각됐던 융은 자신의 머리 위에 떠 있었다. 예전과 조금도 다름없이.

2장

Udumbara

인사동 네거리를 지난 융은 안국동 쪽으로 올라가다가 공예품을 파는 가게 앞에서 걸음을 멈췄다. 진열장 유리문에 팔각등이 하나 걸려 있었는데, 그 등 위에는 붉은 비단에 모란꽃을 수놓은 귀주머니 하나가 얹혀 있었다. 등과는 상관없이 장식 삼아 얹어놓은 듯했다. 융은 감회에 젖은 눈으로 물끄러미 귀주머니를 바라보았다.

그러고 서 있는 그의 머릿속에 할머니의 영상이 떠올랐다. 할머니는 깡마른 허리에 늘 귀주머니를 차고 다니시다가 자기가 돈을 달라고 하면 차고 있던 주머니를 끌러서 돈을 세어 주시고는 흐뭇한 얼굴로 미소를 지으셨다. 돈을 달라고 하는 그 자체까지도 대견스러우신 듯.

할머니의 모습을 떠올리자 송강의 모습도 떠올랐다. 할머니와 송강은 두 장의 사진을 양쪽으로 포개놓은 것처럼 늘 그의 머릿속에서 함께 있었다. 그러나 그의 머릿속에서 투영되고 있는 두 사람의 영상이 꼭 같은 것은 아니었다. 송강이 실체라면 할머니는 못 속에 비친 그림자였다. 할머니에 대한 애정은 달빛 같은 것이었고 송강에게로 향하는 애정은 햇빛 같은 것이었다. 때문에 송강은 아직도 현실 속의 고통일 수밖에 없었다.

융은 자신의 시선을 애써 피하며 차에 오르던 송강의 뒷모습을 떠올리면서 몸을 돌렸다. 고개를 조금 숙이고 생각에 잠긴 얼굴로 걷고 있는 그의 표정은 적막해 보였다. 하지만 그 적막함은 보는 이로 하여금 신비한 아름다움을 느끼게 했다.

통인가게 앞을 지나고 귀천이 있는 골목을 지나 일광표구상 앞까지 온 융은 징검다리가 있는 골목으로 들어갔다. 향운 스님을 만나기 위해서였다. 최길성 씨가 도다가로 떠나가는데 결정적인 동기를 만들어 주었던 향운 스님은 최길성 씨가 도다가로 떠난 지 꼭 1년 만에 세상 속으로 돌아와 안착했다. 마치 최길성 씨하고 자리바꿈이라도 한 것처럼.

그는 최길성 씨 사무실이 있던 조계사 부근에 징검다리라는 전통찻집을 차려놓고 녹차 외에도 산과 들에서 채집한 온갖 열매와 잎으로 다양하게 차를 개발해서 팔고 있었다. 그렇다고 해서 그가 환속을 한 건 아니었다. 그는 예나 다름없이 승복을 헐렁하게 입고 있었고 손에는 알이 굵은 단주를 쥐고 있었다. 그리고 자신을 가리킬 때는 스스럼없이 산승(山僧)이라고 했다.

징검다리는 그에게 있어 요사채이자 법당이었다. 그는 이 찻집 안에서 숙식은 물론 예불을 드리는 일까지 모두 해결하고 있었다. 향운 스님은 찻집 안에 자그마한 미륵 부처님을 모셔 놓고 여느 절에서와 마찬가지로 새벽예불과 저녁예불을 드렸다. 새벽예불은 스님 혼자였고 저녁예불은 손님들과 함께였다.

그러나 모든 손님이 예불에 동참하는 것은 아니었다. 개중에는 진기한 놀이를 바라보듯 흥미진진한 얼굴로 예불드리는 모습을 바라보는 사람도 있었고 또 개중에는 껌을 짝짝 씹으면서 의식 자체를 무시하거나 아니면 불쾌한 표정으로 자리를 박차고 나가는 사람도 있었다. 그리고 더 심한 경우에는 시비를 걸어오는 사람도 있었다. 하지만 징검다리도 이제 문을 연 지가 3년 남짓 되었기 때문에 저녁예불을 드리는 일은 손님들에게도 꽤 친숙해졌고 따라서 예불에 동참하기 위해 일부러 시간을 맞춰 오는 사람들도 늘어나게 되었다.

그러나 징검다리에서 가장 특색 있는 것은 역시 향운 스님 혼자 드리는 새벽예불이었다. 향운 스님은 새벽에 자리에서 일어나면 세수를 하고 곧바로 바퀴가 달린 손수레에 세 말들이 플라스틱 통을 올려놓고 그 통에 수돗물을 가득 받아서 부처님 앞으로 끌고 갔다. 그러고는 가사 장삼을 입고 부처님 앞으로 나아가 향 하나를 태우고 넓적한 손을 모아 합장을 하고 서서 간절히 기도를 드렸다.

"원하옵건대 저희 집을 찾아오는 모든 손님에게 감로다를 공양 올리고자 하오니 부처님이시여 부디 가피력을 내려주시어 이 수돗물을 감로수로 바꾸어주소서."

그러기 때문에 향운 스님에게 있어서 하루 중 가장 엄숙한 순간은 바로 새벽예불을 드리는 그 시간이었다. 징검다리는 그 말이 뜻하는 바와 같이 상반된 양극을 연결하는 다리 구실을 하고 있었다. 때문에 이곳에 오면 자신들이 신봉하고 있는 주의 주장을 피력하는 열띤 목소리들을 들을 수 있었고, 그것은 나 아닌 다른 사람들의 생각을 이해할 수 있는 좋은 계기가 되었다. 그래서 융은 울적하거나 알 수 없는 조갈이 느껴지면 가끔 이곳을 찾았다. 여기에 오면 늘 삶의 열정 같은 것이 소용돌이치고 있어서 좋았다.

골목 안으로 들어선 융은 징검다리라는 간판이 붙은 일각대문 안으로 들어갔다. 조그만 한옥을 그대로 찻집으로 쓰고 있었기 때문에 징검다리의 출입문은 빗장이 걸린 두 쪽의 나무 대문이었다.

"융 아니가."

홀 안으로 들어서자 한쪽 구석에서 당귀 뿌리를 손질하고 있던 향운 스님이 반색을 하며 맞았다.

"안녕하셨습니까?"

융은 합장을 하며 공손히 인사를 했다.

"하모, 나야 잘 있었제. 어서 들어가그라."

"네."

융은 안으로 들어가 창 밑에 앉았다. 창은 창호지를 바른 작은 봉창이었는데, 그 창으로 석양빛이 깊숙이 비쳐 들고 있었다. 석양빛을 보는 순간 융의 머릿속엔 할머니 방이 떠올랐다. 후원으로 통하는 쪽문엔 석양빛이 비쳐 들었고, 창호지를 바른 문 위로는 대숲 그림자가 어른거렸다. 그림자는 바람이 불 때마다 그 모양이 달라졌기 때문에 그림자에 대한 기억은 확실하지 않지만, 그림자를 보면서 모양을 알아맞히다가 송강과 싸웠던 일은 지금도 머릿속에 생생하게 남아 있다. 어린 시절 송강과 싸웠던 일은 어떤 사랑의 기억보다도 진하게 그리움을 몰고 왔다.

융은 자신의 가슴속에서 일고 있는 그리움을 삭이기가 괴로워서 두 손을 깍지 끼며 깊게 심호흡을 했다. 이상하게 오늘은 하루 종일 송강의 영상에서 놓여날 수가 없었다. 내가 느꼈던 조갈은 송강에 대한 그리움이었던가? 융은 자신을 향해 이렇게 물어보았다. 융은 송강에 대한 그리움이 자신을 여기까지 오게 했다고 생각했다. 여기에 오면 봉창을, 봉창에 비치는 석양을 볼 수 있으므로.

"지금 막 끓인 계피차다. 마셔라."

향운 스님이 들고 온 찻잔을 탁자 위에 놓으며 권했다.

"네."

융은 자세를 바로하고 앉으며 조용히 찻잔을 내려다보았다.

"여름도 아닌데 와 이리 덥노."

향운 스님은 넓적한 손으로 목덜미의 땀을 닦았다. 느슨하게 끌러진 고름 위로 드러난 목이 뻘겋게 달아 있었다.

"……."

융은 그런 향운 스님을 보면서 미소를 지었다. 스님의 옷고름은 늘 느슨하게 끌러져 있기 때문에 볼 때마다 고름을 다시 매주고 싶은 충동이 일어서였다.

"바쁠 텐데 우째 여기까지 나왔노?"

향운 스님이 목덜미를 문지르던 손으로 찻잔을 융 앞으로 밀어주며 물었다. 식기 전에 어서 마시라는 의사 표시였다.

"답답해서 나왔습니다."

융은 두 손으로 찻잔을 들며 대답했다.

"아직도 답답하나?"

향운 스님이 융 얼굴을 가만히 들여다보며 물었다.

"……."

"도서관에 있는 책을 일 년 동안 팠는데도 알아지는 게 없드나?"

"……."

"그 힘으로 땅을 팠다면 지구에 구멍을 뚫고도 남았겠다."

"……."

"이제 방황은 그만하고 공부에만 전념해라. 좋은 거 많이 발명해서 사람들 잘살게 해주면 그게 보살 아닌가."

"……."

융은 입을 다물고 묵묵히 앉아 있었다. 그때 중년 사내가 심마니들이 메고 다니는 것 같은 걸망을 메고 들어왔다.

"당귀 장수가 왔구마. 잠깐만 있거라. 가보고 오마."

향운 스님은 이렇게 이르고는 자리에서 일어나 출입문 쪽으로 걸어갔다. 융은 향운 스님 뒷모습을 바라보면서 스님이 한 말을 다시 한 번 떠올려봤다.

아직도 답답하나?

…….

도서관에 있는 책을 일 년 동안 팠는데도 알아지는 게 없드나?

…….

그 힘으로 땅을 팠다면 지구에 구멍을 뚫고도 남았겠다.

…….

백족화상의 원고는 융에게 있어서 대화두였다. 아니 대혼란이었다. 3천 매 정도 분량의 원고는 화엄법계와 우주 실상을 드러내고 있었는데, 그 내용은 대부분 한자로 표기돼 있었다. 그렇기 때문에 내용을 이해하는 것은 말할 것도 없고 원고를 읽는 일도 쉽지가 않았다. 융은 처음 이러한 사실에 대해 불만을 품었지만 그 불만은 오래지 않아 가셨다. 백족화상의 진의를 이해할 수 있어서였다.

  백족화상은 자신을 위해 원고를 썼지만 그 원고를 곧바로 읽는 것을 원하지 않고 있었다. 그러므로 읽는 것을 유보시켜 주기 위해 그는 일부러 쉽게 읽을 수 없는 글자를 차용해 썼던 것이다. 그렇다고 해서 3천 매 원고가 모두 한자로 쓰인 것은 아니었다. 동서양 철학과 사상 그리고 종교를 비교할 때는 영어·불어·독일어는 물론 고대 라틴어와 산스크리트어 등이 종횡무진으로 구사되어 있었고, 우주의 형량과 질량을 설명할 때는 무수한 기호와 도표 그리고 수치들이 마치 인체 해부도를 그린 것처럼 상세하게 명기되어 있었다. 그러나 이러한 모든 것보다 융한테 가장 감명을 준 것은 수행자가 깨달음을 얻어갈 때마다 증득되어지는 경계를 하나하나 묘사한 해탈십육지(解脫十六地)였다.

  그 내용은 너무도 장엄하고 황홀해서 꿈을 꾸고 있는 것 같았지만 융은 그런 경계가 실재할 것이라는 신념을 굳게 가지고 있었다. 그것은 점안식 때 본 광명 때문이었다. 모든 형상이 허물어지고 망망대해와 같이 끝없이 펼쳐지던 광명의 세계. 그것은 백족화상에 의해 체험되었지만 그런 체험을 했다는 것은 도의 세계가 실재함을 믿는 결정적인 계기가 되었다. 백족화상은 몇 년 후에 있을 융과의 큰 만남을 위해 그때 미리 그 사건을 예비해두었는지도 모른다. 3천 매 원고가 다 끝났을 때 말미에는 이런 글이 적혀 있었다.

나는 지금까지 내가 타고 있던 배에 너를 태워가지고 긴 항해를 했다. 그것은 너에게 화엄 세계로 들어가는 문을 열어주기 위함이었다.
화엄 세계는 생명의 환희가 함성을 지르는 역동적인 창조의 세계이다. 빗장을 활짝 열고 안으로 힘차게 들어가거라. 내가 닦은 도(道)는 단단한 초석이니 그 위에다 황금전당을 세우도록 해라. 인류가 이룩한 모든 문화는 전당을 세울 자료이다. 작은 것도 배척하지 마라. 그리고 과학은 대목(大木)이며 대목을 잘 부리는 것은 주인의 지혜이니라.
나의 당부다. 명심하여라.

원고의 마지막 장을 넘긴 융은 원고지 위에 얼굴을 묻고 오랫동안 오열했다. 백족화상의 가슴에 얼굴을 묻고 오열하는 것과 같은 심정으로. 그때 융은 자신을 향해 조용히 그러나 준열하게 당부하고 있는 백족화상의 육성을 들었다. 그것은 20여 년 만에 처음 들어보는 아버지의 음성이었다.

그날 이후 융은 백족화상이 당부한 황금전당을 세우는 일이 무엇을 뜻하고 있는가에 대해 깊은 의문에 휩싸였다. 우선 황금전당이라는 말 자체가 정확하게 이해되지 않았다. 전당이란 예불을 드리기 위해 지은 집을 의미하지만 그렇다고 해서 황금사원을 지으라는 말은 아닐 것이다. 더욱이 백족화상은 자신이 닦은 도를 초석으로 해서 그 위에다 전당을 세우라고 하지 않았던가.

도를 초석으로 해서 세워질 전당은 어떤 전당일까? 그분은 왜 그냥 전당이라고 하지 않고 황금전당이라고 하셨을까? 황금이라는 말은 단순히 쓰인 말일까? 아니면 특별한 의미를 담고 쓰인 말일까?

인류가 이룩한 모든 문화는 전당을 지을 자료니 작은 것도 배척하지 말라고 한 말 역시 이해되지 않기는 마찬가지였다. 인간은 인간이 창출해낸 문화 때문에 분열과 갈등을 빚으며 살아왔다. 문화는 인간을 승화시키는 매개이기도 했지만 또 한편으로는 살생과 파괴를 자행케 한 주범이 되기도 했다. 철학도 그랬고 사상도 그랬고 종교도 그랬고 교육도 그랬다.

그리고 과학은 대목(大木)이니 대목을 잘 부림은 주인의 지혜라는 말도 이해되지 않기는 마찬가지였다. 과학은 물질을 대상으로 한 학문이다. 아무리 극미의 세계라 하더라도 탐구될 대상인 물질이 없으면 학문 자체가 성립되지 못하는 것이 과학이다. 그렇기 때문에 과학으로 우주의 근원인 무한 절대를 설명한다는 것은 불가능하다. 그러나 과학은 소립자의 세계를 이해하면서부터 우주의 근원에 상당히 접근했다고 할 수 있다.

처음 과학자들은 물질을 구성하는 최소 단위를 원자로 보았고 원자는 영구불변하는 것이라고 믿었다. 하지만 소립자가 발견되면서부터 원자는 물질을 구성하는 최소 단위가 아니며 영구불변하는 실체는 없다는 것을 알았다. 그리고 현상하는 모든 것은 서로 상보적(相補的) 관계에 놓여 있다는 것도 알게 되었다.

그런데 인류를 다스리는 정치사상은 아직까지 원자론적 차원에서 벗어나지 못하고 있다. 즉 개인은 사회 구성의 기본적 실체며 이러한 개인은 존립의 권리와 함께 행복을 추구할 수 있는 권리가 있다고 믿고 있다. 그러므로 각각의 개인들은 자신의 존립과 행복을 지키기 위해 타인과 대립·갈등 관계에 설 수밖에 없고, 이러한 관계 속에서는 폭력과 파괴와 전쟁의 소용돌이를 극복하려야 극복할 수가 없다.

그렇기 때문에 융은 인간의 의식을 원자론적 차원에서 적어도 소립자적인 차원으로까지 전환시키는 새로운 정신혁명이 일지 않으면 안 된다고 생각하고 있었다. 그러나 백족화상은 그러한 모순된 논리까지도 모두 전당을 지을 자료로 인정하라고 당부했다. 융은 백족화상의 이런 당부에 대해 혼란을 느끼지 않을 수 없었다.

그러나 다른 어떤 것보다도 융을 가장 혼란 속으로 몰아넣은 것은 역시 '황금전당'이라는 네 글자에 담긴 뜻이었다. 백족화상이 자신한테 거는 마지막 기대는 황금전당을 세우는 일이라는 것을 융은 알고 있었다. 그리고 그 일은 화엄 세계를 인식하는 것이며 인식할 뿐 아니라 구체적으로 현현시켜 형상으로 드러내는 것이라는 것도 알고 있었다. 하지만 그것이 무엇을 어떻게 함으로써 가능한지에 대해서는 전혀 짐작이 가지 않았다.

융의 머릿속에는 마치 주물을 쏟아부어 판각을 해놓은 것처럼 황금전당이라는 네 글자가 새겨져 있었다. 이 네 글자는 타파하지 않으면 도저히 놓여날 수 없는 화두가 돼서 융을 옥죄었고, 그것은 날이 갈수록 더욱 심해져서 원고를 받은 지 석 달쯤 후부터는 공부를 할 수 없음은 물론, 식사를 할 수도, 잠을 잘 수도 없게 되었다. 주물로 판각해놓은 것 같은 네 글자는 작열하는 태양 아래서 뜨겁게 달구어진 쇳덩이같이 쉴 새 없이 열기를 뿜어내고 있었다. 융의 머릿속은 네 글자가 뿜어내는 열기로 끓고 있었고, 그것은 죽음과 직면하고 있는 고통이었다.

그런 속에서도 융은 자신을 향해 조용히 그러나 준열하게 당부하고 있던 백족화상의 육성을 떠올리고 있으면 말로 표현할 수 없는 뜨거운 결속감이 느껴졌다. 그리고 그러한 결속을 느낄 때마다 융은 백족화상이 원하고 있는 일, 황금전당을 세우는 일을 자신이 어떻게 하든 꼭 실행에 옮겨야 한다는 의지를 마음속에서 굳히고 있었다. 융은 하루 종일, 24시간 내내라고 해도 전혀 과장이 아닐 만큼 정말 하루 종일 화엄 세계를 인식하는 것은 어떤 것이며 인식할 뿐만 아니라 그것을 구체적으로 현현시켜 형상으로 드러내는 것은 어떤 것인가에 대해 깊은 의문에 휩싸였다. 그 의문에 대한 답이 얻어지지 않는 한은 다른 어떤 것도 다 무의미했다. 공부를 하는 일은 물론 살아가는 일마저도.

칠월 백중날 백족화상의 원고를 받은 융은 1학년 2학기가 되면서부터 거의 학교생활을 정상으로 할 수 없게 되었다. 그렇게 되자 제일 먼저 당황한 사람은 박 교수였다. 박 교수가 보기에 융은 천재라는 말이 지니고 있는 의미보다 훨씬 더 천재적이었다. 그것은 직관력 때문이었다. 직관력이야말로 천재를 최후의 천재로 남게 하는 마지막 보루다. 그런데 융 속에는 신비에 가까운 탁월한 직관력이 내재했다.

박 교수는 융이 물리학계의 새 장을 여는 위대한 학자가 되리라는 것을 추호도 의심치 않고 있었다. 그래서 자신의 연구실 안에 융을 위한 책상을 하나 마련해놓고 융으로 하여금 박사 과정을 공부하는 연구생들의 심부름을 해주면서 그들과 함께 공부하도록 배려했다. 그러나 융은 연구실에 나오지 않음은 물론 학교 공부마저 정상으로 하지 못하더니 2학년 겨울방학이 끝나자 휴학계를 내고 1년간 학교를 쉬겠다고 자신의 뜻을 밝혀왔다. 융의 뜻을 전해 들은 박 교수는 너무나 실망한 나머지 마치 자신이 휴학 결정을 내려야 하는 사람처럼 고심했지만 그의 결심을 막지는 못했다.

그러나 지효 스님은 달랐다. 그녀는 융이 걸어가야 할 운명의 길을 보고 있는 것 같았다. 융이 휴학을 하겠다는 결심을 밝혔을 때 스님은 조용히 눈을 감고 생각에 잠기더니 그의 결심을 받아들여 주었다.

"그렇게 해봐." 하며.

학교를 휴학한 융은 도서관에 박혀서 책을 읽기 시작했다. 백족화상은 인류가 이룩해놓은 모든 문화는 전당을 세울 재료라고 했다. 그렇다면 우선 재료부터 파악해보자. 재료를 알고 나면 세워질 집도 알게 되지 않겠는가. 이것이 융의 생각이었다.

밖에선 연일 최루탄이 터지고, 화염병이 날고, 독재 타도의 고함이 꽹과리와 징 소리 속에 뒤섞여 캠퍼스를 뒤흔들고 있었다. 그런 어느 날, 전경들이 쏘는 최루탄 가스에 밀려난 데모 학생 중 일부가 도서관으로 쫓겨 들어왔다. 그중에는 승찬도 있었다. 승찬은 포퍼의 《객관적 지식》을 읽고 있는 융 곁으로 다가와 융을 오랫동안 노려보더니 '비겁한 은둔자'라는 한마디 말을 남기고 돌아섰다.

승찬이 돌아간 후 융은 마음이 산란해서 책을 계속해 읽을 수가 없었다. 그래서 읽던 책을 덮어놓고 도서관 밖으로 나왔다. 운동장에는 데모를 하던 학생도 데모를 막던 전경도 다 사라지고 깨진 유리 조각과 어지럽게 널려 있는 돌멩이와 찢어진 플래카드와 부서진 피켓만이 나뒹굴고 있었다. 달리던 궤도에서 튕겨 나와 망망대해와 같은 허공 속에 내동댕이쳐진 듯한 융으로서는 깨진 유리 조각이 널려 있고 찢어진 플래카드가 펄럭이고 있는 데모 현장이 오히려 한바탕 축제장같이 느껴졌다.

눈으로 보고 마음으로 확신할 수 있고 신념을 가지고 행동할 수 있는 일이 있다면 그 속에서 머리가 깨지고 팔다리가 떨어져 나간다 해도 자신이 직면하고 있는 이 고통보다는 덜할 것 같았다. 묵묵히 운동장을 바라보고 서 있던 융은 다시 도서관 쪽으로 몸을 돌렸다. 지금 자신이 직면하고 있는 고통을 승찬이 안다면 조금 전에 한 말을 후회할지도 모른다는 생각을 해보면서. 그런 생각을 해보는 것은 그와의 우정이 지속되기를 바라는 마음에서였다.

대학교에 입학한 몇 달 후 융은 승찬과 함께 '솟대'라는 동아리에 가입했다. 솟대는 농가에서 다음 해의 풍년을 기원하기 위해 주머니에 볍씨를 넣어서 매다는 장대를 말하는데, 동아리 이름을 솟대라고 한 것은 회원들 하나하나가 풍요로운 미래 사회를 건설하는 씨앗이 되자는 뜻에서였다. 이 동아리는 처음 한국인의 얼을 탐구하고 그것을 계승·발전시켜보자는 학술회의 성격을 띠고 있었지만 마땅한 지도 교수를 찾지 못해 표류하다가 회원 중 일부는 탈퇴를 하고 일부는 의식화 쪽으로 방향을 선회해 처음 의도와는 완전히 다른 운동권 모임이 되고 말았다.

융은 오래지 않아 그 동아리를 탈퇴했다. 하지만 승찬은 아직까지 남아서 민주화 투쟁에 동참해왔다. 학교를 휴학한 융은 승찬과 더욱 다른 길을 가고 있지만 그러나 언젠가는 같은 길목에서 다시 만나게 되리라는 기대를 저버리지 않고 있다. 그것은 승찬에 대한 이해이기도 했고 애정이기도 했지만 그보다는 지금 가는 길은 서로 다르지만 궁극의 목표는 같을 수밖에 없다는 확신 때문이었다.

도서관 서가에서는 미진수보다 많은 스승이 자신이 밝힌 지혜의 횃불을 들고 융을 향해 손짓했다. 그들 속에는 성자도 있었고, 사상가도 있었고, 철학자도 있었다. 그런가 하면 과학자도 있었고, 인류학자도 역사학자도 사회학자도 정치가도 있었고 장군도 있었다. 또 무수한 예술가들도 있었다. 그들은 서로 자리를 바꾸며 융 앞에 나타나 깨달음의 세계와 깨달음에 이르는 길과 무한한 우주와 그 속에서 숨 쉬고 있는 일체의 생명에 대해 이야기해 주었다. 그리고 인류는 어떻게 함께 살아왔으며, 또 무엇을 함께 추구해가고 있는가에 대해 이야기해 주었고, 그러한 과정에서 개개인의 삶은 어떤 모습으로 전개되어 왔고 또 전개돼 가야 할 것인가에 대해 이야기해 주었다.

그들은 일생을 고독과 싸우면서 얻은 지혜의 편린들을 때로는 속삭이듯 낮은 목소리로 때로는 웅변을 토하듯 힘찬 목소리로 융한테 들려주었다. 융이 온 힘을 모아 가르침을 받으면 스승도 온 힘을 모아 가르침을 폈고, 융이 더욱 온 힘을 모아 가르침을 받으면 스승 역시 더더욱 온 힘을 모아 가르침을 폈다. 융은 스승 한 분 한 분과의 만남을 통해 비로소 감응(感應)의 신비함을 깨달았다.

융의 하루하루 일과는 스승을 만나는 일로 시작해서 스승을 만나는 일로 끝났다. 아니, 그건 끝도 없었고 시작도 없었다. 그냥 그대로 이어져갈 뿐이었다. 그런 속에서 봄이 가고 여름이 가고 가을이 가고 겨울이 갔다. 사계절이 흘러갔지만 그것은 이미 시간이 아니었다. 융은 자유롭게 3천여 년 전 인도의 갠지스 강가로, 중국의 대륙으로, 고대의 아테네나 로마로 오가면서 진리의 등불을 밝혔던 무수한 철인들과 사상가들을 만났고, 암흑기 이후 인간의 사랑과 고뇌를 꽃피워낸 수많은 예술가를 만났고, 현대의 정치와 경제와 과학과 교육을 이끌어가는 선각자들을 만났다. 융에게서 시간과 공간은 이미 초극되어 있었다. 그것은 그대로 깊고 넓은 한 덩어리의 강물일 뿐이었다.

융은 도서관에서 밤을 새울 때가 허다했다. 그러면 다음 날 아침 예외 없이 지효 스님이 두 개의 도시락과 갈아 신을 양말을 들고 융을 찾아왔다. 스님은 들고 온 도시락과 양말을 융한테 건네주고는 조용히 융을 바라보다가 돌아섰다. 그녀의 시선은 언제나 연민과 감사함으로 가득 차 있었다.

겉으로는 소리 없이 흐르는 강물처럼 아무 변화가 없는 생활이었지만 그러나 내심으로는 천변만화를 경험하고 있었다. 이렇게 천변만화를 경험하고 있음에도 불구하고 융은 처음과 달라진 것이 별로 없었다. 화엄 세계를 인식하는 것은 어떤 것이며 인식할 뿐 아니라 그것을 구체적으로 현현시켜 형상으로 드러내는 것은 어떤 것인지에 대해 알 수가 없었다. 따라서 황금전당을 세우는 일은 물론 그 말이 뜻하고 있는 의미에 대해서도 여전히 알 수가 없었다. 융은 답답했다. 답답함으로 심장이 터질 것 같을 때는 도서관 뒷산으로 올라가 서울 야경을 내려다보기도 하고 꼬박 밤을 새우면서 산속을 헤매고 다니기도 했다. 그러는 그의 머릿속은 언제나 '황금전당'이라는 네 글자가 꽉 차 있었다. 한 치의 여백도 남기지 않고.

융은 포박을 당한 것처럼 황·금·전·당이라는 네 글자에 묶여서 새벽을 맞이했고 밤을 맞이했다. 그의 얼굴은 날로 창백해졌고, 기린 목처럼 아름답게 뻗어 있던 목도 앙상하게 뼈가 드러나 있었다. 이런 속에서 그의 가슴 밑바닥으로 실개울처럼 흐르고 있는 또 하나의 고통, 그것은 송강에 대한 그리움과 욕정이었다. 송강에 대한 그리움이 욕정과 일치하는 것은 아니었지만 자신의 욕정을 송강과 분리해서는 생각할 수가 없었다. 그것은 황금전당이라는 화두에 버금가는 또 하나의 괴로움이었다.

융이 도서관에 침거하면서 시공을 초월해 무수한 스승을 만나 가르침을 받은 지 일 년이 가까워질 무렵 구정을 맞게 되었다. 그래서 그믐날 밤 융은 절에 가서 자야겠다는 생각을 하며 도서관에서 나왔다. 오랜만에 거리로 나오자 마치 우주선을 타고 외계를 돌다가 내려온 사람처럼 모든 게 낯설게 느껴졌다. 사람들의 표정, 거리의 풍경까지도. 버스에서 내린 융이 시장 골목으로 들어가려고 할 때 '꽃'이라고 쓴 간판이 눈에 띄었다. 두터운 비닐로 유리문을 막았기 때문에 가게 안을 들여다볼 수는 없었지만 그 안엔 아름다운 꽃들이 있을 것 같았다.

융은 비닐 덮개를 씌운 출입문을 밀고 안으로 들어갔다. 그러자 감미로운 꽃향기가 은은히 풍겨왔다. 융은 잠시 입구에

서서 조용히 실내를 살펴보았다. 분홍색 꽃망울을 터뜨리고 있는 동백, 하얀 프리지어, 오렌지색 튤립, 노란 수선화, 보라색 붓꽃, 진분홍색 엉겅퀴, 붉은 장미, 황금빛 국화 등 봄·여름·가을·겨울의 들판을 아름답고 장엄하게 만들어 주는 형형색색의 꽃들이 한자리에 모여 함께 향기를 뿜어내고 있었다.

알 수 없는 설렘 속으로 빠져들며 꽃들을 바라보고 서 있던 융은 각각의 꽃을 한 송이씩 사서 한 다발의 꽃묶음을 만들어 꽃집을 나왔다. 거리는 이미 어두워져 있었다. 융은 자신이 산 꽃다발을 소중하게 가슴에 안고 어두워진 빙판길을 조심해서 올라갔다. 가슴은 여전히 알 수 없는 설렘으로 자꾸 뛰고 있었다. 약국과 쌀집과 세탁소가 늘어서 있는 골목을 지나 조금 더 올라가자 선재사의 긴 담이 나왔다. 융은 걸음을 조금 더 빨리 하며 빙판길을 올라갔다. 그때 저녁예불을 알리는 종소리가 담 안에서 울려 퍼지기 시작했다.

뎅 뎅 뎅…….

'善財寺'라는 나무 간판이 서 있는 대문 안으로 들어섰을 때 가사 장삼을 입고 법당 안으로 들어가는 지효 스님의 뒷모습이 보였다. 융은 자신도 예불에 참석하기 위해 빨리 법당으로 가야겠다는 생각을 하며 부지런히 걸음을 옮겼다. 그런데 이상하게 그의 발길은 법당 쪽이 아니라 종소리가 울려 퍼지고 있는 종루 쪽으로 향하고 있었다.

뎅 뎅 뎅…….

종루 앞까지 온 융은 걸음을 멈추고 서서 가만히 종소리에 귀를 기울였다. 종소리는 자신의 심장 속에서 울려 퍼지고 있었다. 누군가가 당목을 잡고 심장을 치면 그때마다 자신의 심장은 '뎅 뎅' 하고 소리를 토해냈다.

뎅 하고 울려 퍼진 종소리는 허공 어딘가에 가서 멈추고 멈춘 그 자리에서 꽃 한 송이를 피워냈다. 뒤미처 뎅 하고 울려 퍼진 종소리도 허공 어딘가에 가서 멈추고 멈춘 그 자리에서 또 꽃 한 송이를 피워냈다. 뎅 뎅 뎅 뎅 뎅…… 누군가가 종채를 잡고 신명을 다해 자신의 심장을 쳤고 그때마다 허공 속에서는 꽃 한 송이가 피어났다. 수십 송이 수백 송이로.

융은 황홀한 도취감 속에 빠져들며 허공을 우러러보았다. 형형색색으로 각기 다른 향기를 뿜어내며 피어 있는 꽃, 그것은 시공을 초월해 가르침을 폈던 스승들의 얼굴이었다.

융은 가슴이 벅차서 땅바닥에 무릎을 꿇고 앉았다. 그러고 있는 그의 망막 위로 어머니의 모습이 떠올랐다. 어머니는 전날 도다가에서처럼 약간 쓸쓸한 듯한, 그러면서도 투명한 얼굴로 자신을 내려다보고 계셨다. 그 시선은 깊은 신뢰감으로 가득차 있었다. 융은 무릎을 꿇은 자세 그대로 가만히 어머니를 올려다보았다. 두 손으로 꽃다발을 움켜쥐고서. 창백한 그의 얼굴 위로 뜨거운 눈물이 흘러내리기 시작했다. 종채를 잡고 자신의 심장을 치던 손은 바로 어머니의 손이었음을 비로소 알았기 때문이다.

구정이 지나고 새 학기를 맞이하자 융은 다시 학교로 돌아갔다. '황금전당'에 대한 화두가 풀린 것은 아니지만 그의 가슴속에선 무엇인가 한 과정을 마쳤다는 확신이 섰다.

"융아, 야 융아."

어딘가에서 자신을 부르는 소리가 환청처럼 아득하게 들려왔다. 융은 깊은 잠에서 막 깨어난 사람처럼 어리둥절한 얼굴로 소리 나는 쪽을 바라보았다. 향운 스님이 카운터에 앉아서 자신을 부르고 있었다.

"……?"

융이 무슨 일인가 하고 향운 스님을 쳐다보자

"이리 좀 오거라. 빨리."

향운 스님은 답답한지 손짓까지 하며 다시 융을 불렀다.

"…….."

융은 자리에서 일어나 카운터 쪽으로 갔다. 카운터 앞에는 회색 양복에 로만 칼라를 한 서양인 신부 한 사람이 서 있었다.

"신부님 같은데 무슨 말을 하는지 네가 한번 들어 보거라."

향운 스님은 귀엣말을 하듯 낮은 소리로 융한테 말했다. 융은 그제야 향운 스님이 왜 자기를 불렀는지 이해가 돼서 신부 쪽으로 몸을 돌렸다.

"안녕하십니까? 혹시 제게 도움을 청할 일이 있으면 말씀해 주십시오. 도와드리겠습니다."

융은 신부를 보며 공손한 어조로 말했다. 50대 초반쯤 되었을까. 유럽 쪽 사람같이 느껴졌다.

"감사합니다. 이분은 한국 절에 계시는 스님 같은데 스님이 맞습니까?"

신부는 향운 스님을 가리키며 물었다.

"네, 맞습니다."

"나는 프랑스에서 3개월 전에 온 미카엘 신부입니다. 한국 절과 한국 스님에 대해 많이 알고 싶습니다. 저 스님과도 친교를 맺고 싶습니다."

신부는 미소를 지으며 향운 스님을 쳐다봤다.

"뭐라카나?"

향운 스님이 궁금한 듯 낮은 소리로 물었다.

"프랑스에서 3개월 전에 온 신부님이신데, 스님과 친교를 맺고 싶답니다."

"그거사 좋지만 말이 통해야 친교를 맺지."

향운 스님이 낭패한 얼굴로 말했다.

"스님이 무슨 말 하셨습니까?"

신부가 궁금한 얼굴로 물었다.

"스님도 신부님과 가깝게 지내고 싶지만 언어 때문에 고민이라고 하십니다."

"내가 한국말 배웁니다. 많이 배우도록 노력합니다."

신부는 얼굴 가득히 미소를 지으며 힘들게 우리말로 말했다. 그러고 있는 그의 얼굴은 붉게 상기되어 있었다.

"나더러 프랑스말을 배우라카믄 두 번 만나는 것도 어렵겠지만 신부님이 우리말을 배운다카믄 마 좋습니더. 가끔 만나십시더."

향운 스님은 기분이 좋은 듯 큰 입으로 헤벌쭉하게 웃었다. 그런데 신기한 것은 입보다는 코가 웃는 것처럼 느껴졌다.

"……."

미카엘 신부는 향운 스님 말을 다 이해했는지 못 했는지 알 수 없는 애매한 표정으로 미소를 짓고 서 있었다.

"융아, 신부님 모시고 안으로 들어가거라. 내가 차 한 잔 공양 올린다카고."

향운 스님은 차 준비를 하기 위해 몸을 돌리며 말했다.

"스님이 차를 대접하고 싶어 하시는데 차를 드시겠습니까?"

융은 신부님을 쳐다보며 공손하게 물었다.

"감사합니다."

미카엘 신부는 기분이 좋은 듯 가볍게 머리를 흔들며 홀 안으로 걸어 들어갔다. 그는 불그스름하게 상기된 얼굴과 푸른 눈이 조화를 이루어 어떤 순결함을 느끼게 했다. 융은 알 수 없는 흥분을 가슴속으로 느끼며 앞서 걸어가는 미카엘 신부를 물끄러미 바라보고 있었다. 만남은 예기치 않은 모습으로 은밀히 준비되어 있다가 적절한 시기에 그 모습을 드러내는 것인지도 모른다. 사람들은 그것을 우연이라는 말로 받아들이고 있지만.

3장

Udumbara

"보살님, 오늘 저녁은 미역국을 끓이시죠. 기름 넣지 말고 그냥 간장만으로요."

지효 스님은 공양간으로 들어와 한 보살을 보며 말했다. 표정뿐 아니라 목소리 속에도 흥분이 배어 있었다.

"토장국을 끓이려고 솎음배추를 데쳐놨는디요."

"토장국보다는 미역국이 더 좋을 것 같아요. 그 스님이 하도 미역국을 좋아하셔서요."

"그럼 토장국은 내일 아침에 끓이고 저녁에는 미역국을 끓이죠."

한 보살은 지효 스님 청을 선선히 받아들이며 미역이 들어 있는 찬장 문을 열었다.

"고마워요, 보살님. 오래간만에 고국에 오시는 스님이라 이왕이면 식성에 맞는 걸 해드리고 싶어서 그래요."

"스님 마음을 누가 모르간디요."

한 보살은 꺼낸 미역을 반으로 부러뜨려 물에 담그며 말했다. 그 자신의 말대로 한 보살은 지효 스님 마음을 누구보다도 잘 알고 있었다. 오랫동안 청은사를 드나들면서 지효 스님과 혜일 스님의 관계를 지켜보기도 했지만 그보다 한 보살은 지효 스님이 채탈도첩을 당하던 날에 있었던 일을 상세히 알고 있었다. 그러기 때문에 지효 스님 마음속에서 혜일 스님이 어떤 비중을 차지하고 있을 거라는 건 그녀로서도 충분히 짐작할 수 있었다.

"……."

지효 스님은 눈빛으로 자신의 고마운 마음을 전하고 몸을 돌렸다.

"청은사 스님은 아무도 안 올라오셔라우?"

한 보살이 돌아서는 지효 스님한테 물었다.

"지원 스님이 공항으로 나오실 거예요."

지효 스님이 고개를 돌리며 대답했다.

"풍문에 들으니 혜조 스님 열반하시면 지원 스님이 주지가 되실 거라고 하던디 그게 정말인감요?"

"그렇게 되겠지요. 맏상좌시니까요."

"맏상제야 스님 아니셔라우?"

한 보살은 불만스러운 얼굴로 지효 스님을 쳐다봤다.

"……."

지효 스님은 잠시 한 보살을 바라보다가 아무 말 없이 몸을 돌렸다. 그러면서도 마음이 편치가 않았다. 자기 자신이 마치 호적 정리를 하지 않고 살고 있는 것 같아서였다. 사람은 태어나면 자신을 낳아준 사람을 부모로 해서 그의 호적에 오른다. 호적에 오른다는 것은 사회의 구성원이 돼서 이 세상에서 살아갈 자격을 얻는 것과 같다.

출가한 스님들도 마찬가지다. 사바세계를 떠나 구도의 길에 오른다는 것은 영혼과 육신이 새롭게 태어남을 의미한다. 새롭게 태어나기 위해선 반드시 생명을 탄생시켜 주는 부모가 있어야 한다. 그분이 바로 은사 스님이시다. 출가한 스님들은 은사 스님을 통해 구도자로서의 새로운 생명을 얻는다. 은사 스님을 모신다는 것은 승단의 구성원이 되어 그 속에서 살아갈 자격을 얻는 것과 같다. 그러므로 태어나면서 호적에 오르는 것이나 계를 받고 승적에 오르는 것은 넓은 의미에서 집단과의 약속이다.

지효 스님은 혜조 스님을 은사 스님으로 해서 계사 스님에게 계를 받았다. 계를 받았다는 것은 혜조 스님을 스승으로, 또 부모로 모시겠다는 약속이었다. 그러나 그 약속은 채탈도첩을 받는 순간 파기되었다. 그 후 10년간 지효 스님은 구도의 용광로 속에 자신을 던지고 치열하게, 어느 누구보다도 치열하게 영혼과 육신을 제련시켜갔다. 그 결과 백족화상으로부터 스님이라는 인가도 다시 받았다. 하지만 그녀는 여성이므로 비구니 스님을 은사로 해서 다시 한 번 계를 받아야만 했다. 그러나 지효 스님은 아직까지 그 일을 해오지 않고 있었다. 그래서 늘 마음에 걸렸다.

공양간을 나온 지효 스님은 거실을 지나 혜일 스님이 거처할 방으로 갔다. 방 안에는 빳빳하게 풀을 먹여서 손질해놓은 무명 승복과 흰 인조견으로 만든 속적삼이 옷걸이에 걸려 있었고, 창 밑에는 치자색 책상 하나가 놓여 있었다. 스님들은 좌식 생활을 하므로 책상도 주로 낮은 책상을 쓰지만 지효 스님은 일부러 의자가 딸린 다리 있는 책상을 샀다. 혜일 스님은 이제 학자가 되었으므로 다른 스님에 비해 책상 앞에 앉아 있을 시간이 많을 것 같아서였다.

혜일 스님이 학자가 되었다는 생각을 하던 지효 스님은 옛날 혜일 스님과 함께 강원에서 공부를 하던 일이 생각나 혼자 미소를 지었다.

한산시를 설명하던 강사스님이 숙제를 내주자

"스님, 공부하기 싫어서 절로 도망쳐왔는데 절에서도 자꾸 숙제를 내주면 이제 또 어디로 도망을 가야 합니까?"

라고 불평을 해 학인들을 웃겼다.

공부를 하지 않으려면 어디로 도망을 쳐야 하느냐고 물었지만 그는 여태껏 공부하는 일에서 도망을 치지 못하고 있었다. 강원을 졸업한 후 곧바로 대학교로 간 그는 거기서 석사 과정을 마치고 다시 인도로 유학을 가 10여 년이 넘도록 박사 과정 논문과 씨름하고 있었으니 말이다.

혜일 스님에게는 공부가 바로 이승에서 짊어지고 가야 할 업인지도 모른다는 생각을 잠시 해보던 지효 스님은 다시 방 안을 살펴보았다. 그러던 그는 책상 옆에 서 있는 책장이 아무래도 마음에 걸려서 한 발 뒤로 물러서서 다시 책장을 바라보았다. 처음 책장을 살 때는 책상과 같은 치자색으로 사오려고 했지만 책상과 책장이 둘 다 치자색이면 방 안 분위기가 너무 밝아 안정감이 없을 것 같아서 책장은 검은 갈색으로 사왔다. 그러나 막상 책상과 책장을 나란히 놓고 보니 역시 색이 조화를 이루지 못하는 것 같아 마음에 걸렸다. 지효 스님은 책장과 책상을 번갈아 바라보다가 혜일 스님이 오시면 물어보고 마음에 들지 않는다고 하면 그때 바꿔 와야지 하는 생각을 하면서 문갑 위로 눈길을 돌렸다.

문갑 위에는 분청사기로 된 다기와 작설차가 준비되어 있었고 그 옆엔 물을 끓일 수 있는 다관과 보온 물통이 놓여 있었다. 혜일 스님이 거처할 방은 요사채에서 조금 떨어져 있었기 때문에 차를 마실 때마다 불편을 겪지 않게 해드리고 싶어서였다. 방 안을 찬찬히 점검해보던 지효 스님은 다기에 혹시 먼지가 앉지 않았을까 하는 걱정이 들어 손가락으로 다기를 한 번 쓸어보고는 방 안을 나왔다. 그러면서 속으로 향도 한 갑 갖다 놔야지 하는 생각을 하고 있었다. 스님들은 방에서 수시로 향을 피우기 때문에 혜일 스님한테도 향이 필요할 것 같아서였다.

이제 몇 시간 후면 혜일 스님을 만날 수 있다고 생각하니 지효 스님은 가슴이 두근거렸다. 스님은 어떤 모습으로 바뀌셨을까? 지효 스님은 이런 생각을 하며 혜일 스님의 모습을 떠올려 봤지만 혜일 스님이 어떤 모습으로 변했을지 전혀 상상이 가지 않았다. 그건 15년이라는 세월 위에 박사라는 호칭이 하나 더 얹혀기 때문인지도 모른다.

지효 스님이 혜일 스님을 마지막으로 본 것은 15년 전 영옥의 집에서였다. 첫눈이 내리던 날 밀감 한 봉지를 사서 들고 머리 위에 얹은 눈을 손으로 털며 영옥의 아파트로 들어서던 혜일 스님이 그의 머릿속에 남아 있는 마지막 모습이었다. 하지만 지효 스님에게서 그때의 혜일 스님 모습은 마치 짙은 안개 뒤편에 서 있는 것처럼 흐릿했다. 잘 닦여지지 않은 거울 속에 비친 얼굴을 들여다보고 있는 기분 같기도 했다. 그때 그는 자신 외에 누구한테도 마음을 쓸 형편이 못 되었기 때문에 영옥의 집까지 찾아온 혜일 스님한테도 마음을 쓰지 못했었다.

그러기 때문에 지효 스님 머릿속엔 영옥의 집에서 본 혜일 스님보다 산문출송(山門出送)을 당하던 날 잣나무 밑에서 본 혜일 스님이 마지막 모습으로 남아 있었다. 그날 혜일 스님은 서리가 하얗게 내려앉은 잣나무 밑에 서서 눈물로 뒤덮인 자신의 얼굴을 승복 소맷자락으로 닦아주었고, 자신이 돌아서자 잣나무 등걸에 얼굴을 묻고 혼자 오래도록 흐느끼며 울었다. 그때의 혜일 스님 모습을 떠올리던 지효 스님의 두 눈은 불그스름하게 충혈되어 갔다.

지효 스님은 깊게 심호흡을 하면서 자신의 감정을 진정시키고는 밖으로 나왔다. 비행기 도착 시간이 7시라고 했으니 이제 두 시간밖에 시간 여유가 없었다. 아침부터 몇 차례 점검을 했기 때문에 혜일 스님을 맞이할 준비는 다 끝냈지만 그래도 뭔가 미진한 것 같아 지효 스님은 다시 한 번 옷가지며 음식 그리고 소지품을 머릿속으로 점검하면서 마당으로 나왔.

"저……."

지효 스님이 밖으로 나오자 나무 밑에서 놀던 용정이 고개를 쳐들며 스님을 바라봤다.

"용정이 여기서 노는구나."

"저… 나무는 어디로 밥을 먹어요?"

"응?"

지효 스님은 용정의 묻는 말을 얼른 알아들을 수가 없어서 용정을 가만히 쳐다봤다.

"나무는 입도 없는데 어디로 밥을 먹어요?"

용정이는 답답한 듯 눈을 깜박이며 같은 말을 다시 한 번 더 물었다. 속눈썹이 길고, 검은 눈동자가 크기 때문에 용정의 눈은 다른 아이들에 비해 특히 아름다웠다. 그러기 때문에 용정의 눈을 들여다보고 있으면 알 수 없는 행복감 같은 것이 느껴지면서 마음이 한없이 평화로워졌다.

"아!"

지효 스님은 비로소 용정이 무엇을 묻고 있는지를 알 수 있을 것 같아서 웃었다. 언젠가 용정과 마당에서 놀다가 나무도 사람처럼 살아 있으니까 가지나 잎을 함부로 꺾으면 안 된다는 말을 한 적이 있었다. 용정은 그 말을 기억하고 있다가 지금 묻고 있는 듯했다.

"……?"

지효 스님이 웃자 용정은 작은 손을 배 위에 얹어놓고 고개를 갸웃하며 지효 스님을 쳐다봤다. 그런 그의 모습이 앙증맞고 귀여워서 지효 스님은 용정의 앞으로 다가가 허리를 굽히고 앉으며 용정을 끌어안았다.

"사람은 입으로 밥을 먹지만 나무는 온몸으로 밥을 먹어. 그래서 나무는 사람처럼 입이 없어도 밥을 먹을 수 있는 거야."

지효 스님은 미소를 지으며 이렇게 설명했다.

"……?"

용정은 눈을 더욱더 깜박이며 지효 스님을 쳐다봤다. 입이 없이 온몸으로 밥을 먹는다는 말을 알아들을 수 없다는 표정이었다. 지효 스님은 난감했다. 식물은 햇빛과 수분으로 탄소동화 작용을 해서 영양분을 만들어 살아가고 있다는 것은 배워서 알고 있지만, 알고 있다고 생각했던 그것도 실은 모르는 것과 다를 바가 없었다. 탄소동화 작용이라는 것이 어떤 과정으로 진행되는 것인지 자기로서는 도저히 짐작할 수가 없었다.

모르는 것은 식물만이 아니다. 동물, 아니 동물이라고 광범위하게 말할 것도 없이 지효 스님은 매일 자신이 섭취한 음식물이 체내에서 어떤 경로를 거쳐 영양분으로 바뀌고 있는지에 대해서도 제대로 알지 못했다. 아는 것과 증득되는 것 사이에는 얼마나 아득한 차이가 있는지에 대해 다시 한 번 절감하지 않을 수 없었다. 아는 것은 어디까지나 달을 가리키는 손가락이지 달 그 자체는 될 수가 없었다.

"용정아, 저쪽 수돗가에 가서 손 씻고 이제 그만 들어가자."

지효 스님은 한 팔로 용정의 어깨를 감싸며 몸을 일으켰다. 그러자 용정도 자신의 어깨를 감싸주는 스님의 손길이 좋은지 순순히 따라나섰다. 용정의 어깨를 감싼 지효 스님은 은행나무, 주목, 개비자, 소나무, 전나무, 종비나무, 향나무, 자작나무, 마가목, 목백일홍 등이 울창하게 서 있는 정원을 지나 수돗가로 갔다. 정원에 물을 주기 위해 따로 만들어놓은 수도 옆에는 다섯 평 정도의 작은 연못도 있었다. 수돗가로 가까이 다가가자 등을 꼬부리고 앉았던 이랑이 일어섰다.

"이랑이 여기 있었구나."

지효 스님은 인사를 하며 이랑 쪽을 바라보았다. 그녀 발밑에는 이제 막 꽃잎을 터뜨리기 시작한 분홍 장미가 한 다발 놓여 있었고, 그 옆에는 융의 책상 위에 있던 꽃병이 함께 있었다. 이랑은 융을 위해서 장미꽃을 꺾고, 꺾은 장미꽃을 정성 들여 손질하고 있었다. 그런 이랑을 보자 지효 스님은 순간적으로 괘씸한 생각이 들었다. 이랑이 마음속으로 융을 사모하고 있다는 것을 지효 스님은 누구보다도 잘 알고 있었다. 그러기 때문에 융을 위해 꽃을 꺾고 싶은 마음이 생겼을 거라는 것도 충분히 이해할 수 있었다.

그러나 한편으로는 융의 방에 꽃을 꽂아주고 싶은 마음이 생기듯이 부처님 앞에 꽃 공양을 올리고 싶은 마음도 생기기를 바라고 있었다. 그러나 이랑은 번번이 지효 스님의 그런 바람을 저버렸다. 지효 스님은 그런 이랑을 볼 때마다 영옥을 그대로 보고 있는 것 같았다. 모진 운명 앞에서 갈가리 찢긴 채로 살았으면서도 영옥의 가슴속에는 이상하게 종교성이 싹트지 못했다. 그런데 그건 이랑이도 마찬가지였다.

이랑은 사리에 밝고 똑똑하지만, 어쩌면 그러한 것들이 방해가 되고 있는지도 모르지만, 그녀의 가슴속에는 전혀 종교성이 자리하고 있지 않았다. 지효 스님은 이랑의 그런 속성을 접할 때마다 영옥의 영상을 떠올리게 되고, 그리고 서운한 마음과 함께 괘씸한 마음이 들었다. 그들 모녀에게서 느끼게 되는 괘씸한 마음과 서운한 마음은 어쩌면 가장 소중한 것을 소중하게 받아들이지 못하는 것에 대한 안타까움이었는지도 모른다.

"공항에 나가실 시간 늦지 않으셨어요?"

이랑이 지효 스님의 안색을 살피며 물었다.

"용정이 씻겨놓고 얼른 나가야지."

지효 스님은 잡고 있던 용정의 손을 대야에 담그며 대답했다.

"용정은 저한테 맡기고 들어가셔서 준비하세요. 제가 씻겨서 데려갈게요."

"그럴래?"

지효 스님은 이랑의 말을 받아들이며 용정의 손을 놓고 자리에서 일어섰다. 한순간 착잡했던 자신의 감정을 이랑이 눈치채고 있는 것 같아서 그녀 마음을 편하게 해주고 싶었다.

"비행기 도착 시간이 일곱 시라고 하셨죠?"

이랑이 목걸이용으로 된 시계를 들여다보며 물었다.

"응."

"그럼 한 시간 조금 더 남았네요."

"시간이 벌써 그렇게 됐어?"

"네. 제가 스님 모시고 같이 갔다 올까요?"

이랑이 조심스럽게 물었다.

"아니, 그럴 필요 없어. 용정이나 씻겨서 데리고 들어가."

"네."

이랑은 용정의 손을 잡으며 수돗가에 앉았다.

"용정아, 깨끗하게 씻고 누나하고 있어라."

지효 스님은 용정의 머리를 쓰다듬어주고는 몸을 돌렸다.

"……."

그러자 용정은 큰 눈을 더욱 크게 뜨면서 지효 스님 뒷모습을 바라보았다. 지효 스님은 용정이 불안한 눈으로 자신을 보고 있을 거라고 생각하며 걸음을 빨리해 안으로 들어갔다. 용정이 자기와 떨어지는 일에 대해 본능적으로 공포감을 느끼고 있어서였다. 거실로 들어온 지효 스님은 옷걸이에 걸어놓았던 두루마기를 내려서 입고 서둘러 밖으로 나왔다. 비행기 시간에 맞춰 공항에 도착해야 한다는 조급함과 혜일 스님을 만난다는 설렘이 뒤섞여 가슴이 자꾸 두근거렸다.

분홍 장미가 담긴 백자 항아리를 들고 융의 방으로 들어온 이랑은 방 안을 둘러보며 꽃병 놓을 자리를 찾다가 먼저대로 책상 위에 놓았다. 융의 시선이 가장 많이 닿는 곳은 역시 책상 위일 것 같아서였다. 꽃병이 놓이자 방 안은 일시에 장미 향기로 가득 찼다. 귀족의 영애 같은 분홍 장미는 우아한 향기를 고요히 뿜어내고 있었다. 이랑은 책상에 기대서서 백자 항아리 속에 꽂혀 있는 장미꽃을 바라보았다. 우아한 꽃잎, 우아한 색깔, 우아한 향기. 그러나 꽃을 보고 있는 그녀의 마음은 쓸쓸했다. 쓸쓸하다고 느끼는 그 감정은 초라함이었는지도 몰랐다.

책상에 기대서서 장미꽃을 바라보던 이랑은 천천히 몸을 돌렸다. 그러자 맞은편 벽에 걸려 있는 융의 옷이 눈에 들어왔다. 이랑은 융이 벗어놓은 회색 바지와 푸른 줄무늬가 쳐진 흰 남방을 물끄러미 바라보았다. 난공불락(難攻不落)의 성(城), 자신이 바라보고 있는 융은 난공불락의 성이었다. 이랑은 쓸쓸한 얼굴로 융의 옷을 바라보다가 밖으로 나왔다. 가슴 한쪽 끝이 말려드는 것 같은 외로움이 느껴졌다.

밖으로 나온 이랑은 자신의 방으로 들어갈까 하다가 정원 쪽으로 발길을 돌렸다. 마음이 허전해서 도저히 방으로 들어갈 수가 없어서였다. 이랑은 붉은 보도블록 위에 서서 가만히 정원을 바라보았다. 울창한 나무들 속에 싸여 있는 경내는 그야말로 절간 같은 고요 속에 잠겨 있었다. 낮에는 산동네 여자들이 맡긴 아이들 때문에 늘 소란했지만 그 아이들이 모두 자기 집으로 돌아간 저녁이 되면 경내는 낮의 소란스러움에 비례해

더욱 적막해졌다.

이랑은 한참 동안 어둠 속에 서 있다가 잔디밭을 지나 장미꽃이 피어 있는 서쪽 담 밑으로 갔다. 천 송이쯤 될까? 이천 송이쯤 될까? 아니면 삼천 송이쯤 될까? 이제 막 꽃잎을 터뜨리기 시작한 장미는 감미로운 향기를 뿜어내며 피어 있었고, 그 꽃들이 뿜어내는 향기는 마치 낮게 드리워진 구름처럼 머리 위 허공을 가득 메우고 있었다.

이랑은 눈을 감으며 깊게 심호흡을 했다. 장미 향기가 몸속으로 들어와 서서히 퍼져갔다. 그 순간 조금 전에 느꼈던 우울함이 어느 정도 가셔졌다. 그래서 정원을 돌며 노래를 부르기 시작했다. 어둠 속으로 울려 퍼지는 노랫소리는 화려했다. 고음이면서도 울림의 폭이 넓기 때문에 그녀의 음색엔 늘 화려한 색감이 배어 있었다. 노래뿐 아니라 그녀의 모습도 화려했다. 짙은 커피색 원피스 위에 하얀 구슬벨트로 허리를 졸라맨 이랑은 어둠 속에서도 무척 화려하게 느껴졌다. 키가 큰 데다가 긴 파마머리가 어깨를 덮고 있었기 때문에 더욱 그렇게 느껴졌는지도 몰랐다.

이랑에겐 예쁘다거나 아름답다고 하기보다 화려하다는 것이 훨씬 더 잘 어울리는 표현이었다. 이마가 넓고 눈썹이 진하고 광대뼈가 조금 튀어나오고 입술 끝이 약간 올라간 그녀의 얼굴은 여자로서 결코 예쁜 편이 못 되었다. 하지만 보고 있으면 있을수록 강렬한 개성 같은 게 느껴졌다. 더욱이 그녀는 화장을 조금만 해도 마치 무대 화장을 한 것처럼 돋보였다. 그래서 이랑은 자신의 이러한 특색을 십분 살려 분홍색이나 보라색 아이섀도로 즐겨 눈 화장을 했고 루주도 일부러 화사한 색으로 골라서 발랐다.

어머니가 집을 나간 후 아버지 최길성 씨도 도다가로 떠나갔다. 그리고 오빠인 형규마저 기숙사로 거처를 옮기자 그녀를 보호해주고 지켜주던 가정은 마치 신기루 위에 세워졌던 궁전처럼 어느 날 갑자기 지상에서 사라지고 말았다. 그 와중에도 최길성 씨는 이랑의 의사를 존중해 그녀를 생부인 세혁한테로 보내지 않고 지효 스님이 계시는 선재사로 보내주었다.

처음 선재사로 거처를 옮긴 이랑은 깊은 방황을 했다. 하지만 그 방황은 반년 정도 지내면서 끝을 냈다. 자기 자신이 어떤 모습으로 서야 하는가를 똑똑히 알았기 때문이었다. 그때부터 이랑은 매 순간 자기 자신을 화려하게 표현하고자 이를 악물었다. 그것은 초라해지지 않으려는 몸부림이었다. 이랑은 초라해지지 않기 위해 공부했고 초라해지지 않기 위해 노래 연습을 했다. 그리고 초라해지지 않기 위해 오만했고 초라해지지 않기 위해 자신을 강하게 군림시켰다.

이러한 노력은 상당히 적중해 이제 이랑은 적어도 다른 사람들의 눈에는 초라하게 보이지 않을 정도의 자리에 자신을 세워놓을 수 있었다. 지도 교수님은 물론 주위 친구들 그리고 지효 스님에게까지도. 그런데 융한테만은 비참하리만큼 그것이 안 되었다. 어둠 속에 서 있는 이랑의 머릿속에 융의 얼굴이 떠올랐다. 그의 얼굴이 떠오르는 순간 가슴 한쪽 끝이 말려드는 것 같은 외로움이 다시 느껴졌다.

이랑은 그런 자신의 감정이 너무도 괴로워서 강하게 머리를 흔들고는 안으로 발길을 돌렸다. 방에 들어가서 회화 테이프를 들어야겠다는 생각을 하면서. 오페라 가수가 되려면 대본에 나오는 대사를 정확히 익혀야 하기 때문에 이랑은 회화 테이프를 들으면서 대사를 익히고 있었다.

"이랑이 학생."

보도블록이 깔린 길을 중간쯤 지나갈 때 뒤에서 한 보살 목소리가 들려왔다.

"……."

이랑은 걸음을 멈추고 서서 뒤를 돌아다보았다. 한 보살이 급히 뒤를 따라오고 있었다.

"방금 저쪽에서 노랫소리가 들렸는디 언제 여기 와 있디야."

"무슨 일이 있으세요?"

"손님이 왔는디 아무래도 눈치가 좀 이상혀서."

"어떤 손님인데요?"

"그거야 나도 모르재잉. 처음 보는 얼굴인께. 다짜고짜 스님 있는 데로 데려다 달라고 하는디 내 눈에는 꼭 싸울라고 작정을 하고 온 사람 같어야."

"네?"

이랑은 무슨 말인지 알아들을 수가 없어서 한 보살을 쳐다봤다.

"여지껏 있어도 싸울라고 온 사람은 못 봤는디……. 어지간히 독살스런 여잔가벼. 얼굴에서 독이 뚝뚝 떨어지던디."

한 보살은 자신을 무시하던 여자 얼굴이 생각나서 적개심을 나타내며 말했다. 누굴까? 한 보살 말을 듣고 있던 이랑은 고개를 갸웃하며 생각해 봤지만 누가 왔는지 짐작이 가지 않았다.

"이랑이 학생이 가서 만나봤으면 쓰겄어. 싸게 돌아갈 것 같지도 않던디."

"알았어요. 제가 가서 만나볼게요."

이랑은 몸을 돌렸다. 안으로 들어간 이랑은 현관 층계로 올라서려다가 깜짝 놀라며 우뚝 걸음을 멈춰 섰다. 현관 앞에는 뜻밖에 박 교수 부인이 서 있었다. 그녀는 포획물을 쫓는 매처럼 날카로운 시선을 번득이고 있었다. 어둠 속이긴 하지만 이성을 잃고 있음이 역력하게 느껴졌다.

박 교수 부인임을 확인한 순간 이랑의 머릿속엔 박 교수와 연결된 생부 세혁의 이름이 번개처럼 스치고 지나가면서 무의식

속에 숨겨져 있던 증오심이 생생하게 되살아났다. 그리고 그 증오심은 박 교수 부인에게로 확산되어 갔다.

"어디서 오셨죠?"

이랑은 송강의 약혼식 날 고속도로 휴게소에서 처음 만났던 기억을 의식적으로 지워버리며 이렇게 물었다.

"지효라는 여자 좀 만나러 왔어요."

"그분은 여자가 아니고 스님인데요."

"건방지게. 스님은 여자 아니야?"

"물론 아니죠."

"뭐야?"

"여자가 아니기 때문에 스님이라고 부른다는 거 모르세요?"

"나한테 지금 말 가르쳐주겠다는 거야?"

"미국서 오래 사시다 와서 우리말을 잘 모르시는가 본데, 스님이라는 말이 무엇을 의미하고 있는지 한번 알아보세요."

"날 아는가 본데, 누구지?"

주희는 이랑 쪽으로 가까이 다가오며 이랑의 얼굴을 뚫어져라 들여다보았다.

"……."

이랑은 본능적으로 한 발 뒤로 물러섰다.

"너, 박영옥 씨 딸 맞지?"

주희는 더듬더듬 자신의 기억을 떠올리며 이렇게 말했다.

"……."

이랑은 입을 꼭 다물고 서서 주희를 마주 노려보았다. 자기 얘기를 박 교수가 아내한테 한 모양이라고 생각하면서.

"이랑이를 만나게 돼서 다행이야. 아까는 내가 기분 상하는 말을 한 모양인데…… 좀 흥분하고 있었어. 용서해줘."

"……."

"난 지효 스님을 만나러 왔는데, 어디 있지?"

"스님은 지금 안 계세요."

"안 계셔? 이렇게 늦은 시간에 집에 안 있다니 이상한데."

"사모님은 착각을 하고 계신 것 같은데, 여긴 절이에요."

"이랑이는 아까부터 왜 내 말꼬리를 잡고 늘어지지?"

"죄송해요. 여자라는 말이나 집이라는 말은 너무 듣기에 거북해서요."

"좋아. 내가 다 정정할게. 이랑인 지효 스님 있는 데로 날 좀 안내해 줘."

"스님은 지금 외출 중이세요."

"외출?"

주희 얼굴이 험악하게 일그러졌.

"나가신 지 한 시간쯤 됐어요."

이랑은 자신의 말을 믿게 해주고 싶어서 이런 설명을 덧붙였다. 그러면서 속으로 공항에 가셨으니 이제 곧 돌아올 시간이 됐다는 말을 할까 하다가 두 사람을 만나게 해서는 안 되겠다는 판단이 들어 그 말은 그냥 입속에서 삼켰다.

"역시 내 추측이 맞아떨어졌군."

주희 얼굴은 순간적으로 검붉어졌고 입에선 독기 같은 기운이 뿜어져 나왔다.

"……."

이랑은 할 말을 잃은 채 본능적으로 몸을 도사렸다.

"너 그 여자한테 똑똑히 전해. 내가 다녀갔다고. 그리고 허튼수작 계속하면 내가 그냥 안 놔두겠다고. 내 말 알아들었지?"

주희는 이랑을 노려보며 명령하듯 이렇게 말하고는 칼날 같은 바람을 일으키며 몸을 돌렸다. 이랑은 어둠 속으로 사라지는 주희의 뒷모습을 멍한 눈으로 바라보고 있었다. 처음 봤을 때 받은 느낌하고는 완전히 달랐다.

이랑이 주희를 처음 본 것은 강릉으로 가는 고속도로 휴게소에서였다. 그때 그녀는 아들과 딸을 양옆에 앉히고 남편과 마주앉아 아이스크림을 먹고 있었다. 몸에 꼭 끼는 검은 바지와 티를 입고 긴 머리를 늘어뜨리고 앉아 아이스크림을 먹고 있던 그녀는 아름다운 노랫소리만 들리면 언제라도 일어나 춤을 출 것 같은 단순하고 철부지인 여자로 보였었다. 그런 그녀 속에서 이렇게 무서운 증오심이 일어나리라곤 상상도 할 수 없었다.

"그 여자 뉘기여? 이랑이 학생도 아는 사람이여?"

층계 밑에 서 있던 한 보살이 이랑의 앞으로 걸어오며 물었다.

"……."

자신의 생각 속에 잠겨 있던 이랑은 고개를 돌려 한 보살을 쳐다봤다.

"정말이제 사람 잡을 여자네잉. 우리 스님한테 무슨 억하심정이 있어서 그렇거럼 독을 쓰고 간디야."

"그분 다녀간 걸 아무한테도 말하지 마세요. 특히 스님한테는요."

"무슨 일이간디?"

한 보살은 호기심을 나타내며 이랑을 쳐다봤다.

"그건 아실 필요 없고요. 보살님은 그냥 모른 체하고만 계세요."

"참말로 별꼴 다 보겠네. 굴러온 돌이 박힌 돌 친다고, 지가 뭔디 날 무시허고 그려. 지 주제도 모르고서잉."

박 교수 부인한테 먼저 마음이 상한 한 보살은 이랑한테 다시 무시당했다고 생각하자 분을 못 참고 이렇게 내뱉었다.

현관 안으로 들어선 이랑은 현관문에 기대며 눈을 감았다. 굴러온 돌, 그래 난 굴러온 돌인지도 모른다. 그렇다면 어디서부터 굴러서 여기 이곳까지 왔을까? 분명히 떠난 곳이 있을 텐데 나는 떠난 곳을 알 수가 없다. 알 수가 없는 것이 아니라 믿고 싶지가 않았다. 믿고 싶지가 않아서 몸부림을 치고 있다. 지금 이 순간에도.

이랑은 현관문에 기대었던 몸을 일으켜 자신의 방이 있는 2층으로 올라갔다. 2층으로 올라가는 층계 계단을 한 계단 한 계단 밟을 때마다 자신의 심장을 밟는 것 같은 통증이 느껴졌다. 이랑은 층계 손잡이를 잡고 가만히 눈을 감았다. 아버지 최길성의 영상이 떠올랐다. 아빠. 최길성의 영상을 떠올리던 이랑은 나직이 '아빠' 하고 불렀다. 그러자 눈물이 왈칵 쏟아졌다. 이랑은 자신이 장미꽃을 꺾으면서도, 꺾은 장미꽃을 화병에 꽂으면서도, 융의 방을 나와 마당을 돌면서도 내내 최길성 씨 모습을 떠올리고 있었음을 알았다. 내가 외로워한 건 아빠가 보고 싶어서였을까? 아니면 외롭기 때문에 아빠가 보고 싶은 거였을까?

"스님."

새벽예불을 마치고 나올 때 어둠 속에서 융이 불렀다.

"응."

지효 스님은 고개를 돌리며 융을 바라보았다.

"어저께 스님하고 공항에 같이 못 나가서 죄송합니다."

융이 용서를 비는 얼굴로 사과를 했다.

"융은 나하고 공항에 나가려고 했었어?"

지효 스님은 웃으며 물었다. 자신은 전혀 생각지 않은 뜻밖의 말을 하고 있어서였다.

"네. 일찍 와서 스님 모시고 혜일 스님 마중을 나가려고 했었는데 갑자기 신부님을 만나게 돼서 못 나갔습니다."

"신부님이라니?"

지효 스님은 의외라는 얼굴로 쳐다봤다. 융 주위에 신부님이 있다는 건 금시초문이었기 때문이었다.

"미카엘 신부님이라고, 프랑스에서 오신 분입니다."

"어떻게 알게 됐는데?"

"징검다리에 갔다가 거기서 우연히 뵙게 됐습니다."

"그래?"

"어제는 만날 약속이 없었는데 신부님께서 학교로 엽서를 보내셨더군요. 일방적인 약속이라서 취소할 수가 없었습니다."

융은 공항에 나가지 못한 걸 다시 한 번 사과하고 있었다.

"괜찮아. 난 처음부터 혼자 나가려고 했었는데 뭘. 그보다 신부님 만나서 좋은 시간 가졌어?"

"네. 토요일 오후에 등산을 같이 가자고 하시더군요."

"어디로?"

"한국 절을 보고 싶다고 하시면서 절 있는 산으로 가자고 하셨습니다."

"절이야 어느 산이나 다 있잖아."

"그렇긴 하지만 이왕이면 좋은 절로 안내하고 싶습니다."

"……."

지효 스님은 미소를 지으며 융을 바라보았다. 좋은 절로 안내하고 싶다는 그의 말속에는 불교에 대한 첫인상을 좋게 해주고 싶다는 그의 진실이 숨어 있어서였다.

"어느 절을 안내해드리는 게 좋겠습니까?"

융이 물었다.

"글쎄. 그런 건 나보다 향운 스님이 더 잘 알고 계실 것 같은데."

"알겠습니다. 그럼 향운 스님한테 여쭤보겠습니다."

"그렇게 해."

지효 스님이 요사채 쪽으로 발길을 돌리려고 하자

"스님."

융이 등 뒤에서 다시 불렀다.

"응?"

지효 스님은 걸음을 멈추며 융을 돌아다보았다.

"지금 혜일 스님한테 가서 인사를 드릴까요?"

"아직 주무실 거야. 몹시 지쳐 계신 것 같던데."

"건강이 안 좋으신가 보죠?"

"너무 오랫동안 고생을 하다가 오셔서 그럴 거야. 며칠 쉬시면 좋아지시겠지."

"……."

"인사는 저녁에 드리도록 해."

"알겠습니다."

융은 가볍게 고개를 숙이고는 자신의 방 쪽으로 걸어갔다. 방으로 들어간 융은 책상 앞에 앉아서 노트에 메모해 놓은 글을 읽어보았다.

인(因)이 승(勝)하고 과(果)가 승(勝)하니 신심(信心)이 명료(明了)해 의심이 없으며, 인(人)이 공하고 법(法)이 공하니 참된 성(性)이 본래 평등하다. 바로 넉넉하게 명(名)과 상(相)이 쌍으로 없고 취(取)와 사(捨)의 두 글자를 잊는다 할지라도 오히려 뗏목은 있다.

이 탄지(彈指)에 생사해를 건너뛰니 어찌 다시 사람 건너는 배를 찾을 것인가?

융은 노트에 메모해 놓은 글을 읽다가 그 옆에다 붉은 볼펜으로 동그라미 하나를 그려놓았다. 이해가 되지 않을 때는 동그라미 하나를 그려놓았다가 얼마간 시간이 지난 후 그 부분만 다시 읽곤 했다. 시간이 경과하면 경과한 만큼 이해의 폭이 달라지므로 처음에는 이해되지 않았던 부분도 시간이 경과하면 이해되는 경우가 종종 있기 때문이었다.

"오빠 있어요?"

밖에서 이랑의 목소리가 들려왔다.

융은 노트에서 눈을 떼고 문 쪽을 돌아다보았다.

"잠깐 들어가도 돼요?"

다시 이랑의 목소리가 들려왔다.

"응, 들어와."

융은 의자에서 일어서며 말했다.

"방해되지 않아요?"

문을 열고 들어온 이랑이 조심스럽게 물었다. 보라색 아이섀도를 짙게 바른 때문인지 융을 쳐다보는 그녀의 눈이 화사하게 빛났다.

"괜찮아. 이쪽으로 앉아."

융은 이랑의 앞으로 방석을 밀어주며 자신도 방바닥에 앉았다.

"오빠하고 상의하고 싶은 일이 있어서 왔어요."

이랑은 의식적으로 책상 위에 꽂혀 있는 장미꽃 쪽으로 시선을 보내지 않으려고 애를 쓰며 말을 꺼냈다. 하지만 그녀는 꽃송이가 처음 꽃을 때와는 달리 거의 피어 있음을 알고 있었다.

"무슨 일인데?"

융이 물었다. 그의 눈빛은 진지했다.

"어젯밤에 박 교수 부인이 다녀갔어요. 마침 스님이 공항에 나가신 후였기 때문에 직접 만나지는 않았지만요."

이랑이 낮은 소리로 말했다.

"……?"

융은 몹시 놀란 얼굴로 눈을 크게 뜨며 이랑을 바라보았다.

"이성을 잃고 흥분하더군요. 스님한테 증오심을 품고 있는 것 같았어요."

"…왜?"

융은 증오심이라는 말이 이해가 안 가는 듯 고개를 갸웃하며 이랑을 쳐다봤다.

"그건 열등감 때문일 거예요. 열등감은 사람을 비참하게 만드니까 어떤 추태도 부릴 수 있거든요."

"……."

이랑을 바라보는 융의 눈이 한순간 미세하게 떨렸다.

"스님한테 박 교수 부인이 다녀갔다는 걸 알려드리는 게 좋을까요? 아니면 그냥 비밀로 해두는 게 좋을까요?"

융의 시선을 받은 순간 이랑은 무의식중에 자신의 감정을 고백하고 말았다는 생각이 들어 몹시 자존심이 상했다. 그래서 의식적으로 냉랭하게 물었다.

"알려드리는 게 좋겠지. 다시 오실지도 모르니까."

"전 이상하게 그분이 다시 여기에 오리라는 생각은 못 하고 있었어요."

이랑은 자리에서 일어섰다. 너무나도 상식적인 생각을 하지 못했던 자기 자신이 오히려 이상하게 느껴졌다.

"이랑아."

이랑이 문을 열고 나가려고 할 때 등 뒤에서 융이 불렀다.

"……."

이랑은 문손잡이를 잡은 채 고개를 돌렸다.

"꽃 고마워."

융은 가슴 가장 깊은 곳에서부터 울려오는 것 같은 부드러운 목소리로 말했다.

"……."

이랑은 천천히 고개를 들어 자신을 바라보고 있는 융의 눈을 똑바로 직시했다.

당신은 알고 있었군요. 나의 전부를.

4장

Udambara

삭정이를 담은 지게를 지고 산등성이를 내려오던 최길성은 산죽이 우거진 오솔길에 지게를 내려놓고 서서 허리춤에 차고 있던 수건으로 이마를 닦았다. 이마 위로 흘러내린 흰 머리는 땀에 젖어 있었고 지게를 졌던 등판에도 축축이 땀이 배어 있었다. 최길성은 들고 있던 수건으로 천천히 얼굴과 목둘레를 닦으며 산 아래에 있는 들판을 바라보았다. 논이 보이고 밭이 보이고 신작로가 보이고 들판을 가로질러 흐르고 있는 강물이 보였다. 그리고 그 너머로는 낮은 산, 높은 산, 더욱 높은 산들이 어깨동무를 하듯 능선과 능선을 포개고 둘러서 있었다.

"또 저녁 안개가 피어오르는군."

최길성은 낮은 산 능선을 부드럽게 감싸고 있는 안개를 보며 혼자 중얼거렸다. 강이 가까워서인지 그 산 주위로는 늘 물안개가 서려 있었다.

'지금 저 산속에 있는 사람은 온 하늘이 안개로 뒤덮여 있다고 생각하겠지.'

최길성은 앞산을 내려다보며 이런 생각을 하고 있었다. 안개가 서려 있는 산은 강가에 있는 조그만 야산뿐인데 그 속에 있는 사람은 세상이 온통 안개 속에 싸여 있다고 생각하고 있을 것이다. 사람은 원래 자신의 머리 위밖에는 못 보는 법이니까.

지금 느끼고 있는 이런 감정은 언젠가 비행기를 탔을 때도 한 번 느껴본 적이 있었다. 종 불사가 있어서 제주도로 가려고 김포공항에 나가니 하늘이 컴컴하게 흐려 있었다. 그날은 유독 하늘이 흐려서 땅 위까지 컴컴하다고 느껴질 정도였다. 날씨 때문인지 사람들은 모두 침울하게 대합실에서 서성이다가 트랩에 올랐다. 최길성도 그랬다.

그런데 비행기가 이륙해서 고공으로 올라가니 거기는 눈부신 햇빛만 가득했다. 하늘이라고 믿었던 컴컴한 허공은 실은 낮게 떠 있는 구름 덩어리에 불과했다. 그건 상식적으로 이미 알고 있었던 일이었지만 상식하고 실제로 부딪쳤을 때 느끼게 되는 충격하고는 엄청나게 달랐다.

"진여니 무명이니 하더니 그것이 바로 저런 경계였구나!"

그때 최길성은 확신에 찬 감동을 느끼며 이렇게 외쳤다. 진여(眞如)나 무명(無明)을 이론으로는 잘 알고 있었지만 그것이 어떤 경계인지는 가슴에 와닿지 않았었다. 그러던 것이 검은 구름층을 뚫고 청청한 허공으로 올라와 보니 비로소 그 의미를 알 수 있을 것 같았다.

구름층을 뚫고 솟구쳐 오르면 거기는 언제나 눈부신 햇빛이 가득한 청청한 허공이 펼쳐져 있다. 하지만 구름층을 뚫고 솟구쳐 오르는 일은 결코 쉬운 일이 아니다. 지상에서 이륙한 비행기가 고공으로 오르기 위해서는 상당한 가속도의 힘이 필요하다고 한다. 그건 우주선도 마찬가지라고 했다. 지구의 관제탑을 떠난 우주선이 대기권을 벗어나기 위해서는 엄청난 가속도의 힘이 가해져야 한다는 것이다.

최길성은 처음 그 말을 듣고 강한 충격을 받았다. 구도도 그와 같다는 생각이 들어서였다. 비행기가 구름층을 벗어나고 우주선이 대기권을 벗어나기 위해서는 엄청난 가속도의 힘이 필요하듯이 구도자도 범부지를 벗어나 보살지와 부처지에 오르기 위해서는 그와 같은 정진력이 필요할 것이다. 그래서 발심한 구도자들 사이에서는 '한세상 태어나지 않은 셈치고'라는 말이 종종 통용되고 있다. 세상에 태어나지 않은 셈 친다는 그 말속에는 '인간적인 일체의 욕망을 끊어버리고'라는 결연한 의지가 함축돼 있다. 한때는 최길성도 그런 의지로 구도의 길을 걸어보고 싶다는 충동을 느낀 적이 있었다. 하지만 그것도 다

옛날 일이고 이제는 발밑에 누운 풀처럼 소리 없이 살다가 인연이 다하는 날 이 세상을 하직하고 싶을 뿐이다.

앞산을 물끄러미 바라보며 이런 생각에 잠겨 있던 최길성은 자리에서 일어나 벗어놨던 지게를 다시 지고 산길을 내려가기 시작했다. 얼마쯤 내려가니 백족화상이 거처하던 빈 토굴이 나왔다. 최길성은 슬그머니 고개를 돌려 외면하고 부지런히 산길을 내려왔다. 빈 토굴을 바라보는 것은 마음이 너무도 쓸쓸해서였다. 산길을 얼마쯤 내려가던 최길성은 걸음을 멈추고 서서 도로 토굴을 물끄러미 바라보았다. 그렇게라도 하지 않으면 마음이 더욱 쓸쓸할 것 같았다. 이런 일은 산을 오를 때마다 반복되는 일이어서 최길성은 산을 갈 때면 이제 그만 다른 길로 다녀야지 하는 생각도 여러 번 해봤다. 그러나 막상 산을 오르려고 하면 그의 발길은 자신도 모르는 사이에 백족화상 토굴이 있는 쪽을 향하곤 했다.

산을 다 내려온 최길성은 지고 온 삭정이를 나무 단 위에 잘 부려놓고 법당 앞으로 나왔다. 아침나절 대웅전 문을 환하게 비춰주던 해는 어느덧 댓돌 위까지 설핏하게 내려와 있었다. 최길성은 적막 속에 싸여 있는 법당 뜰을 잠시 바라보다가 대빗자루를 찾아들고 마당을 쓸기 시작했다. 종잇조각은 물론 나뭇잎 하나도 떨어져 있지 않았지만 그래도 빗자루로 구석구석 쓸고 나면 쓸지 않았을 때보다는 훨씬 더 정갈하게 느껴져서 좋았다.

"거사님, 여기 와서 이거 좀 봐주세요."

최길성이 법당 뜰을 거의 다 쓸어갈 때 공양주 보살이 칼자루가 빠진 칼을 들고 서서 불렀다.

"예, 그러지요."

최길성은 대빗자루를 뒤꼍에 세워놓고 부엌 쪽으로 걸어갔다.

"칼자루가 헐거워졌는지 칼이 자꾸 빠져서 쓸 수가 없네요."

공양주 보살이 들고 있던 칼을 내밀며 말했다.

"어디 좀 봅시다."

최길성은 공양주 보살한테서 받은 칼을 이리저리 들여다보다가 허리에 차고 있던 창칼로 나무를 가늘게 깎아 칼자루에 박았다. 그리고 나무를 박은 칼자루를 돌에다 몇 번 두들겨 단단하게 고정하여 공양주 보살한테 건네주었다.

"써보십시오. 이젠 단단할 겁니다."

최길성은 창칼을 접어서 허리춤에 꽂으며 말했다. 그의 허리춤에는 창칼 외에도 작은 펜치, 크고 작은 드라이버 등이 주렁주렁 매달려 있었다. 절 안에선 수시로 그의 손을 빌려야 할 일이 생기기 때문에 그는 아예 간단한 연장은 몸에 지니고 다녔다.

"고마워요. 아 참 거사님, 이것도 마저 갈아주고 가세요."

칼을 받은 공양주 보살은 부리나케 부엌으로 들어가며 말했다.

"……."

최길성은 우두커니 서서 자신한테 시킬 다음 일을 기다렸다. 장작불이 타고 있는 아궁이 앞에는 밭에서 막 뽑아온 배추가 수북하게 쌓여 있었다. 저녁 국거리로 뽑아온 것 같았다. 최길성은 부엌에 들어가 배추를 좀 다듬어줄까 하는 생각을 하며 부엌 안을 들여다봤다.

"칼이 들어야 일을 하지……. 여기 있어요."

그때 공양주 보살이 식칼 세 개를 들고나와 최길성 앞에 내밀었다.

"……."

칼을 받아든 최길성은 숫돌 앞에 쭈그리고 앉아 칼을 갈았다. 칼날에 물을 묻혀가며 갈고 있는 그의 손등에는 검버섯이 군데군데 나 있었다. 손등뿐 아니라 이마와 목둘레에도 거뭇거뭇 검버섯이 나 있었다. 한참 동안 칼을 갈던 최길성은 칼날을 세워서 날이 바르게 섰는가를 확인해보고는 자리에서 일어섰다. 오랫동안 쭈그리고 앉아 있은 때문인지 무릎이 잘 펴지지 않았다. 그래서 최길성은 허리를 꾸부정하게 구부린 채 부엌 앞으로 걸어갔다.

"다 가셨우?"

공양주 보살이 배추 다듬던 손을 멈추고 고개를 들며 물었다.

"예."

최길성은 칼자루를 공양주 앞쪽으로 건네주며 대답했다.

"이제 좀 들려나……."

공양주 보살은 칼을 받아서 함지박 물에 담그고는 도로 부엌 바닥에 쭈그리고 앉더니 배추를 다듬었다. 최길성은 부엌에 들어가 배추 다듬는 일을 좀 거들어줄까 하다가 그냥 몸을 돌렸다. 공양주 보살이 자기가 부엌에 들어오는 걸 탐탁하게 생각지 않을 것 같아서였다. 밖으로 나온 최길성은 잠시 앞산을 바라보다가 손이나 씻어야겠다고 생각하며 세면실로 들어갔다. 산에서 흐르는 물을 나무관으로 연결해 쓰고 있기 때문에 세면실 안은 언제나 맑은 물이 철철 넘치고 있었다.

최길성은 물을 몇 바가지 떠서 세숫대야에 붓고 손과 얼굴을 깨끗이 씻었다. 지게를 지고 오면서 땀을 많이 흘린 때문인지 맑은 물이 목덜미에 닿는 순간 기분이 상쾌해졌다. 세수를 마친 최길성은 허리춤에 차고 있던 수건을 빼서 얼굴을 닦고 수건을 빨려고 비누를 찾다가 빨래판 뒤에 숨겨놓은 빨랫거리를 발견했다. 어느 스님이 벗어놓았는지는 모르지만 러닝셔츠, 팬티, 양말이 풀풀 뭉쳐진 채 빨래판 뒤에 숨겨져 있었다. 목욕을 한 스님이 벗어놓은 속옷을 나중에 빨려고 몰래 감춰놓은 것 같았다.

 최길성은 세숫대야 속에 담갔던 자신의 수건을 도로 바닥에 내놓고 스님이 벗어놓은 옷부터 빨기 시작했다. 러닝셔츠, 팬티, 양말을 차례로 빨아서 맑은 물이 나오도록 깨끗이 헹군 후에 바닥에 내놨던 자신의 수건도 마저 빨았다. 빨래를 마친 최길성은 빨래를 들고 뒤꼍으로 나왔다. 세면실 뒤에는 여염집 마당에 쳐진 빨랫줄의 다섯 배 길이나 됨직한 긴 빨랫줄이 세 개 쳐져 있고 그 위에는 회색 승복 몇 벌이 널려 있었다. 약간 언덕진 데다 서향이기 때문에 뒤꼍에는 아직 양광이 그대로 남아 있었다. 최길성은 들고 온 빨래를 반듯하게 털어서 빨랫줄에 널어놓고 천천히 몸을 돌렸다.

 멀리 종루가 보이고 그 아래로 호수가 보였다. 우두커니 서서 종루를 바라보고 섰던 최길성은 그쪽으로 발길을 돌렸다. 특별한 일이 없는 한 하루에 한 번 해 질 무렵이면 그는 늘 그곳을 찾았다. 다정한 친구 집을 기웃거리는 노인 같은 심정으로. 종루까지 온 최길성은 언제나 하던 버릇대로 오른손을 종 표면에 대고 물끄러미 종을 들여다보다가 그 밑에 쭈그리고 앉았다.

 자신의 손으로 채련의 유골을 들고 와서 종 밑에 뿌린 때문인지 여기에 오면 채련의 집에 온 것처럼 늘 편안했다. 편안하다는 감정은 어쩌면 보호를 받고 있다는 감정과 상통하는 것인지도 몰랐다. 그런데 그건 자신이 생각해봐도 참으로 이상한 일이었다. 옛날 채련이 살았을 때는 자기가 채련을 보호하는 입장에 있었다. 물론 그때도 마음이 허전할 때면 채련을 찾아가 자신의 허전한 마음을 위로받기도 했지만 그러나 자신이 손위라는 생각을 버린 적은 없었다.

그러던 것이 채련이 죽고 난 후로는 이상하게 그쪽이 손위 같이 느껴졌다. 그 감정은 세월이 흐르면 흐를수록 더욱더 그러했다. 자신의 가슴속에 남아 있는 채련은 30대 초반의 젊은 모습이고 거울 속에 비친 자기는 60대 중반의 노인 모습인데도 말이다. 종 밑에 쭈그리고 앉아서 이런 의문 속에 잠겨 있던 최길성은 천천히 머리를 끄덕였다. 그러고 있는 그의 입가에는 미소가 감돌고 있었다.

'그래, 바로 그걸 거야.'

최길성은 고개를 들어 허공을 응시했다. 무엇인가에 전부를 걸어보지 않고서야 어찌 도약을 바랄 수 있겠는가. 그 무엇인가는 구도여도 좋고 우정이어도 좋고 사랑이어도 좋고 또 하고 있는 어떤 일이어도 좋다. 그 대상이 사람이든 사물이든 아무튼 그 무엇인가에 자신의 전부를 걸어보지 않는 한 무엇을 했다거나 무엇을 알았다고는 결코 말할 수 없을 것이다.

채련은 담시와의 만남에 자신의 전부를 걸었다. 조각가로서의 명성도 교수로서의 지위도 여자로서의 행복도 마침내는 목숨까지도. 최길성의 망막 속엔 피투성이가 되어 쓰러져 있던 채련의 마지막 모습이 떠올랐다. 그리고 그런 채련을 가슴에 안고 병원으로 달려가던 자신의 모습도 떠올랐다. 장렬하게 산화되어간 전우의 시체를 가슴에 안아본 심정 같다고 할까? 어떤 장엄함이 느껴졌다.

최길성은 구부렸던 허리를 펴며 깊게 심호흡을 했다. 자신의 전부를 걸었다는 것은 전신투구를 했다는 얘기가 된다. 그리고 그것은 완성을 의미한다. 완성은 다음 단계로의 도약이 약속된 자리다. 채련은 짧은 생애를 살았지만 그 경지까지 자신의 생을 이끌어갔고 자신은 채련의 배를 살았지만 거기까지 이르지를 못했다. 이르지 못했다는 것은 그럴 만한 인연을 만나지 못했다는 얘기도 될 것이다. 하지만 인연 역시 누가 만들어주는 것이 아니라 자기 스스로가 만들어가는 것이니까 사람이나 일에 대해 전신투구해 보지 못했다는 말과 다를 바가 없었다.

최길성은 도다가로 옮겨온 이후에야 이 세상이 얼마나 아름답고 얼마나 소중한 무대인가를 비로소 알았다. 세상에 실재하는 것은 모두 진리를 내포하고 있고 내포하고 있는 진리는 절대 평등한데, 자기는 늘 진리를 찾아 떠나야 한다고 생각하면서 살아왔었다. 마치 진리의 세계가 어딘가에 따로 펼쳐져 있는 것처럼.

최길성은 어리석었던 지난날을 떠올릴 때면 늘 허탈해졌다. 그것은 자신의 생에 대한 마지막 회한이었다. 어렵게 무대 위에 오른 배우가 연기다운 연기 한번 제대로 해보지 못하고 내려지는 막을 바라볼 때의 심정 같은 것. 자신은 늘 뒷짐만 지고 다니면서 남이 사는 모습만 바라보다가 한 생을 마치고 말았다는 생각이었다. 하지만 그렇다고 해서 떠나온 무대로 되돌아가고 싶은 생각은 추호도 없었다. 모든 연기를 처음부터 새로 시작할 수 있다 해도. 막이 내려지는 무대에 대해 회한은 있지만 그러나 그건 미련은 아니었다. 지금 그에게 절실히 요구되는 것이 있다면 그건 그냥 발밑에 있는 풀처럼 소리 없이 살다가 세상을 떠나는 것뿐이었다.

지그시 눈을 감고 앉아서 이런 생각을 하고 있던 최길성은 천천히 고개를 들어 앞산 능선을 바라보았다. 능선 뒤에는 좀 더 높은 산 능선이 있고 그 능선 뒤에는 조금 더 높은 산 능선이 겹겹이 포개져 있었다. 그리고 가장 높은 산 능선은 구름 뒤에 숨겨져 있었다. 최길성은 아득히 이어져 있는 능선을 물끄러미 바라보고 있었다.

구름 뒤에 있는 보이지 않는 저 산도 실재한다고 내가 말할 수 있을까?

"아버님, 여기 계셨군요."

등 뒤에서 인기척이 나더니 형규 목소리가 들려왔다. 최길성은 고개를 돌리고 뒤를 돌아다보았다. 종루 밑에 군복을 입은 형규가 서 있었다.

"연락도 없이 네가 웬일이냐?"

최길성은 급히 몸을 일으키며 형규를 쳐다봤다. 아들을 쳐다보고 있는 그의 눈은 입보다 더 웃고 있었다.

"휴가를 나왔습니다."

형규도 환하게 웃으며 아버지 쪽으로 걸어왔다.

"휴가를 나오다니? 제대하기 전까지는 휴가가 없다고 하지 않았니?"

"아버님하고 상의할 일도 있고 해서…, 한 번 더 휴가를 받았습니다."

"아무튼 잘 왔다. 그동안 건강은 좋았느냐?"

"그럼요. 아버님은 어떠셨습니까?"

"나야 늘 좋지. 어서 안으로 들어가자."

최길성은 아들의 어깨 위에 손을 얹으며 말했다.

"안보다 여기가 더 좋습니다. 호수도 내려다보이고요."

형규는 가슴을 펴며 호수를 내려다보더니 아버지가 앉았던 자리 옆에 자리를 잡고 앉았다.

"……."

최길성은 그런 아들을 잠시 내려다보다가 말없이 따라 앉았다. 형규한테는 낯선 스님들이 계시는 요사채보다 여기가 더

편할지도 모른다는 생각을 하면서.

"어디서 향내가 나는데, 이게 무슨 냄샙니까?"

형규가 코로 냄새를 맡으면서 주위를 두리번거렸다.

"무슨 냄새 말이냐?"

"꽃향기 같은데…… 이렇게 진한 향기가 날 만한 꽃은 보이지 않는데요."

형규는 다시 주위를 두리번거리며 말했다. 그가 앉은 언덕에는 하얀 솜나물꽃, 병아리같이 앙증맞고 귀여운 노란 백굴채, 청아한 모습으로 고개를 들고 있는 으아리 등 잡풀 속에서 풀처럼 조용히 숨어 있는 야생화만 보일 뿐 진한 향기를 뿜어낼 만한 꽃은 보이지 않았다.

"창포 냄새를 맡은 모양이구나."

최길성은 호수 쪽으로 시선을 돌리며 말했다. 호수 주위에는 창포가 무성하게 자라고 있었다.

"창포가 어디 있습니까?"

형규가 언덕 아래를 내려다보며 물었다.

"호숫가에 있잖니. 저 난초 잎같이 생긴 거 말이다."

최길성은 아들을 돌아다보며 말했다.

"저게 창폽니까? 전에 왔을 때는 없었던 것 같은데요."

"내가 새로 심었다. 바람이 불면 향기가 여기까지 날아올 거 같아서……"

최길성은 담담하게 말했다. 그가 말한 여기는 종루를 가리키는 말이었다.

"그러시면 꽃을 심지 그러셨어요."

"꽃은 오래 가지 못하잖니. 창포는 잎과 줄기에서 향기를 뿜기 때문에 꽃보다 향기가 오래 간다."

"네……."

형규는 별생각 없이 머리를 끄덕였다. 도다가에서 아버지가 하는 일은 화단을 가꾸고 꽃을 심고 나무를 손질하는 일이었고, 아버지는 특히 호수에 관심을 가지고 늘 호수 주위를 가꾸고 계시기 때문에 그냥 그런 일을 했다고 생각하는 모양이었다.

"송강이한테 들렀었니?"

최길성은 아들을 돌아다보며 물었다.

"아버님을 먼저 뵙고 만나려고 여기로 바로 왔습니다."

그의 말속에는 송강을 만나기 전에 아버지하고 결혼에 관해 먼저 상의할 일이 있다는 뜻이 내포돼 있었다.

"……."

최길성은 잠자코 앉아서 아들의 다음 말을 기다렸다.

"우선 결혼 날짜부터 정했으면 좋겠는데요. 아버님 생각은 어떻습니까?"

"그거야 너희들 형편에 맞게 정해야지. 그래, 네 생각은 어떠냐?"

"9월이면 제대를 하니까 저는 금년 안에 식을 올렸으면 좋겠습니다."

"너야 그렇지만 송강이 형편도 알아봐야지."

"특별한 형편이 따로 있을 게 있습니까? 졸업한 지도 반년 정도 지났으니까 그동안에 결혼 준비도 좀 했을 겁니다."

"그렇기는 하겠지만…… 송강이하고는 의논을 해봤니?"

"지난번 만났을 때 말을 꺼냈더니 나중에 상의하자고 하면서 말을 막더군요."

"……."

최길성은 잠자코 입을 다물었다. 송강의 마음이 헤아려졌다. 그에게는 형규, 융, 송강, 이 세 아이가 똑같은 비중으로 느껴졌다. 아니 비중으로 치자면 오히려 융 쪽이 더 무거웠다. 이해하는 마음도 그랬고 사랑하는 마음도 그랬다. 융과 송강의 모습을 떠올리고 있는 그의 망막 속에는 이랑의 모습도 떠올랐다. 최길성은 자신의 손가락에 끼워져 있는 가느다란 은반지를 내려다보았다. 반지 위에 떨어지던 이랑의 눈물, 사랑보다 더 아픈 감정이 가슴속을 메웠다.

"아버님하고 상의드리고 싶은 건 결혼 날짜보다 사실은 결혼 후의 생활입니다."

형규가 아버지 쪽으로 고개를 돌리며 말했다.

"상의하고 싶은 게 어떤 건지 말을 해봐라."

최길성은 자신의 생각에서 벗어나며 아들 얼굴을 쳐다봤다.

"제대를 하면 제가 서울에서 직장 생활을 해야 하니까 살림도 서울에서 해야 할 것 같습니다."

"……."

"그러려면 아무래도 송강의 어머니도 모셔 와야 할 것 같은데, 제 생각 같아서는 송강의 어머님은 박 교수님과 함께 생활하도록 하는 게 좋을 것 같습니다."

"……."

"박 교수님 아파트 옆에 따로 아파트를 하나 장만해드리면 혼자서도 충분히 사실 수 있을 겁니다."

"왜 그런 생각을 하게 됐니?"

"여러 가지를 감안해 볼 때 어쩔 수 없는 일 아닙니까?"

여러 가지를 감안해 본다는 말속에는 출세하는 데 지장이 있다는 의미도 함축돼 있음을 최길성은 직감적으로 느낄 수 있었다.

"아파트를 장만해드릴 돈은 가지고 있느냐?"

최길성은 엄한 목소리로 물었다.

"그거야 뭐 어렵습니까? 강릉 집 텃밭만 정리해도 아파트는 충분히 살 수 있을 텐데요."

형규는 태연하게 말했다.

"너는 내가 낳아서 키운 자식인데도 나하고는 많이 다르구나."

 한참 동안 아들을 바라보던 최길성은 분노와 절망이 뒤섞인 목소리로 이렇게 말했다.

 "네?"

 형규는 아버지 말을 알아들을 수 없다는 얼굴로 아버지를 쳐다봤다.

 "나는 지금까지 살아오는 동안 단것만 골라서 먹지 않았다. 물론 쓴 것을 비정하게 뱉지도 않았고. 그런데도 한평생을 다 산 내 모습이 이런데…… 아비로서 네가 걱정스럽구나."

 최길성은 침통하게 말했다.

 "저는 결코 아버님처럼 살지는 않을 겁니다."

 형규는 결연하게 말했다.

 "……."

 최길성은 그런 아들을 잠자코 바라보았다. 저는 아버님처럼 실패한 인생을 살지는 않을 겁니다, 라고 선언하고 있음이 분명했다.

 "여기서 이 년만 참고 계십시오. 그러면 제가 모셔가겠습니다."

 형규는 자신의 말이 과했다고 생각됐는지 사과하는 어조로 말했다.

 "나는 괜찮다. 애비한테는 마음을 쓰지 않아도 되니 너나 행복하게 잘 살아라."

　최길성은 진심으로 아들이 행복하게 살기를 당부했다. 그러면서도 그의 마음 한구석에서는 형규가 송강의 남편으로서 적합하지 못하다는 생각이 들었다. 적합하지 못하다는 생각은 자격이 없다는 생각과 같은 것이었는지도 몰랐다. 그때 저녁공양을 알리는 목탁 소리가 멀리서 들려왔다.

　"공양 시간이다. 안으로 들어가자."

　최길성은 먼저 자리에서 일어서며 아들을 내려다보았다. 그러자 형규도 따라 일어났다. 법당 뜰에 있던 해는 어느새 종루가 있는 언덕까지 내려와 있었다. 두 사람은 등으로 햇빛을 받으며 언덕으로 올라갔다. 햇빛을 받으며 걸음을 옮기고 있는 최길성의 등은 구부정하게 보였다.

　세수를 하고 들어온 송강은 머리에 썼던 망을 벗어 문갑 위에 놓고 스킨을 따라 얼굴에 발랐다. 그러면서 아랫목에 쳐져 있는 백동자도(百童子圖)를 수놓은 열 폭 병풍을 물끄러미 바라보았다. 병풍 안에 있는 귀여운 선동(仙童)들은 팽이치기·썰매타기·연날리기·물장구치기·그네타기·말달리기·임금놀이·병정놀이를 하고 있었고, 놀고 있는 선동들 뒤에는 장수를 상징하는 소나무·학·구름·바위·대나무들이 배경을 이루고 있었다. 그리고 집과 정자는 실체처럼 원색으로 단청을 하였고, 나뭇잎들은 실을 한 방향으로 반복해서 수를 놓은 때문인지 바람에 나부끼고 있는 것처럼 생동감을 느끼게 했다.

이 병풍은 처음 할머니가 한씨 가문으로 시집와서 마음을 잡지 못하고 있을 때 증조모인 박 씨가 며느리의 마음도 달랠 겸 손자를 볼지도 모른다는 바람에서 며느리한테 이 백동자도를 수놓게 했다고 한다. 그건 조선조 말엽 평양 감사를 지내던 어떤 사람이 후손이 없어 애를 태우자 이를 안 임금님이 백동자도수병(百童子圖繡屛)을 하사해 후손을 얻게 되었다는 이야기가 전해져 내려오기 때문이었다.

아랫목에 쳐져 있는 병풍을 바라보며 며느리한테 백동자도를 수놓게 했던 증조모와 시어머니의 청을 받아들여 열 폭 병풍을 한 뜸 한 뜸 수놓았던 할머니의 마음을 그려보던 송강은 언젠가 할머니한테서 들었던 말이 생각났다.

"가문이 뭔지 나도 모른다. 때로는 집 같기도 했고, 때로는 땅 같기도 했고, 때로는 목숨 같기도 했다. 그런데 이제 세상을 다 살고 보니 내가 지켜온 가문은 바로 네가 아니었나 하는 생각이 든다."

할머니의 말을 떠올리던 송강은 눈을 감고 가만히 생각에 잠겼다. 가문이 뭔지는 그녀 자신도 알 수 없었다. 할머니 말씀처럼 때로는 집 같기도 했고, 때로는 땅 같기도 했고, 또 때로는 목숨 같기도 했다. 송강은 자신에게 주어진 아흔아홉 칸짜리 집과 쌀 만 석을 소출할 수 있는 농토, 서울 근교에 있는 오만여 평의 땅, 천여 정보의 산을 한번도 재산이라고 생각해 본 적이 없었다. 그것은 그냥 생명을 바쳐 짊어지고 가야 할 가문 그 자체였다. 생명 없는 이러한 것들에 왜 자신의 생명을 바쳐야 하는지에 대해서도 알지 못했다. 그녀가 아는 것은 할머니가 지켜오고 일구어온 것을 어떤 경우에도 저버려서는 안 된다는 사실뿐이었다. 그것은 할머니에 대한 애정이었고 신의였다. 그 애정과 신의는 너무나도 절대적이어서 송강은 운명적으로 자신의 감정에 자신의 생을 걸 수밖에 없었다.

할머니에 대한 이러한 감정 못지않게 그녀를 묶어두고 있는 또 하나의 신념은 융과의 약속을 어떤 경우에도 지켜야 한다는 것이었다. 할머니의 장례가 끝나고 곽 씨 아저씨마저 참담하게 세상을 떠나던 날 밤, 송강은 융과 연못가에 있었다.

"어디에 가서 무슨 공부를 하든지 집이 그리워지면 여기로 와. 내가 이 집을 할머니가 계실 때와 똑같이 지키고 있을게."

그때 송강은 융한테 이렇게 약속했었다. 그 약속을 하면서 송강은 막연하게 자신의 생은 어쩌면 지금 융과 하고 있는 이 약속을 지키기 위해 고스란히 바쳐질지도 모른다는 예감을 느끼고 있었다. 그런데 그 예감은 지금도 마찬가지였다. 병풍 앞에 앉아 자신의 생각 속에 잠겨 있던 송강은 자리에서 일어나

윗목에 놓여 있는 장롱 앞으로 걸어갔다. 방 안은 옛날 이 씨가 쓰던 때와 조금도 달라진 것이 없었다.

아랫목에는 백동자도수병이 쳐져 있었고 병풍 앞에는 여름용 보료가 깔려 있었다. 보료 옆으로는 반닫이 장이 놓여 있고 그 옆으로는 문갑이 이어져 있었다. 그리고 사방탁자는 문갑 옆에 놓여 있었다. 윗목에는 나전삼층장, 화각사층장, 원앙삼층장 등이 나란히 놓여 있었다. 나전삼층장은 오색찬란한 진주조개로 십장생, 연꽃, 천도복숭아 등의 문양을 놓아 화사한 느낌을 주었고, 화각사층장은 쇠뿔을 얇게 펴서 투명하게 만든 사각 판에 적·황·녹·흑·백의 강렬한 당채(唐彩)로 구름 속의 용, 학, 십장생, 화조를 그려 넣어 아름다운 색감을 느끼게 했다. 그리고 원앙삼층장의 2층과 3층은 옷장으로 쓰였고, 맨 아래층은 두 개의 문을 달고 안으로 서랍을 장치해 금고 역할을 하였는데, 앞에 있는 두 개의 문이 사이좋은 원앙새 같다 하여 붙여진 이름이다.

장롱 위에는 모란당초문을 문양한 나전함과 오동나무 표면에 대나무로 직선적인 기하무늬를 모자이크한 상자가 얹혀 있었고 이 씨가 쓰던 반짇고리도 그대로 장롱 위에 놓여 있었다. 달라진 것이 있다면 사방탁자 위에 있던 좌등(坐燈)이 없어지고 그 자리에 자그마한 목불 하나가 모셔져 있는 것과 문갑 위에 있던 융과 송강의 어린 시절 모습을 담은 사진 액자가 목불 밑으로 자리를 옮긴 것뿐이었다.

윗목으로 간 송강은 원앙장 둘째 칸 문을 열고 그 속에서 삼베를 꺼내기 시작했다. 방바닥에는 이내 두루마리 한지처럼 둘둘 말린 삼베가 다섯 필이나 널려 있었다. 그건 이 씨가 손녀 혼수용으로 특별히 마음을 써 장만해놓은 것이기 때문에 올이 고울 뿐 아니라 광택도 은은하게 도는 상품들이었다. 꺼내놓은 삼베를 눈으로 점검해보던 송강은 열린 장롱문을 도로 닫고 자리에 와 앉았다. 삼베 한 필이면 승복 한 벌을 지을 수 있다 하니 꺼내놓은 삼베만으로도 승복 다섯 벌은 충분히 지을 수 있을 것 같았다. 송강은 방바닥에 흩어져 있는 삼베를 한옆으로 모아놓으며 백족화상 모습을 떠올렸다.

법상에 앉아 고요히 삼매에 들던 백족화상은 천천히 눈을 뜨며 좌중을 응시했다. 그렇게 한참 동안 좌중을 응시하던 백족화상은 굳게 다물었던 입을 열고 힘찬 목소리로 화장세계를 설법하기 시작했다. 그날 송강은 백족화상의 음성을 통해 뭐라고 표현할 수 없는 감동을 받았다. 도(道)가 무엇을 의미하는지는 알 수 없지만 음성을 통해서도 그것의 전달이 가능하다는 것을 그때 어렴풋이 느낄 수 있었다. 그 이후부터 송강의 가슴속에선 백족화상에 대한 공경심이 뜨겁게 뿌리내리게 되었다. 하지만 그 공경심은 백족화상이 도력을 지닌 스님이어서라기보다 융의 아버님이라는 피할 수 없는 인연 때문에 더 강렬했다.

선재사 개금불사 이후 송강은 백족화상을 뵌 적이 없었다. 더욱이 그분은 도다가를 떠난 지가 오래되었다고 하니 앞으로도 뵐 길은 막막했다. 그런데도 스님들에게 여름 법의(法衣)를 한 벌씩 지어드려야겠다고 생각한 순간 송강의 머릿속에는 백족화상 모습이 제일 먼저 떠올랐다.

송강은 지효 스님과 혜일 스님 그리고 최길성을 위해서 삼베로 여름옷을 한 벌씩 해드려야겠다는 생각을 하고 있었다. 모든 일에 온몸을 던져 열심히 생활하고 계신 지효 스님에 대해서는 평소 존경심을 느껴왔지만 존경심보다 더 밀착된 감정은 감사함이었다. 융의 일상을 보살펴주고 계신 지효 스님에 대해서는 늘 감사함이 느껴졌다. 그러기 때문에 송강은 자신의 감사한 마음을 수시로 공양물로 포장해서 지효 스님에게 전해왔었다.

인도에서 돌아온 혜일 스님은 아직 뵙지를 못했지만 선재사에 와 계신다는 소식은 들어서 알고 있었다. 송강이 혜일 스님에게서 느끼는 감정은 각별했다. 각별이라는 말은 재미라는 말과 상통하는 것일 수도 있다.

혜일 스님 모습을 떠올리고 있으면 송강은 저절로 미소가 지어졌다. 눈도 둥글둥글하고 코도 둥글둥글하고 입도 둥글둥글하고 얼굴은 물론 머리 모양까지 둥글둥글한 혜일 스님은 우렁우렁한 목소리에다 길을 걸을 때는 양쪽 어깨를 으쓱으쓱하고 걸어서 꼭 장난기 넘치는 비구 같았다. 아니, 그 스님은 실제로도 장난기가 넘쳐서 어렸을 적 융이 감나무에 앉아 노을 진 서쪽 하늘을 바라보고 있으면 나무 밑에 떨어져 있는 풋감을 주워 융의 뒤통수를 때리곤 했다. 그냥 장난을 치고 싶어서 그랬는지 아니면 융의 모습이 너무 쓸쓸하게 보여 나무에서 내려오게 하려고 그랬는지 그건 알 수 없지만 아무튼 풋감으로 팔매질을 해 융의 뒤통수를 맞힌 적이 한두 번이 아니었다.

청은사 스님 중에서 자신의 집을 가장 자주 드나들었던 스님도 혜일 스님이었다. 혜일 스님은 볼일을 보러 시내로 나갈 때나 볼일을 보고 절에 들어올 때면 대개 자신의 집에 들렀다. 그건 할머님을 만나는 재미와 곽 씨네가 해주는 튀김을 먹는 재미가 반반씩 있어서였다. 스님들에게 음식 공양 올리는 것을 살아가는 낙으로 여겼던 할머님은 집에 스님이 들르기만 하면 계절에 맞는 온갖 재료로 정성을 다해 공양상을 올렸다. 그러기 때문에 공양 올리는 음식은 언제 먹어도 맛있었고 그중에서도 튀김은 유독 별미였다. 그것은 자기 집에서만 전수돼오는 독특한 비법이 있기 때문이었다.

그래서 튀김을 좋아하는 혜일 스님은 기회 있을 때마다 할머니한테 들러 튀김 공양을 받았다. 튀김 공양을 받는 건 할머니한테 즐거움을 되돌려드리는 또 다른 공양법이기도 했다. 어렸을 적 자신의 집을 드나들던 혜일 스님 모습을 그려보고 있던 송강은 불현듯 혜일 스님이 그리워졌다. 그 그리움은 그녀 가슴 깊은 곳에 묻어두고 있던 어린 시절의 추억, 바로 그것이었는지도 모른다.

병풍 앞에 앉아 있던 송강은 천천히 고개를 돌려 목불 밑에 놓여 있는 액자를 바라보았다. 액자 속에는 러닝셔츠만 입은 융과 자신이 나란히 서서 웃고 있었다. 웃고 있는 융은 앞니 하나가 빠져 있었다. 이갈이를 할 때였으니까 일곱 살 아니면 여덟 살 때 찍은 사진인 것 같았다. 연당 가에서 놀고 있을 때 최길성 아저씨가 와서 찍어준 것인데, 융이 서울로 떠나자 할머니가 액자를 만들어 문갑 위에 올려놓고 하루에도 몇 번씩 들여다보곤 했었다. 사진을 보고 있는 송강의 가슴속은 수많은 감정이 뒤엉키면서 쓰라렸다.

최길성 아저씨는 어떻게 지내고 계실까? 최길성이 도다가로 거처를 옮긴 3개월쯤 후 송강은 도다가에 한 번 간 적이 있었다. 최길성 씨를 자신이 모시기 위해서였다. 이제 형규와 정혼을 한 사이이기 때문에 최길성을 앞으로 시아버지란 호칭으로 부르게 될 것이고, 그러기 때문에 그분을 모시는 것은 당연한 일일 수도 있지만, 그런 형식적인 관계를 떠나서도 진심으로 그를 모시고 싶었다. 그건 최길성 씨가 할머니나 어머니처럼 육친으로 느껴졌기 때문이었다. 하지만 최길성은 자신의 간곡한 청을 사양하고 도다가를 떠나지 않았다.

여름 법의를 지어드릴 사람을 한 사람 한 사람 머릿속으로 떠올리고 있던 송강은 자신의 감정에 소스라치게 놀랐다. 백족화상, 지효 스님, 혜일 스님, 최길성 씨, 이들에게서 공통적으로 발견되는 건 융의 얼굴이었다. 송강은 융이 자신 속에서 얼마나 깊게 뿌리내리고 있는가를 다시 한 번 확인했다. 그건 전율에 가까운 두려움이었다.

그리고 한 가지 자신의 감정이 이해되지 않는 건 스님들에게 법의를 지어드리려고 한 순간 왜 융의 몫까지를 생각했을까 하는 것이었다. 백족화상이나 지효 스님 그리고 혜일 스님은 스님들이니까 법의를 생각한 것은 당연했고, 최길성 씨는 스님은 아니지만 도다가에서 스님과 같은 생활을 하고 있기 때문에 최길성 씨 몫을 떠올린 것도 이상할 것이 없었다. 하지만 융은 학생이고 아직까지 법의를 입은 그를 본 일이 없는데 왜 융의 몫까지를 생각했는지 그걸 알 수가 없었다.

'혹시 나는 무의식 속에서 융의 미래에 대해 무엇인가를 예감하고 있는 건 아닐까?'

송강은 자기 자신을 향해 이렇게 물어보았다. 그러던 그녀는 자신의 생각에 다시 한 번 전율했다. 그건 너무나도 엄청난 운명의 예고였기 때문이다.

"송강 아가씨, 형규 씨 오셨어요."

밖에서 용정 엄마 목소리가 들려왔다. 꿈을 꾸다가 갑자기 현실 속으로 돌아온 것 같아 무슨 말을 하는지 얼른 알아들을 수가 없었다.

"형규 씨 오셨어요. 어서 나와 보세요."

채근하는 용정 엄마 목소리가 다시 들려왔다. 송강은 그제야 무슨 말을 하는지 알아듣고 옷매무새를 고치며 자리에서 일어섰다. 비취색 물을 들인 모시 원피스를 입고 있는 송강은 깊은 바닷속 산호초 같은 분위기를 자아냈다.

"잘 있었어?"

형규는 반으로 접어서 올린 발을 들치고 밖으로 나오는 송강을 보며 인사를 했다.

"연락도 없이 웬일이세요?"

안방 마루로 나온 송강은 의아한 얼굴로 형규를 쳐다봤다.

"송강이도 보고 싶고 제대하기 전에 의논할 일도 있고 해서 한 번 더 휴가를 받았어."

형규는 군화 신은 발을 댓돌 위에 올려놓고 구두끈을 풀며 대답했다. 그러고 있는 그의 언동에는 약혼자로서 스스럼이 없어 보였다.

"……."

송강은 잠자코 서서 형규가 신을 벗고 올라오도록 기다리고 있었다.

"들어가지."

군화를 다 벗은 형규가 마루 위로 올라서며 송강의 어깨를 감쌌다.

"먼저 들어가세요."

송강은 형규가 방으로 들어가도록 한옆으로 비켜서며 말했다. 형규는 익숙하게 안방으로 들어갔다.

"이쪽으로 앉으세요. 모자는 이리 주시고요."

송강은 형규 모자를 받아 문갑 위에 올려놓고 대나무로 짠 방석을 가리키며 앉기를 권했다.

"응……."

형규는 송강을 포옹하고 싶은 욕망을 억제하며 방석 위에 앉았다.

"더워 보이는데 옷 갈아입고 세수부터 하세요."

송강은 축축하게 땀에 젖은 형규의 앞머리를 보며 미소를 지었다.

"나중에 씻을게."

형규는 자리를 뜨고 싶지 않아서 이렇게 대답했다. 자리를 뜨고 싶지 않은 마음속에는 송강을 포옹하지 못한 아쉬움이 남아 있었다. 그때 용정 엄마가 화채 그릇이 담긴 소반을 들고 들어왔다. 투명한 유리그릇 속에는 발그스름한 오미자차가 칠 푼쯤 담겨 있었고 그 위에는 하얀 실백이 띄워져 있었다.

"몹시 더워 보이시는데 우선 이거부터 드세요."

용정 엄마는 들고 온 소반을 놓고 형규를 보며 웃었다. 웃는 순간 실명한 오른쪽 눈이 경련을 일으키듯 떨렸다.

"……."

형규는 미간을 약간 찡그리더니 슬그머니 고개를 돌렸다.

"꿀을 타셨어요?"

송강은 형규 반응을 모른 체하며 용정 엄마한테 물었다.

"네. 안에 있는 걸로 탔어요."

안에 있는 거란 토종꿀을 가리키는 말이다.

"고마워요. 그럼 수고스럽지만 점심 준비를 좀 해주세요."

"점심은 뭘로 할까요?"

"냉면으로 하시죠. 메밀 빻아놓은 게 있잖아요."

"메밀가루는 있지만 육수를 준비해놓지 않아서요."

"고기가 있으니까 지금 준비를 하시면 되죠."

"그러려면 아무래도 시간이 좀 걸릴 텐데요."

"형규 씨가 시장해하면 제가 과일을 대접해드릴게요."

송강은 용정 엄마를 쳐다보며 밝게 웃었다.

"그럼 두 분이 재미있는 얘기 나누세요. 제가 얼른 나가서 준비를 할게요."

용정 엄마는 농하듯 이렇게 말하고는 자리에서 일어섰다.

"네, 수고하세요."

송강은 용정 엄마를 쳐다보며 미소를 지었다. 하지만 그녀의 농까지를 받아들이고 있는 건 아니었다.

"……."

용정 엄마는 안방을 나오며 자신이 또 실수를 했구나 하는 생각을 속으로 하고 있었다. 송강은 다정하게 예의를 갖춰서 자신을 대하고 있지만 지켜야 할 수위(水位) 이상 올라오는 것은 절대로 허용하지 않았다. 그건 자기가 부엌에서 일하는 사람이어서가 아니었다. 모든 사람에게 그렇게 대했다. 누군가가 지나치게 농을 하거나 무례하게 허물없이 대하면 송강은 마치 바리케이드를 치듯 눈에 보이지 않는 강한 힘으로 그것을 차단했다.

용정 엄마는 처음에 그런 송강의 성격 때문에 운 일도 몇 번 있었지만 익숙해지고 나니까 그 점이 오히려 더 편했다. 그건 역으로 자기 자신의 자리도 지킬 수 있어서였다.

"더워지기 전에 어서 드세요."

용정 엄마가 나가자 송강은 화채 그릇을 들어 형규한테 건네주며 미소를 지었다. 약혼자로서 섬세하게 마음을 쓴다는 것이 너무 깍듯해서 오히려 예의를 차리고 있는 것같이 느껴졌다.

"응."

형규는 화채 그릇을 받아 오미자차를 한 모금 마시고는

"저 아주머니는 언제까지 여기 둘 거야?"

하며 송강을 쳐다봤다.

"용정이 엄마 신상에 별 변화가 없으면 끝까지 같이 있게 되겠죠."

송강은 담담하게 대답했다.

"끝까지 같이 있다니, 계속 데리고 있을 거야?"

형규는 어이없다는 얼굴로 물었다.

"…네."

송강은 긴장하며 형규 얼굴을 바라보았다. 그가 묻고 있는 말의 진의가 무엇일까를 속으로 가늠해보면서.

"한 집에 앞 못 보는 사람이 둘씩이나 있다면 다른 사람들 눈에 얼마나 우습게 비치겠어?"

"……."

송강은 입을 다물고 정면으로 형규를 쏘아보았다. 쏘아보고 있는 그녀의 시선은 칼날처럼 싸늘했다.

"사위님 오셨어요. 얼른 올라가 보세요."

소곤거리는 용정 엄마의 목소리가 부엌 쪽에서 들려왔다. 텃밭에 나가서 어머니를 모시고 온 게 분명해 보였다. 어머니가 왔음을 안 순간 절벽 앞에 선 것 같은 아득함이 느껴졌다. 지금 이 순간 내가 어떻게 처신하는 것이 가장 현명한 걸까? 잠시 이런 생각을 해보던 송강은 형규를 향해 조용히 입을 열었다.

"어머님 오셨어요. 나가서 인사하세요."

"요즘도 미카엘 신부를 만나나?"

향운 스님은 다관에 담긴 녹차를 융의 잔에 따라주며 물었다. 하얀 들국화 무늬가 점점이 박힌 푸른 찻잔 안에 담황색 차가 가득 찼다.

"네."

"자주?"

"한 달에 두 번씩 정기적으로 만납니다."

"만나서 뭘 하는데?"

"산에 다니고 있습니다."

"산이라면 등산 말이가?"

"네."

융은 등산이 아니라 등반이라고 정정을 해줄까 하다가 그만두고 그냥 대답했다.

"어느 산을 가는데?"

"갈 때마다 다른데 지난번에는 인수봉을 다녀왔습니다."

"인수봉을 다녀왔으믄 자일을 탔단 말이가?"

"네."

"그런 위험한 짓을 와 하노? 큰일날라꼬."

"산을 오르고 싶어섭니다."

"산이사 마 두 발로 걸어서도 오를 수 있잖나?"

"걸어서 오를 수 없는 산도 많이 있습니다."

"그거사 마 그렇겠지만…… 그렇다케도 그런 위험한 짓까지 해가믄서 기어이 오를 게 뭐가 있나?"

"……."

"답답해서가?"

향운 스님은 융의 얼굴을 물끄러미 바라보다가 이렇게 물었다.

"네."

"지난번에도 말했지만 방황은 이제 그만 해라. 방황해봐야 마음 곯고 몸 곯고 구멍만 숭숭 뚫리제 얻어지는 게 없다."

"……."

"미카엘 신부를 만나믄 뭔 말을 하노?"

향운 스님은 융의 기분을 전환시켜주려는 듯 화제를 돌렸다.

"별 얘기 하지 않습니다."

"그래도 서로 통하는 말이 있으니 산에도 같이 다니는 게 아닌가?"

"전혀 그렇지 않은 건 아니지만 말이 통해서 같이 다니는 건 아닙니다."

융은 사실대로 대답했다. 미카엘 신부를 자주 만나긴 하지만 만나서 깊은 이야기를 나눈 적은 별로 없었다. 그건 두 사람 다 쓰고 있는 영어가 내면의 이야기를 나눌 만큼 익숙하지 않아서였다. 그러면서도 서로 친근감 이상의 감정을 가지고 있는 건 상대편 가슴속에서 발견되는 '고독' 때문이었다. 자신의 심장을 채우고 있다고 생각했던 고독이 상대편 심장도 채우고 있음을 확인했을 때 느껴지는 저리도록 아픈 동질감, 그건 말 이상의 친화력을 지니고 있었다.

"미카엘 신부는 몇 살이고?"

"우리 나이로 쉰한 살이십니다."

"그라믄 니보다 몇 살이나 더 많은데?"

"저보다는 스물여덟 살이 더 많으십니다."

"스물여덟 살? 그러믄 아버지뻘이네."

"네."

융은 미소를 지으며 향운 스님 말을 긍정했다. 자신도 속으로 그렇다는 생각을 하고 있었기 때문이었다. 하지만 막상 그분을 만나면 전혀 그런 기분이 들지 않았다. 그건 자신을 대하고 있는 미카엘 신부도 마찬가지인 것 같았다.

"아무래도 너하고는 무슨 인연이 있는갑다. 전생에 그분이 여기 중이었을지도 모르제."

향운 스님은 혼잣말처럼 이렇게 말했다. 하지만 그 말에 무슨 뜻을 담고 있는 것 같지는 않았다. 그 말을 들으면서 충격을 받은 건 오히려 융 쪽이었다. 전생에 그분이 여기 스님이었을지도 모른다는 말은 퍽 흥미 있는 말이었다.

그때 출입구 쪽에서 떠들썩한 소리가 들려왔다.

"마담은 왜 안 보이나? 손님이 왔으면 얼른 나와서 맞아야지."

융과 마주 앉아 있던 향운 스님은 고개를 돌리고 소리 나는 쪽을 바라보았다. 그러던 그는 만면에 웃음을 띠며 자리에서 벌떡 일어났다.

"스님 아니십니꺼?"

향운 스님은 통로를 헤집고 나가더니 반초 스님을 향해 공손히 합장을 했다.

"꽃 같은 마담을 찾고 있는데 못생긴 남자 중이 왜 나오나?"

"꽃 같은 마담이사 제가 아닙니꺼. 이리로 와 앉으이소."

향운 스님이 반초 스님 걸망을 끌어당겨 앉히려 하자 손님들이 와 하고 웃었다.

"법운도 같이 왔네."

"법운이예?"

향운 스님이 놀란 얼굴로 쳐다봤다.

"골목에서 아는 사람을 만난 것 같더군. 곧 들어올 걸세."

"그라예. 그란데 스님은 뭔 바람이 불어서 여기까지 오셨습니꺼?"

"바람이사 법운이 불었지. 나는 그냥 차 마시러 왔네."

반초 스님은 옆집에 놀러 온 사람처럼 태연하게 말하고는 자리에 앉았다. 그때 밀짚모자를 깊숙이 눌러쓴 스님이 출입문을 밀고 들어왔다. 밀짚모자를 쓰고 있어서 얼굴은 볼 수 없었지만 스님이 들어서는 순간 맑은 바람 한 줄기가 출입문 쪽에서 불어오는 것 같았다.

"법운!"

향운 스님은 법운 스님의 두 손을 꽉 잡았다.

"오래간만일세."

법운 스님도 향운 스님 손을 마주 잡았다. 잡고 있는 손 위로 짧은 침묵이 흘러갔다.

"연락도 없이 우째 이리 왔는가?"

"생각한 바가 좀 있어서 나와 봤네."

"아무튼 반갑구마. 어서 저쪽으로 앉게."

향운 스님은 법운 스님이 앉을 자리를 눈으로 가리키고는 주방으로 들어갔다. 법운 스님은 메고 있던 걸망을 내려 빈자리에 놓고 그 위에 밀짚모자를 벗어서 얹고는 자리에 앉았다. 그러면서 실내를 둘러보다가 자신을 보고 있는 융을 발견하고는 몹시 놀라는 표정을 지었다.

"지난밤 꿈에 산 노루 한 마리가 들어오더니만…… 우째 꿈이 이리 신통허게 맞노."

들고 온 다관을 탁자 위에 놓으며 혼자 중얼거리던 향운 스님은 법운 스님을 쳐다보며 물었다.

"와 그리 놀라나?"

"아, 아닐세."

법운 스님은 융 쪽에서 고개를 돌렸다. 그러면서도 의아해하는 표정만은 숨기지 못하고 있었다.

"융을 보고 그러는 거 같구마…. 융아, 너도 마 이리 오거라."

다관을 들고 차를 따르려던 향운 스님은 잠시 생각하는 표정을 짓더니 융을 불렀다.

"……."

융은 조용히 자리에서 일어나 스님들 앞으로 걸어왔다.

"스님들한테 인사드려라. 이 스님은 반초 스님이시고 이 스님은 법운 스님이시다."

향운 스님은 옆에 앉은 반초 스님과 앞에 앉은 법운 스님을 차례로 가리키며 인사를 시켰다.

"융입니다."

융은 두 손을 모아 가슴에 얹고 스님들을 향해 공손히 합장을 했다.

"어떻게 인사를 시켜야 할지 모르겠네. 이름은 융이고 물리학을 전공하는 학생인데…… 말이 딸려서 그다음은 뭔 말을 해야 할지 모르겠구마. 우선 거기 앉거라."

향운 스님은 법운 스님 옆자리를 가리키며 앉기를 권했다.

"말이 딸린다는 건 뭔 말인가?"

걸망 속에 든 수건을 찾느라고 허리를 구부리고 있던 반초 스님이 고개를 들다가 자신 앞에 앉은 융을 발견하고는 소스라치게 놀랐다.

'이 노장이 축지법을 써서 우리보다 먼저 와 있는 건가? 어찌 된 영문인지 모르겠네.'

"이 사람을 알고 나면 스님도 마 다른 사람들한테 그렇게밖에는 인사를 못 시킬 겁니더."

향운 스님은 차를 마저 따르며 말했다.

"거 참 묘한 사람 다 보겠네. 이름이 융이라고 했지?"

반초 스님은 주의 깊게 융의 얼굴을 바라보며 물었다.

"네."

"우리 노장님하고 어째 그리 닮았을까? 노장님 젊었을 적 모습은 못 봤지만 자네하고 꼭 같았을 것 같구먼."

반초 스님은 융의 얼굴을 보며 혼잣말처럼 중얼거렸다.

"……."

스님 말을 듣고 있던 융의 얼굴이 조금씩 상기되어 갔다. 그는 미간을 약간 찡그린 듯한 그 특유의 표정으로 반초 스님을 가만히 올려다보았다.

"……."

'거 참, 묘한 사람 다 보겠네.'

융의 시선을 받은 반초 스님은 다시 한 번 입속으로 이렇게 중얼거렸다. 하지만 묘한 사람이라는 그 말은 조금 전에 한 말하고는 다른 표현이었다. 조금 전에는 백족화상을 너무 닮은 게 신기해서 한 말이었고, 이번에는 융 자체에서 느껴지는 분위기가 너무 신기해서 한 말이었다. 반초 스님은 융한테서 받은 느낌을 딱 잡아서 설명할 수 없는 게 답답해서 다시 한 번 융을 물끄러미 바라보았다.

"스님, 차 식습니더. 어서 드시소."

향운 스님은 분위기를 바꾸고 싶어서 차를 권했다. 융을 어색한 분위기 속에 앉혀두고 싶지 않아서였다. 융이 백족화상의 아들이라는 사실은 특별히 숨길 일도 아니지만 그렇다고 아무 데서나 밝힐 일도 아니었다. 그러기 때문에 누구든 알 인연이 닿으면 그때 자연스럽게 아는 것이 가장 좋은 방법이라고 생각해왔다.

"그러지."

반초 스님은 융의 얼굴에서 시선을 거두더니 자신 앞에 놓인 찻잔을 들어 차를 마시고는 빈 잔을 향운 스님 앞으로 밀어놓았다.

"노장님 소식은 들으셨습니꺼?"

향운 스님은 반초 스님이 밀어놓은 잔에 다시 차를 따르며 조용히 물었다.

"반야암에 들렀다 오는 길이네."

"건강은 좋으시던가예?"

"여전히 장좌불와를 하고 계시더구먼."

"언제쯤 하산하신다고 하십니꺼?"

"그런 말씀은 없으셨네."

"저번에는 곧 하산하신다고 하시더니예."

"그럴 수도 있겠지."

반초 스님은 앞에 놓인 찻잔을 들어 차를 마시고는 입을 다물었다.

자신이 뭐라고 말할 계제가 아니라는 생각이 들어서였다.

"자네도 어서 마시게. 차 식네."

향운 스님이 법운 스님을 쳐다보며 권하자

"응."

법운 스님은 융의 얼굴에서 시선을 거두고는 찻잔을 들어 천천히 차를 마셨다.

"니도 더 마시거라."

"아닙니다. 저는 됐습니다."

융은 상기된 얼굴로 사양했다.

"두 분은 어디서 합류를 하셨습니까?"

융의 표정을 살피고 있던 향운 스님이 화제를 돌렸다.

"내가 각진사에 갔더니 이 스님이 내려와 계시더군."

반초 스님이 대답했다.

"자네는 그럼 토굴에서 내려왔단 말이가?"

"아직 그랬다고는 할 수 없지만 앞으로 그러려고 하네."

"그럼……?"

향운 스님이 긴장한 얼굴로 쳐다봤다.

법운 스님은 성불을 하기 전에는 결코 세상 밖으로 나오지 않겠다며 혼자 굴속으로 들어가 3년을 견디다가 거기서 혼절(昏絕)을 하고 말았다. 그래서 향운 스님이 업어다가 큰절에 데려다 놓았는데 그는 의식을 차리자마자 공양 한 끼도 들지 않고 굴속으로 되돌아갔다. 그 후 얼마 안 있어 굴속에서 나오긴 했지만 그는 끝내 큰절로 내려오지 않고 굴 옆에 토굴을 지어 놓고 거기서 혼자 공부를 해왔었다. 그렇기 때문에 토굴에서 나오려고 한다는 말은 충격적인 사건으로 받아들여지지 않을 수 없었다.

"어느 날 문득 나 자신을 돌아다보니 내가 산을 너무 높이 올라와 있더군. 너무 높이 올라와 있다고 생각한 순간 산을 내려가지 못하고 미아가 될 것 같은 불안감이 일었어. 아무리 산을 높이 올라왔다 해도 올라온 산을 내려가지 못한다면 그건 조난이 아니겠나. 조난은 사고 이상의 아무 의미도 지니고 있지 못해. 내 말 알아듣겠지?"

법운 스님은 향운 스님의 얼굴을 쳐다보며 물었다. 하지만 법운 스님의 말을 듣고 반응을 보인 것은 향운 스님이 아니라 오히려 융이었다. 미간을 약간 찡그린 듯한 표정으로 법운 스님을 바라보던 융의 눈에선 광채가 일기 시작했다. 자신이 평소 생각해오던 문제를 법운 스님이 대신 말해주고 있어서였다.

　세계에서 가장 높은 산은 히말라야의 에베레스트 봉이다. 등반을 하는 사람이라면 에베레스트 봉을 올라야 산을 다 올랐다고 말할 것이다. 그러나 오르는 것만으로는 등반을 했다고 말할 수 없다. 오른 산을 다시 내려와야만 비로소 등반을 했다고 말한다. 그렇지 않으면 그건 법운 스님 말대로 조난이 되고 만다. 융은 산을 오르는 일 못지않게 내려오는 일에도 깊은 관심을 기울이고 있었다. 산을 오르는 일이 더 힘들까, 아니면 내려오는 일이 더 힘들까? 그건 어쩌면 둘 다 같을지도 모른다. 같다는 것은 그에게 중요한 의미를 시사하고 있었다.

　그다음 융이 관심을 가지고 있는 것은 산을 오를 수 있는 사람과 오를 수 없는 사람에 대한 관계였다. 이 세상에는 해발 8,848m의 에베레스트 봉을 오를 수 있는 사람이 있는가 하면 해발 400m밖에 오를 수 없는 사람도 있다. 그리고 그러한 산조차 오르려는 의지를 아예 가지고 있지 않은 사람도 있다. 이럴 때 그것이 얼마나 엄청난 차이를 지니고 있는가를 아는 것은 에베레스트를 올라본 사람 쪽이다. 그 사람만이 각각의 산이 지니고 있는 비밀을 제대로 안다고 말할 수 있다.

　에베레스트 봉을 올라본 사람은 자신이 경험한 그 황홀한 신비경을 누군가한테 들려주고 싶고, 자신의 이야기를 경청한 사람한테 그 산을 오르도록 종용해보고 싶을 것이다. 그리고 실제로 그의 이야기를 들은 소수의 몇몇 사람들은 자신도 산을 올라보고 싶다는 마음을 내고 산을 오르는 일을 시도해볼 것이다. 물론 마음을 내고 시도해본다 해서 다 에베레스트 정상에 오르는 것은 아니다. 하지만 그는 에베레스트가 실재한다는 것을 확인했기 때문에 어떤 난관 속에서도 그곳에 오르려는 노력을 포기하지 않을 것이고 포기하지 않으므로 언젠가는 정상에 서게 될 것이다.

그러나 그보다 훨씬 더 많은 사람, 모든 사람이라고 해도 과언이 아닐 만큼 많은 사람은 이 지상에 해발 8,848m의 산이 있다는 사실조차 모르고 있다. 아니, 안다고 해도 그것에 관심을 기울이지 않는다. 에베레스트는 이미 그들에게 있어서는 산일 수 없기 때문이다. 그들이 이해하고 있는 산은 수시로 올라가 나무를 하고 약초를 캐고 산딸기와 머루를 따올 수 있는 그런 산이다. 그러한 사람들한테 에베레스트는 자신이 안고 있는 장엄한 비밀을 알려줄 수 없을 것이다. 그리고 그 산을 등반했던 사람 역시 자신이 경험했던 황홀한 신비경을 들려줄 수 없을 것이다. 아니, 들려준다 해도 그들은 그 말을 믿지 않을 것이다.

알려줄 수 없고 들려줄 수 없다면 에베레스트는 결국 그러한 사람들과는 무관한 산일 수밖에 없다. 무관한 산이라면 그

산을 등반하고 돌아왔다 한들 그런 사람들과 무슨 관계가 맺어질 수 있겠는가? 융은 이러한 문제에 대한 갈등을 빚고 있었다. 그런데 그건 법운 스님도 마찬가지인 것 같았다.

"물리학을 전공한다고 했지?"

법운 스님이 융을 돌아다보며 물었다.

"네."

융은 자신의 생각에서 벗어나며 조용히 법운 스님을 쳐다봤다.

"왜 물리학을 택했나?"

"처음엔 작곡을 공부하고 싶었습니다만 주위의 권유도 있고 저도 우주의 근원에 대해 알고 싶어서 물리학을 택했습니다."

융은 공손하게 대답했다.

"공부는 재미있는가?"

법운 스님은 미소를 지으며 다시 물었다. 신성함이라고 할까, 신비함이라고 할까, 알 수 없는 기운이 감돌고 있는 융에 대해 자신도 모르게 마음이 끌렸다.

"아직은 잘 모르겠습니다."

"자네는 과학도로서 가장 시급하게 정립해야 할 게 뭐라고 생각하는가?"

"……?"

융은 묻고 있는 말의 요지가 무엇일까 하는 얼굴로 법운 스님을 쳐다봤다.

"나는 과학도덕이라고 생각하고 있는데 자네 생각은 어떤가?"

"과학도덕이란 무엇을 의미하는 겁니까?"

"내가 처음 만들어낸 말인지 아니면 원래부터 있던 말인지는 모르겠네만 말 그대로 과학도덕일세."

"……."

"농경 시대를 지배했던 윤리나 도덕이 산업 시대를 지배하지 못했듯이 산업 시대를 지배했던 윤리나 도덕 혹은 철학은 과학 시대를 지배하지 못할 게 아닌가? 그러기 때문에 나는 과학 시대를 지배할 수 있는 윤리나 도덕 혹은 철학의 정립이 무엇보다 시급하다고 생각하고 있네."

"……."

"과학은 원래 인간들의 필요에 의해 탄생됐고, 자신을 탄생시켜 준 인간들에게 풍요와 안락을 제공해왔지. 하지만 또 한편으로는 인간들의 필요와는 상관없이 그 스스로 할 수 있는 일이라면 무엇이든 가리지 않고 하면서 앞으로 달려가고 있네. 이렇게 두 얼굴을 하고 있는 과학을 인간들이 다스리지 못한다면 그것은 마치 전제군주 시대의 광폭한 폭군 같은 존재가 돼서 인간의 삶을 위협하게 될 걸세."

"……."

"그러기 때문에 나는 자네 같은 사람이 현시점에서 가장 관심을 가지고 유의해야 할 점은 과학을 다스릴 윤리나 도덕 혹은 철학을 창출해내는 일이라고 생각하네. 과학을 다스릴 윤리나 도덕 그리고 철학은 과학 시대에 걸맞은 가장 과학적인 것이어야겠지."

"……."

법운 스님 말을 경청하고 있던 융의 눈에서 조용히 광채가 일기 시작했다. 그의 말은 백족화상이 자신한테 남긴 마지막 당부와 일치하고 있어서였다.

과학은 대목(大木)이며 대목을 잘 부림은 주인의 지혜이니라. 나의 당부다. 명심하여라.

융은 천천히 그리고 깊게 심호흡을 했다. 가슴속에 불을 지핀 것처럼 심장이 뜨거워졌다. 그러면서 어떤 희열 같은 게 느껴졌다. 그것은 백족화상의 당부를 구현하기 위해 우선 자신이 무엇을 해야 할 것인가에 대한 첫 번째 자각이었다. 융은 지혜를 일깨워준 법운 스님에 대해 감사함을 느꼈다. 그 감사함 속에는 깊은 신뢰도 담겨 있었다. 대중 속으로 회향하고자 하는 그분의 의지를 보았기 때문이었다.

"미카엘 신부님하고는 몇 시에 약속을 했나?"

향운 스님이 벽에 걸려 있는 시계를 쳐다보며 물었다.

"여섯 십니다."

"어디서?"

"성공회 밑에 있는 세실에서 뵙기로 했습니다."

"그럼 가봐야제. 이십 분밖에 안 남았는데."

"네."

융은 일어나야 할 시간이 됐다고 생각하며 탁자 밑에 놓아두었던 가방을 집어 들었다.

"저녁에 들어가거든 지효 스님한테 반초 스님하고 법운 스님이 오셨다고 알려드려라. 노장님 소식을 궁금해하시던데."

"네."

"지효 스님한테 알리다니, 그게 뭔 말인가?"

"이 사람이 지효 스님하고 같이 있으니께 그라지요."

"같이 있다면, 그럼 선재사에 있단 말인가?"

"선재사가 바로 이 사람 절입니다."

"뭔 말인가 그게?"

"지효 스님이 이 사람 절에 와 계시는 겁니더."

"점점 모를 소리만 하는구먼."

반초 스님은 수수께끼에 휘말린 사람 같은 얼굴로 향운 스님을 바라보았다.

"어서 가 보거라."

향운 스님이 융을 보며 말했다.

"네."

융은 자리에서 일어나 스님들을 향해 공손히 합장을 했다.

"좋은 말씀 들려주셔서 감사합니다. 지효 스님한테 스님들이 오셨다는 말씀을 전하겠습니다."

"또 만나세."

법운 스님이 미소를 지었다.

"네."

융은 가방을 들고 밖으로 나왔다. 골목을 지나 거리로 나올 때까지 의아한 얼굴로 자신을 쳐다보고 있었을 스님들 모습이 머릿속에서 떠나지 않았다. 그분들은 지금쯤 백족화상과 자기를 연결하여 무엇인가 이야기를 할지도 모른다. 그런 생각을 하는 순간 백족화상에 대한 그리움이 걷잡을 수 없이 일었다. 가장 경건하고 속속들이 지혜롭고 그리고 끝없는 진리 추구와 사회에로의 회향 의지를 지니고 계신 분, 융은 백족화상 앞에 무릎을 꿇고 앉아 그분의 얼굴을 우러러보고 싶었다.

인사동 거리로 나온 융은 통인가게 쪽으로 걸어가다가 길 옆에 있는 가게 앞에서 우뚝 멈춰 섰다. 진열장 유리문에는 전처럼 팔각등 하나가 걸려 있었고, 그 등 위에는 붉은 비단에 모란꽃을 수놓은 귀주머니가 여전히 얹혀 있었다. 귀주머니를 보는 순간 불현듯 송강이 보고 싶었다. 백족화상에 대한 그리움이 가슴을 채우고 있어서 더욱 그러했는지도 몰랐다.

융은 공중전화 앞으로 걸어가 500원짜리 동전 두 개를 넣고 다이얼을 돌렸다. 잠시 후 발신음이 가고 '여보세요' 하는 남자 음성이 수화기 너머로 들려왔다.

"죄송하지만 송강이 좀 바꿔주십시오."

융은 자신이 혹시 전화를 잘못 건 것은 아닐까 하는 생각을 속으로 해보며 이렇게 청했다.

"송강이는 지금 여기 없는데……."

형규 목소리가 들려왔다. 형규 목소리임을 확인한 순간 융은 가슴이 철렁 내려앉으면서 머릿속이 아득해졌다.

"……."

손에 들고 있던 소중한 물건을 강물에 빠뜨렸을 때와 같은 기분이 일었다. 아무 말도 못 하고 수화기를 전화걸이에 도로 걸고 있는 왼손이 자신도 모르게 조금씩 떨리고 있었다.

5
장

Udambara

"이랑이 있어?"

밖에서 지효 스님 목소리가 들려왔다.

"네."

피아노 앞에 앉아서 악보를 고치고 있던 이랑은 악보를 피아노 위에 올려놓고 자리에서 일어나 문을 열었다.

"잠깐 들어가도 될까?"

지효 스님이 이랑을 보며 물었다.

"네, 들어오세요."

이랑은 방석을 찾아 지효 스님 앞에 내놓고 자신도 스님과 마주앉았다. 그러면서 약간 긴장한 얼굴로 스님을 바라보았다. 스님이 자신의 방을 찾는 일은 거의 없었던 일이기 때문이었다.

"이랑이도 오늘은 시간이 있는 것 같고 해서 이야기를 좀 하려고 왔어."

"……"

"힘든 일이 많지?"

지효 스님은 조용히 이랑의 얼굴을 바라보다가 이렇게 물었다. 묻고 있는 음성이 진실하다고 느껴지는 순간, 이랑은 자신도 모르게 눈물이 핑 돌았다. 견딜 수 없이 외로울 때 누군가가 다가와 말없이 어깨를 감싸주고 있는 것 같은 기분…, 그건 이해였다.

"……"

이랑은 눈물이 가득 고인 자신의 눈을 스님에게 보이고 싶지 않아서 고개를 숙였다.

"이랑이가 외로워하고 있다는 거 알고 있었어. 융 때문에 더 외로워하고 있다는 것도 알고 있었고. 하지만 나로서는 이랑이가 그 감정을 극복해가기를 기다릴 수밖에 없었어."

"……"

이랑은 두 손으로 얼굴을 가리고 뺨 위로 흘러내린 눈물을 살며시 손끝으로 눌러 닦아냈다. 그러고 있는 그녀의 모습은 지극히 여성적으로 보였다. 지효 스님은 그런 이랑을 착잡한 시선으로 바라보고 있었다. 그건 평소의 그녀 모습하고는 너무나도 다른 모습이어서였다. 이랑은 화려하고 강렬하게 그리고 드세게 자신을 표현해 왔다. 하지만 그건 외로움을 타는 마음을, 보호받고 싶은 약한 마음을 숨기기 위한 또 다른 자기표현이었음을 지효 스님은 잘 알고 있었다.

"승찬이와의 관계는 어떻게 진척되고 있어? 승찬이가 이랑이한테 열중하고 있는 것 같던데."

"그냥 변화 없이 만나고 있어요."

"변화가 없는 건 이랑이 마음이겠지."

"……."

"승찬이한테 관심을 좀 가져보지 그래. 모든 건 마음의 작용이니까 이랑이가 마음을 열고 승찬이를 바라보면 승찬의 좋은 점을 발견할 수 있을 텐데."

"……."

"나는 이랑이가 세속적인 행복을 누리며 살기를 바라. 그런 면에서 승찬은 충분한 자격이 있다고 봐. 초등학교에서부터 중고등학교, 전문학교를 가지고 있는 집안이라면 우리 사회에선 명문이야. 그런 교육가 집안에 들어가면 이랑이도 하고 싶은 공부를 마음껏 할 수 있을 거고. 재능 있는 며느리를 부모님이 밀어주지 않겠어?"

"……."

"이랑이 마음속엔 승찬이가 전혀 자리 잡고 있지 않아?"

지효 스님은 진지하게 물었다. 이랑이 마음속에 승찬이가 그림자도 드리우지 못하고 있다면 지금 하고 있는 말은 무의미하기 때문이다.

"…스님."

질문을 받고 한참 동안 고개를 숙이고 있던 이랑이가 고개를 들며 지효 스님을 쳐다봤다.

"그래, 말해봐."

"스님은 한 인간을 방공호 같은 대상으로 생각해 본 적이 있으세요? 아니, 없으시겠죠. 스님은 그렇게 사람을 만나진 않으셨을 테니까요."

"방공호 같은 대상? 나는 말뜻도 잘 알아듣지 못하겠는데."

"위기 상황에 처했을 때 더 이상 몸을 숨길 수 없으면 방공호 속으로 들어가잖아요. 저는 승찬이를 그런 대상으로 붙들고 있어요."

"……."

지효 스님은 이랑이가 한 말의 뜻을 새겨보려고 고개를 갸웃하다가 천천히 머리를 끄덕였다. 그러고 있는 그의 가슴은 정말 소금이라도 뿌린 것처럼 쓰리고 아팠다.

"이런 이기적인 제가 한심하죠?"

"아니, 그렇지 않아."

지효 스님은 강하게 머리를 저었다.

"더이상 제 자신을 가눌 수 없으면 그땐 승찬이 속에 숨게 되겠죠. 그건 어쩌면 필연적인 결과일 거예요."

이랑은 자조하듯 웃었다.

"마음속의 얘기를 해줘서 고마워."

지효 스님은 진심으로 말했다. 이랑이가 불행해지지 않을 만큼 더 철저하게 이기적이기를 바라면서.

"스님한테 고맙다는 인사를 들어보기는 이번이 처음인 것 같은데요."

이랑은 얼굴을 약간 붉히며 말했다.

"내가 고맙다는 인사에 그렇게 인색했었나?"

"차를 타드릴 때 고맙다고 하신 거나 아이들 기저귀를 갈아줬을 때 고맙다 하신 거하고는 내용이 다르잖아요."

"그런가……?"

지효 스님은 담담하게 웃었다. 하지만 내심으로는 당황하고 있었다. 노출된 자신의 감정을 이랑과 함께 바라보고 있는 기분이 들어서였다.

선재사로 거처를 옮긴 이래 지효 스님은 사랑의 완성에 모든 의미를 부여해왔다. 자기 자신이 그러한 과정을 통해 완성될 수 있다고 믿었기 때문이었다. 그래서 그는 끊임없이 지칠 줄 모르고, 아니 한없이 지치면서도 포기하지 않고 그 일에 매달렸다.

하지만 산동네 아이들을 돌보고 외로운 노인들을 돌보고

갈등을 겪는 수많은 신도를 돌보는 이러한 일들이 지극히 이성적인 노력에 의해서 이루어지고 있음을 지효 스님은 잘 알고 있었다. 이랑에 대한 애정 역시 마찬가지였다. 자신은 활활 타는 관솔이고 싶은데 실제로는 풀무질을 하지 않으면 타지 못하는 젖은 나무였다. 지효 스님은 그런 자신의 모습을 바라볼 때마다 사랑의 완성이 얼마나 아득한 도정(道程)인가를 뼈저리게 느껴왔다.

"외로움은 스스로 극복할 수밖에 없고, 살다 보면 더 큰 외로움과 맞닥뜨릴 수도 있기 때문에 나는 이랑이가 현재 겪고 있는 외로움을 혼자 힘으로 극복해 나가기를 기다리고 있었어. 그런데 나 자신을 되돌아보니 지금까지의 그런 내 생각은 스스로를 속인 핑계였던 것 같아."

이랑을 바라보며 자신의 생각 속에 잠겨 있던 지효 스님은 자신의 감정을 고백하듯 이렇게 말했다.

"그건 저 때문이었을 거예요. 저는 스님이 엄마 친구라는 사실 때문에 스님을 좋아하지 않았거든요."

지효 스님의 진실한 고백을 들은 이랑은 자신의 감정을 진실하게 고백했다.

"......?"

"제 속에 엄마 체취가 배어 있듯 스님 속에도 엄마 체취가 배어 있는 것 같았어요. 그래서 스님을 좋아할 수가 없었어요."

"이랑은 아직도 엄마를 미워하고 있어?"

"네."

"이해는 결국 경험의 범주를 벗어나지 못해. 아무리 다른 사람을 넓게 그리고 깊게 이해한다고 해도 자신이 경험했던 범위 안에서만 가능한 거야. 그건 부모와 자식 간의 관계에서도 마찬가질 거야."

"……."

"이 세상에는 평범하게 사는 사람도 많지만 운명적으로 그렇게 살지 못하는 사람도 있어. 엄마나 나 같은 사람은 후자에 속하겠지. 평범하게 산 사람들은 이런 사람들을 이해하지 못해."

"……."

"엄마도 자신의 삶이 이렇게 전개되어 가기를 바랐던 건 아니야. 이랑이가 그걸 알아줬으면 해."

"……."

"엄마가 돌아가시지 않았다면 언젠가는 다시 만나게 될 거야. 엄마를 만나게 되거든 지금 내가 한 말을 곰곰이 생각해 봐."

"……."

"오늘은 외출할 거 아니야?"

지효 스님은 화제를 돌렸다.

"네."

고개를 숙이고 있던 이랑은 가만히 고개를 들며 대답했다.

"그럼 아래층에 좀 내려와 있을래? 별일은 없겠지만."

지효 스님은 외출하는 일이 거의 없지만 그래도 혹시 외출할 일이 생기면 관리 능력이 있는 사람을 자기 대신 꼭 데려다 놓고 나갔다. 57명의 아이들을 19명의 할머니가 돌보고 계시기 때문에 갑자기 무슨 일이 생기면 그 일을 처리할 사람이 필요하기 때문이었다.

"외출하시려고요?"

"응. 신도분이 소개해준 한약방이 있어서 혜일 스님을 모시고 좀 가보려고."

"혜일 스님은 어디가 편찮으신 거예요?"

"관절이 안 좋으신가 봐. 위도 그렇고."

"공부하시느라고 너무 무리하셔서 그런가 보죠?"

"그러신가 봐. 기후도 맞지 않았고."

"학교에서 강의를 맡으신다고 하던데 2학기부터 나가시는가요?"

"그러실 것 같아."

"빨리 건강이 좋아지셔야 할 텐데요."

"그러게 말이야."

"제가 아래층에 내려가 있을 테니까 걱정 마시고 다녀오세요."

"그래."

지효 스님은 이랑을 쳐다보고 미소를 짓고는 자리에서 일어섰다. 이랑도 따라 일어서며 미소를 지었다. 마음 껍질 하나를 서로 벗긴 기분이라고 할까? 두 사람의 시선은 한순간 따뜻하게 부딪쳤다. 장거리 선수가 달리기 연습을 반복하면서 속도와 거리를 늘려가듯 사랑 역시 반복된 연습을 통해 완성되는 것은 아닐는지.

"스님, 제 어깨에 기대세요."

지효 스님은 들고 있던 약을 왼손으로 옮겨 들고 오른팔로 혜일 스님 등을 감싸며 말했다.

"나무가 풀에 기대는 거 봤어요? 스님이 제 어깨에 기대신다면 몰라도."

혜일 스님은 자신의 큰 덩치를 내려다보며 말했다.

"제 말 안 들으시면 약을 더 쓰게 달여 드릴 거예요."

"약이 아무리 써도 인생만큼 쓰겠어요? 쓴 데는 이제 도가 터서 겁 안 나요."

혜일 스님은 지효 스님에 의지해서 절뚝절뚝 걸으며 말했다.

"스님도 인생이 얼마나 쓴지 아세요?"

지효 스님은 웃으며 혜일 스님을 돌아다보았다. 다른 사람이라면 몰라도 혜일 스님 입에서 그런 말이 나온다는 건 아무래도 좀 우스워서였다.

"인생 오십에 중노릇 삼십 년인데 그것도 모르겠어요?"

혜일 스님은 우렁우렁한 목소리로 대답했다. 하지만 그 목소리에는 옛날과 같은 활기가 없었다. 지효 스님은 그런 혜일 스님의 목소리를 듣는 순간 이 스님도 많이 지쳐 있구나 하는 생각이 들었다.

사람은 누구나 자신이 감당하는 삶만 가장 고달프다고 느끼며 살고 있다. 하지만 고달픔은 연기처럼 냄새처럼 누구의 삶 속에나 골고루 배어 있기 때문에 혜일 스님 역시 그 스님만이 감당해온 고달픔이 있었을 것이다. 그런 생각을 하자 지효 스님은 혜일 스님에 대해 한없는 연민이 느껴지면서 그를 자신의 가슴으로 안아주고 싶은 설명하기 어려운 어떤 애정 같은 게 느껴졌다.

"중노릇 삼십 년이면 이제 쓴맛은 빼버리셔야죠."

지효 스님은 감싸고 있는 혜일 스님 등을 더 깊이 감싸며 농하듯 친근하게 말했다.

"그건 안 돼요. 단맛도 모르면서 쓴맛까지 빼버리면 무슨 힘으로 중노릇을 해요?"

"정말 그렇군요."

지효 스님은 낮은 소리로 웃었다. 단맛도 모르면서 쓴맛까지 빼버린다면 정말 무슨 힘으로 중노릇을 하겠는가?

"저기 택시가 섰네요. 빨리 가서 잡으세요."

혜일 스님이 지효 스님의 등을 밀며 말했다.

"제가 먼저 가서 잡을게요."

지효 스님은 혜일 스님을 감쌌던 팔을 풀고 부지런히 뛰어가 택시를 잡았다. 그러자 혜일 스님도 뒤에서 절뚝거리며 뛰어왔다.

"기사님, 오늘 재수 좋으십니다. 중 뛰어오는 것도 다 보시고요."

혜일 스님은 절뚝거리며 뛰어온 게 쑥스러운 듯 이렇게 말하며 택시 안으로 들어갔다.

"재수가 좋다니요? 그럼 스님들은 보통 때 안 뛰십니까?"

기사가 고개를 돌리며 물었다.

"보통 때가 아니라 특별한 때도 안 뛰어요. 괜히 뛰었다가 부처님한테 경을 치려고요."

"부처님한테 경을 쳐요?"

"그럼요."

"부처님이 어디 계시는데요?"

"경을 치는 부처님이야 많이 계시지요. 이 스님도 뛰었다가 얼마나 경을 쳤는데요."

혜일 스님은 눈을 찡긋하며 웃었다. 그런 혜일 스님을 보며 지효 스님도 따라 웃었다. 옛날 강원에서 입승 스님한테 경을 쳤던 일이 생각나서였다.

치문반에서 공부할 때였으니까 강원 생활을 시작한 지 얼마 안 되었을 때였다. 오전 공부를 끝낸 혜일 스님과 지효 스님은 후원을 포행하다가 몰래 경내를 빠져나왔다. 경내를 나오자 그들 눈앞에 펼쳐진 자연은 황홀 그 자체였다. 아기 입술처럼 보드라운 연녹색 나뭇잎들이 온 산을 가득 메우고 있었고, 풀숲에 피어 있는 꽃들은 이름만 부르면 저마다 달려 나와 자신들의 손을 잡아줄 것만 같았다. 그 무렵 지효 스님은 1백여 편 정도의 시는 언제라도 암송할 수 있었으므로 그녀는 노래를 부르듯 자신의 애송시를 낭송하며 숲길을 걸어갔다.

얼마쯤 그렇게 걷던 지효 스님이 걸음을 멈추었다.

"어머, 저 붓꽃 좀 보세요."

지효 스님이 가리키는 산등성이에는 남색 붓꽃 한 송이가 청초하게 피어 있었다.

"정말 붓꽃이 피었네요."

혜일 스님도 이제 막 피기 시작한 붓꽃을 신기한 듯 바라보았다.

"저 꽃의 꽃말이 뭔 줄 아세요?"

"글쎄요."

"무지개의 여신이에요."

"무지개의 여신?"

"네. 이 세상에 더러움이란 것이 없던 아득한 옛날에 꽃들이 모여 무지개의 축제를 벌였대요. 그래서 꽃들은 저마다 성장을 하고 모여들었는데 그중에서도 푸른 옷에 푸른 관을 쓰고 푸른 목걸이를 두른 저 붓꽃이 가장 아름답더래요. 모인 꽃들은 모두 고개를 갸웃하며 '저 꽃은 이름이 뭘까?' 궁금해하는데 그때 안개 같은 이슬비가 내리기 시작하더니 먼 들판에서부터 높다랗게 무지개가 뜨더래요. 그러자 꽃들은 고개를 들고 무지개를 쳐다보면서 'Iris! Iris!' 하며 감탄을 했고, 저 꽃은 그 순간부터 행복한 소식을 가져오는 무지개의 여신으로 명명되었대요."

"그래요? 잠깐만 기다리세요. 제가 저 꽃을 꺾어다가 스님 가슴에 꽂아드릴게요."

혜일 스님은 이렇게 말하고는 급히 산등성이로 올라갔다.

"스님, 안 돼요. 이제 막 피기 시작한 꽃인데요."

지효 스님은 울상을 지으며 말렸지만 혜일 스님은 어느새 꽃을 꺾어 들고 산비탈을 내려오고 있었다.

"예쁜 꽃을 그렇게 마구 꺾으시면 어떻게 해요?"

지효 스님이 원망을 하자

"걱정 마세요. 살생중죄 금일참회 있잖아요."

혜일 스님은 꺾어온 꽃을 지효 스님의 옷고름에 꽂아주며 눈을 끔벅였다. 지효 스님은 그런 혜일 스님을 보면서 웃다가 자신의 신발을 내려다보고는 나직이 탄성을 질렀다.

"어머 스님, 우리 신발 좀 보세요."

그들이 신고 있는 흰 고무신 위에는 노란 송홧가루가 소복이 쌓여 있었다.

"와, 이거야말로 환상적인데요."

혜일 스님도 자신의 신발을 내려다보며 탄성을 질렀다. 꽃을 꺾으러 숲을 헤치고 산등성이를 올라갔다 왔기 때문에 지효 스님의 신보다는 송홧가루가 조금 날렸지만 그래도 노란 물을 들인 것처럼 샛노랗기는 마찬가지였다.

"스님, 지금 우리가 어디 와 있는 거죠?"

지효 스님의 의식이 그제야 현실 속으로 돌아온 듯 불안한 얼굴로 주위를 살폈다.

"여기요? 여긴 천진암 바로 아랜데요."

고개를 빼고 주위를 두리번거리던 혜일 스님이 대답했다.

"그럼 한 시간도 더 왔게요?"

"그런 거 같군요."

"어떡하죠? 강의가 끝날 시간이 다 됐는데요."

"할 수 없죠, 뭐. 자 뜁시다."

혜일 스님은 지효 스님의 손을 잡더니 냅다 뛰기 시작했다.

"십 리가 넘는 길을 스님 손에 끌려서 뛰어갔으니…. 지금도 그때 일을 생각하면 입이 바싹바싹 마르면서 숨이 차는 것 같아요."

옛날 일을 회상하던 지효 스님이 낮은 소리로 웃었다.

"그것보다 더 기막혔던 건 감자밭 매던 거였죠. 난 그때 오금이 펴지지 않아서 앉은뱅이가 되는 줄 알았어요."

혜일 스님도 소리를 죽이며 웃었다. 공동의 추억은 그 추억을 공유하고 있는 사람을 결속시켜 준다. 그것이 파격적이면 파격적일수록 더욱더 짙게 그 사람들을 결속시켜 준다. 그날 지효 스님과 혜일 스님은 입승 스님한테 눈이 빠지도록 야단을 맞았고, 공부 대신 3일간이나 감자밭 매는 울력을 했지만 그때 일을 회상하면 즐겁다 못해 행복하기까지 했다.

"스님들은 굉장히 친하신 것 같은데 친구분이신가요?"

두 사람의 대화를 듣고 있던 기사가 물었다.

"제가 위죠. 촌수도 위고요. 하지만 이 스님이 저보다 중물이 잘 들어서 제가 깍듯이 모시고 있어요."

혜일 스님이 우렁우렁한 목소리로 대답했다.

"중물이라는 게 뭔데요?"

"기사님도 소금물에 배추 절이는 거 아시죠? 배추가 잘 절여져야 김치가 맛있잖아요. 스님들도 마찬가지예요. 중물이 잘 들어야 좋은 스님이 돼서 스님 노릇 잘하는 거예요."

"스님도 참, 하필이면 소금물에 배추 절이는 거에다 비유를 하세요?"

지효 스님이 어이없어했다.

"말이란 원래 상대방이 알아듣기 쉽게 해야 하는 법이에요. 매일 김치 잡수시는 기사님한테 소금물에 배추 절이는 것보다 더 알아듣기 쉬운 말이 어디 있어요. 안 그러세요?"

"그럼요. 그렇게 말씀하시니까 금방 알아듣겠는데요. 스님은 어느 절에 계십니까?"

기사가 고개를 돌리며 물었다.

"그건 왜요?"

"집사람한테 이왕이면 스님이 계신 절에 나가라고 하려고요. 저희 집사람도 사실은 절에 다니거든요."

"고맙긴 하지만……."

"왜요? 무슨 일이 있으십니까?"

"사실은 제가 내일모레부터 교회에 나가기로 했거든요."

"하하하, 스님하고 얘기를 하다 보니 잠이 깨서 이젠 살 것 같습니다. 아까 스님들이 타실 때만 해도 손님을 태우지 말고 나무 밑에 가서 잠깐 눈을 붙일까 했었는데요."

"그것 보세요. 스님들을 가까이하니 금방 좋은 일이 생기잖아요. 그러니 앞으로는 보살님만 절에 보내지 마시고 기사님도 함께 나가도록 하세요."

"알겠습니다. 꼭 그렇게 하겠습니다."

기사는 흔쾌히 혜일 스님의 청을 받아들이더니 차량의 홍수 속으로 미끄러져 들어갔다. 그가 지금은 비록 농으로 스님 청을 받아들였다 해도 청을 받아들이는 그 순간에 불연의 씨는 그의 가슴 깊은 곳에 자리 잡기 시작했다가 언젠가 연을 만나게 되면 발아를 해 싹을 틔우게 될 것이다. 옆에 앉아서 두 사람의 대화를 듣고 있던 지효 스님은 속으로 이런 생각을 하며 혜일 스님 쪽으로 고개를 돌렸다.

"학교 일은 잘 돼가세요?"

"현재로는 별문제가 없는 것 같아요."

"그럼 강의 준비도 하셔야 할 텐데 방이 시끄러워서 어떻게 하죠?"

"저보다 신도들이 불편해하는 것 같더군요. '뻘밭' 회원들이야 아이들을 보살펴주기 위해 나오는 분들이니까 상관없지만 일반 신도들은 아무래도 좀 불만스러울 거예요. 절이라고 오면 앉을 자리도 없이 아이들이 바글거리니까요."

"……."

지효 스님은 혜일 스님의 말에 긍정하며 조용히 머리를 끄덕였다. 자신도 그렇게 생각해오고 있었기 때문이었다.

'뻘밭회'란 선재사 신도를 중심으로 한 일종의 결사 성격을 띤 수행 모임이다. 뻘밭이란 말이 상징하듯 이 회원들은 스스로 연꽃이기보다 연꽃을 피워내는 뻘밭이기를 서원하며 소리 없이 꾸준히 수행을 해오고 있다. 지효 스님은 자신이 선재사로 거처를 옮긴 후 무엇인가 한 일이 있다면 그건 '뻘밭회'를 탄생시킨 것이 아닐까 하는 생각을 스스로 해오고 있었다. 그만큼 '뻘밭회'는 지효 스님에게는 중요한 의미를 지니고 있었다.

지효 스님은 도다가에서 백족화상의 지도로 스님들과 함께 공부해 왔던 수행법을 자신의 신도들에게 그대로 적용해보고 싶은 간절한 원을 세우고 있었다. 그러한 원을 세우게 된 것은 그 공부법이 가장 좋다는 확신을 가졌기 때문이고, 그 확신은 도다가에서보다 오히려 도다가를 떠나온 후에 더욱 굳어졌다.

지효 스님은 도다가를 떠나올 때만 해도 자신의 마음이 경계에 흔들리지 않을 만큼 단단해졌다고 믿고 있었다. 그러나 막상 세상 속으로 돌아와 수많은 사람을 만나고 수많은 사건과 부딪치자 경계에 흔들리지 않으리라고 믿었던 마음이 파고를 일으키며 흔들리기 시작했다. 지효 스님은 그런 자신에 대해 처음에는 몹시 실망했지만 또 한편으로는 그런 체험을 함으로써 참다운 수행법에 대해 진지하게 생각해 보게 되었다.

정확한 예가 될지 모르지만 두 개의 흙탕물이 있다고 가정해보자. A라는 흙탕물에는 미꾸라지가 계속 요동을 치며 더욱 흙탕물을 일으키고 있고, B라는 흙탕물은 그런 방해물이 없는 그냥 흙탕물이다. 이럴 때 B의 흙탕물이 A의 흙탕물보다 빨리 맑아지리라는 것은 자명한 일이다. 그러나 맑아진 B의 물에 만약 미꾸라지가 들어가게 된다면 그 물은 미꾸라지에 의해 다시 흙탕물이 될 가능성이 크다. 하지만 A의 물은 미꾸라지 때문에 쉽게 맑아지지는 않겠지만 일단 맑아지고 나면 다시 흙탕물이 될 공산은 극히 희박하다. A라는 흙탕물은 미꾸라지의 요동 속에서 맑아졌기 때문이다.

지효 스님은 선재사에 와서야 비로소 백족화상이 왜 두 사람씩 도반이 돼서 상대방을 성불시키겠다는 끝없는 원을 세우고 함께 공부하게 했는가를 알 수 있었다. 그것은 자비와 지혜를 함께 증득시켜 가는 유일한 수행법이었다. 자비와 지혜는 새의 두 날개와 같아서 그것이 균형을 이루고 있을 때 비로소 힘차게 하늘을 날아오를 수 있다. 만약 그렇지 못하고 지혜의 날개가 크고 자비의 날개가 작다든가, 자비의 날개가 크고 지혜의 날개가 작다면 그것은 마치 불구의 새와 같아서 하늘을 날아오를 수가 없다.

지효 스님은 자신이 확신을 가지고 있는 이 수행법을 신도들한테 이해시키려고 부단히 애를 썼다. 하지만 그 일은, 들고 있는 광석이 돌이라고 믿고 있는 사람한테 다이아몬드라고 믿게 하는 것만큼이나 어려운 일이었다. 자기 자신도 성불의 의지를 가지고 있지 못한데 상대방을 성불시키겠다는 원을 세우라니…. 이 말은 듣기에 따라 얼마나 황당한 얘기인가!

하지만 세월이 흐르면서 지효 스님의 뜻을 이해하는 사람이 한두 사람 늘어나게 되었고, 현재는 지효 스님을 포함해 8명이 '뻘밭회'라는 결사 모임을 갖고 도다가에서 수행하던 방법대로 함께 수행을 해오고 있다.

"지금 하시는 일을 계속하려면 법인체 구성을 하는 게 낫지 않겠어요?"

혜일 스님은 줄곧 선재사가 당면하고 있는 문제를 생각하고 있었던 듯 이렇게 물었다.

"저도 그 생각은 여러 번 해봤는데 아직 결정을 못 내리고 있어요."

지효 스님은 자신의 생각에서 벗어나며 혜일 스님을 돌아다봤다.

"왜요?"

"자신이 없어서요."

"융 때문에요?"

혜일 스님은 조심스럽게 물었다. 절 재산이 융 명의로 돼 있다는 말을 언젠가 들은 적이 있어서였다.

"융보다 일차적으로 저에 대해서 자신이 없어요."

"그건 무슨 뜻이죠?"

"제가 과연 지금 하고 있는 일을 계속해서 할 수 있을까 하는 문제에 대해서요."

"……?"

혜일 스님은 이해가 안 간다는 얼굴로 지효 스님을 쳐다봤다. 자기가 보기에는 아이들을 보살피고 노인들을 돌보는 그 일을 하기 위해서만 살고 있는 사람처럼 보이는데, 지금 하고 있는 일을 계속할지 어떨지에 대해 자신이 서지 않는다니 도무지 무슨 말을 하는지 이해할 수가 없었다.

"가수가 목으로 소리를 내지 않고 온몸으로 소리를 내려고 노력하듯 저도 제가 만나는 모든 사람을 머리로가 아니라 전신으로 사랑하려고 노력하고 있어요."

"……."

"노력하고 있다는 말은 그렇게 하지 못하고 있다는 또 다른 표현일 거예요. 사랑은 안개처럼 그냥 피어올라야 하는데 저는 지금도 죽을힘을 다해 짜내고 있어요. 이것이 제 모습이에요."

"……."

"세속의 나이로도 사십을 넘었고, 출가한 지도 이십 년이 넘었는데…. 아직도 이런 모습밖에 안 되니 답답하기도 하고 부끄럽기도 하고 그래요."

지효 스님은 자신의 심경을 조용히 고백했다.

"스님은 지금 이대로도 가장 아름다운 비정보살(悲情菩薩)이에요. 많은 사람이 스님에 의해 위안을 받고 감동을 느끼고 있어요."

혜일 스님은 옆에 앉은 지효 스님의 손을 꼭 잡으며 말했다. 냉혹하게 자기 자신을 제련시켜 가는 지효 스님에 대해 신뢰와 함께 어떤 존경심 같은 게 느껴졌다.

"고마워요, 스님. 저한테 용기를 주셔서요. 저는 스님 때문에 힘을 얻은 적이 여러 번 있었어요."

지효 스님은 자신의 손을 잡고 있는 혜일 스님의 손을 힘주어 잡으며 말했다. 두 사람 사이에는 체온보다 더 뜨거운 도반으로서의 우정이 흐르고 있었고, 그런 그들을 태운 차는 무악재를 넘고 있었다.

차에서 내린 지효 스님은 한약방에서 나올 때처럼 왼손엔 약봉지를 들고 오른팔로 혜일 스님의 등을 감싸며 절 안으로 들어섰다. 혜일 스님은 나무가 풀에 기대는 거 봤느냐고 큰소리를 쳤지만 몸이 몹시 불편한 듯 지효 스님에 의지해서 절뚝절뚝 안으로 걸어 들어갔다.

"담 하나 사이인데 여긴 정말 깊은 산속 같아요. 나무에서 뿜어져 나오는 수액의 향취와 새들의 지저귐······."

혜일 스님은 시를 낭송하는 것처럼 천천히 말했다.

"지저귐이라는 말은 몽유병자 입에서 나온 말처럼 탄력이 없어서 틀렸고, 새들의 아우성··· 새들한테는 아우성이란 말은 안 쓰죠?"

"그럼요. 새 울음소리를 보고 누가 아우성이라고 그래요?"

지효 스님은 어이없어하며 웃었다.

"새들도 삶의 현장에서는 분명히 아우성을 칠 텐데, 새들이 노래하고··· 하니까 새들은 벌레도 잡아먹지 않고 하늘을 날면서 노래만 부르고 있는 것 같잖아요. 그리고 보면 말속에 숨겨져 있는 관념이라는 게 사람의 판단을 굉장히 흐리게 하고 있는 것 같아요."

"관념이라는 게 원래 그런 거 아니에요? 정확하지도 않으면서 사람의 의식을 묶어두는."

"묶어두는 게 아니라 사람 스스로가 묶이는 거겠죠. 대중 최면처럼요."

대중 최면이라는 말을 듣는 순간 지효 스님의 머릿속에는 이상하게 주체사상이라는 낱말이 떠올랐다. 그래서 그 문제에 대해 혜일 스님과 이야기를 좀 나눠볼까 하다가 자신의 생각을 머릿속에서 지우고 그냥 입을 다물었다. 그 얘기는 언젠가 한번 시간을 내서 진지하게 나눠보고 싶어서였다.

지효 스님에 의지해서 절뚝절뚝 안으로 걸어가던 혜일 스님은 나뭇가지를 쳐다봤다. 이제 막 새끼를 치기 시작한 새들이 이 가지 저 가지 위를 부산하게 날면서 쨱쨱거리고 있었다.

"여긴 산보다 새소리가 더 요란한 것 같아요."

"산보다요?"

"네. 산에는 산새만 있는데 여기는 들새하고 집새가 같이 있어서 그런가 보죠?"

"산새나 들새가 집까지 날아오겠지, 집새가 따로 있을까요?"

"그런가요? 집에서 살아본 지가 하도 오래돼서 알 수가 있어야죠."

"저도 말을 해놓고 보니 어쩐지 자신이 없는데요."

"우리도 완전히 중 콤플렉스에 걸려 있나 봐요. 집 얘기만 나오면 괜히 자신 없어하니 말이에요."

"스님 말씀을 듣고 보니 그런 것도 같네요."

두 사람은 서로 얼굴을 쳐다보며 웃었다. 중 콤플렉스라는 말 자체가 우습기도 했지만 또 한편으로는 묘한 동질감을 느끼게 해줘서 즐거웠다.

"엄마."

그때 나무 밑에서 용정이 넘어질 듯 넘어질 듯 아슬아슬하게 뛰어왔다. 하늘색 반바지에 흰 러닝셔츠를 입고 있는 용정의 이마에는 땀방울이 송송 맺혀 있었고 손에는 조그만 과도가

쥐어져 있었다.

"용정아, 뛰어오지 말고 거기 서 있어. 엄마가 갈게."

지효 스님은 사색이 돼서 소리쳤다.

"엄마."

그러나 용정은 마음이 급한 듯 지효 스님 말은 아랑곳하지 않고 뒤뚱뒤뚱 더 급히 뛰어왔다.

"스님, 잠깐만요."

용정을 바라보고 있던 지효 스님은 혜일 스님을 밀어놓고 용정 쪽으로 뛰어갔다.

"용정아, 엄마가 이런 거 들고 다니지 말라고 했지."

지효 스님은 용정을 끌어안으며 손에 들고 있던 과도를 빼앗았다.

"엄마, 어디 갔다 왔어?"

용정은 지효 스님의 야단은 귀에 들어오지도 않은 듯 작은 팔로 스님 목을 끌어안으며 덥석 안겼다.

"응, 스님하고 약방에 갔다 왔어. 용정이도 엄마 없는 동안 잘 놀았어?"

지효 스님은 승복 소매 속에 들어 있는 손수건을 꺼내 용정의 얼굴 위에 흐른 땀을 닦아주며 물었다. 지효 스님의 얼굴에는 미소가 흐르고 있었다.

"응."

용정은 지효 스님 얼굴을 들여다보며 머리를 끄덕였다.

"엄마가 이런 거 들고 다니면 어떻게 한다고 했지?"

지효 스님은 빼앗은 칼을 용정한테 보이며 엄하게 물었다.

"……."

그러자 용정은 속눈썹이 긴 맑고 투명한 눈을 깜박거리며 지효 스님을 쳐다봤다. 뭔가 변명을 하고 싶은데 말이 제대로 나오지 않는 눈치였다.

"또 이런 거 들고 다니면 그땐 엄마가 이렇게 때려줄 거야."

지효 스님은 오른팔로 용정을 끌어안고 왼팔로 용정의 엉덩이를 때렸다. 하지만 때리는 스님이나 맞고 있는 용정이나 행복해 보이기는 마찬가지였다. 혜일 스님은 그런 두 사람을 미소를 지으며 바라보고 있었다. 처음 선재사에 왔을 때 지효 스님한테서 들은 말을 속으로 떠올리면서.

말을 막 배우기 시작할 무렵에 엄마와 떨어진 용정은 어느 날 지효 스님을 보자 '엄마'라고 부르며 매달렸다. 그 말을 처음 들은 지효 스님은 너무 당황해서 엄마라고 하지 말고 스님이라고 하라고 타일렀다. 그러나 용정은 아무리 타일러도 스님만 보면 막무가내로 '엄마, 엄마' 하며 매달렸다. 그런 어느 날 용정의 입에서 나온 엄마라는 말을 듣던 지효 스님의 머릿속에는 엄마라는 말은 범어의 '옴'처럼 사랑의 완성어가 아닐까 하는 생각이 퍼뜩 들었다. 그런 생각을 하자 용정의 입에서 나오는 엄마라는 말을 자기가 막아서는 안 된다는 자각 같은 게 느껴졌다. 그래서 그 후부터는 용정이 엄마라고 불러도 그냥 내버려두었다.

용정이 엄마라고 부르자 지효 스님도 자신을 가리켜 엄마라고 호칭할 수밖에 없었다. 그런데 엄마라는 말은 참으로 신묘한 힘을 지니고 있었다. 그 말은 반복해서 들으면 들을수록, 반복해서 하면 할수록 이상하게 사랑의 감정이 가슴속에서 증폭되었다. 지효 스님은 그 경험을 통해 인간이 경험하는 모든 사랑이 그러하듯 모성애 역시 처음부터 완성된 게 아니라 사랑의 교감을 통해 완성되어 가는 것이 아닐까 하는 생각을 해보게 되었다.

"스님, 이제 오세요?"

지효 스님이 용정의 손을 잡고 막 일어서려고 할 때 이랑의 목소리가 들려왔다. 지효 스님은 고개를 들고 소리 나는 쪽을 바라보았다. 이랑이 마른 기저귀를 한 아름 가슴에 안고 후원 쪽에서 걸어오고 있었다.

"응. 너무 늦었지?"

지효 스님은 웃으며 이랑을 쳐다봤다.

"아니에요. 그보다 아까부터 손님이 와서 기다리시는데요."

"손님이?"

"전에 오셨던 스님 있잖아요? 이른 봄에 오셨던 그 스님 말이에요."

"반초 스님?"

"네, 맞아요. 그 스님이 아까부터 기다리고 계세요."

"오, 그래. 지금 어디 계셔?"

지효 스님의 얼굴에는 반가움이 역력하게 나타났다.

"법당 아랫방으로 모셨어요."

"반초 스님이 누구예요?"

혜일 스님이 절뚝절뚝 걸어오며 물었다.

"도다가에서 함께 공부했던 스님이에요. 스님도 같이 가서 인사를 드리죠."

지효 스님은 한 팔로 혜일 스님의 등을 감싸며 말했다.

"제가요?"

"그 스님을 뵈면 큰스님 소식도 들을 수 있을 거예요."

"큰스님이라면 백족화상을 말씀하시는 건가요?"

"네."

"그렇다면 저도 같이 가서 뵈어야겠네요."

백족화상 말이 나오자 혜일 스님은 금방 관심을 나타냈다.

"스님들 먼저 가 계세요. 제가 차 준비를 해가지고 갈게요."

이랑은 기저귀가 땅에 끌리지 않도록 추스르며 안으로 몸을 돌렸다.

"아이들 목욕은 다 시켰어?"

"네, 간식도 다 먹였어요."

이랑은 고개를 돌리며 대답했다.

"내가 안 가 봐도 되겠어?"

"그럼요. 안에는 걱정하실 거 없어요. 뻘밭회 회원도 네 분이나 나와 계시는데요."

"그럼 난 스님한테로 바로 갈게."

"네, 그렇게 하세요. 용정인 제가 데리고 갈게요. 용정아, 누나 손잡고 안으로 가자."

이랑은 기저귀를 감쌌던 팔을 내려 용정의 손을 잡았다.

"……."

용정은 지효 스님한테서 떨어지는 것이 아쉬운 듯 지효 스님을 한번 쳐다보더니 잠자코 이랑의 손을 잡았다. 어린 마음이지만 지효 스님을 혼자 독차지할 수 없다는 사실을 그는 받아들이고 있었다.

"스님, 들어가시죠."

지효 스님은 이랑의 손을 잡고 앞에서 타박타박 걸어가는 용정의 뒷모습을 바라보다가 혜일 스님의 어깨를 감싸며 말했다.

"네."

혜일 스님은 지효 스님에 의지해서 절뚝절뚝 안으로 걸어 들어갔다. 법당 아래에 있는 방문 앞에 흰 고무신 한 켤레가 가지런히 놓여 있었다. 지효 스님은 고무신이 놓여 있는 댓돌 옆에 서서 미소를 지으며 방 안을 들여다보았다. 반초 스님은 잠시 휴식을 취하고 있는지 걸망을 벗어서 옆에 놓고는 반가부좌를 하고 앉아 있었다.

"스님."

"……."

지효 스님이 부르자 반안(半眼)을 뜨고 있던 반초 스님이 고개를 들어 지효 스님을 바라보았다.

"죄송합니다, 스님. 기다리시게 해서요."

"불청객인데 별말씀을요. 어서 들어오십시오."

반초 스님은 걸망을 한옆으로 밀어놓으며 몸을 일으켰다.

"스님, 제 손을 잡으세요."

툇마루로 올라선 지효 스님이 몸을 돌려 혜일 스님 쪽으로 손을 내밀었다.

"먼저 들어가세요. 저 혼자 천천히 들어갈게요."

혜일 스님은 운신이 불편한 자신의 모습을 처음 만나는 스님한테 보여주는 게 민망한 듯 이렇게 말하고는 툇마루에 걸터앉았다.

지효 스님은 그런 혜일 스님을 잠시 바라보다가 먼저 방으로 들어갔다.

"스님, 인사드리겠습니다."

지효 스님이 반초 스님을 향해 절을 하자 반초 스님도 지효 스님을 향해 마주 절을 했다.

"서울에 오셨다는 소식은 융을 통해서 며칠 전에 들었습니다."

"네."

"법운 스님하고 동행을 하셨다고요?"

"네."

"법운 스님은…?"

지효 스님은 말속에 궁금증을 담고 반초 스님을 쳐다봤다. '성불을 하기 전에는 하산을 하지 않겠다고 했는데 하산을 했다고 하니 어찌된 것입니까' 하는 궁금증이 말과 표정 속에 배어 있었다.

반초 스님은 그런 지효 스님의 마음을 헤아려 보고 빙긋이 웃었다.

"그 스님은 서울에다가 포교당을 하나 개설할 모양입니다."

"그럼…?"

'그럼 공부는 이제 끝마치셨다는 말씀인가요?'라고 지효 스님이 물으려고 할 때 혜일 스님이 방으로 들어왔다.

"인사하시죠. 이 스님은 혜일 스님이라고 제 사숙되시는 스님이신데, 인도에 가서 10년간 공부하시다가 학위를 받고 두 달 전에 돌아오셨습니다. 그리고 이 스님은 반초 스님이신데 공부를 아주 많이 하신 스님이에요."

"혜일입니다. 보시다시피 다리가 말을 좀 안 들어서 인사는 이렇게 머리로만 하겠습니다."

혜일 스님은 힘들게 자리에 주저앉으며 머리를 숙였다.

"저는 반초라고 하는 떠돌이 중입니다."

반초 스님도 앉은 자세로 허리를 굽혔다.

"반초라는 법명이 좀 특이하군요."

혜일 스님은 돈키호테의 판초를 연상하며 씩 웃었다. 그러자 반초 스님은 혜일 스님의 그런 마음을 알고 있는 듯

"판초하고는 영 다른 인물입니다."

"그럼 스님은 어떤 인물인데요?"

혜일 스님은 자신의 마음을 상대방 스님이 꿰뚫어 보고 있는 것 같아 내심으로 당황해하며 이렇게 물었다.

"글쎄요. 확실히는 모르겠습니다만 법명으로 봐서 반은 초월한 작자 같습니다."

"공부가 더 깊어지시거든 완초라고 법명을 바꾸십시오. 반밖에 초월을 하지 못하고서야 성불을 하실 수 있겠습니까?"

"명심해뒀다가 성불을 하고 싶어지면 그때 가서 그렇게 하지요."

"지금은 성불을 하고 싶지 않으신가 보군요."

"성불이야 하기 싫어도 자연히 하게 될 텐데 서두를 거 뭐 있습니까? 그런데 스님은 무슨 공부를 하셔서 박사님이 되셨습

니까?"

"초기 경전의 성립 경위와 그 배경을 좀 추적해봤습니다."

"그러시다면 부처님 육성도 들으셨겠습니다."

"메아리라도 잡아보려고 애를 썼지만 메아리의 메아리만 쫓다가 만 것 같습니다."

혜일 스님의 말을 듣고 있던 두 사람도 혜일 스님을 따라 함께 웃었다. 동병상련이라고 할까? 함께 웃고 나니 서로가 지기처럼 가깝게 느껴졌다.

그때 밖에서 이랑의 목소리가 들려왔다.

"스님, 차 준비해 왔습니다."

"응, 고마워."

지효 스님은 자리에서 일어나 이랑이 들고 있는 다반을 받았다.

"친구하고 약속이 있어서 잠깐 나갔다 오겠습니다."

"그래, 알았어."

"……."

이랑은 목례를 하고 돌아섰다. 긴 머리를 높이 묶어서 맨 검은 리본이 파마머리와 조화를 이루어서 오히려 더 화려하게 느껴졌다.

"스님은 백족화상 소식을 알고 계신다지요?"

혜일 스님은 궁금증을 참을 수 없는 듯 먼저 백족화상 얘기를 꺼냈다.

"네. 이번에도 친견을 하고 왔습니다."

"……."

지효 스님은 들고 있던 다반을 자리에 놓으며 조용히 반초 스님을 쳐다봤다. 그녀의 시선 속에는 '노장님 건강은 어떠시던가요? 노장님은 언제쯤 하산하신다고 하던가요?'라는 물음이 담겨 있었다. 반초 스님은 지효 스님의 그런 물음을 마음으로 듣고 있었지만 뭐라고 답을 할 수가 없어서 잠자코 방바닥만 내려다보고 있었다.

서울로 가기 위해 각진사를 떠난 반초 스님과 법운 스님은 지리산 반야암에 들러서 백족화상을 친견하고 가자고 뜻을 모으고 반야암을 향해 길을 떠났다. 두 사람이 남원에 도착하였을 때 찌뿌듯하게 흐려 있던 하늘에선 빗방울이 떨어지기 시작했다. 반초 스님과 법운 스님은 오랫동안 산에서 생활했기 때문에 비 오는 산이 얼마나 무서운가를 잘 알고 있었다. 그래서 반야암을 오르는 일이 조금은 망설여졌지만 구름층이 깊지 않았으므로 처음 계획대로 반야암으로 가기로 하고 마천 가는 버스에 올랐다.

버스에 오른 두 사람은 메고 있던 걸망을 벗어서 무릎 위에 놓으며 자리에 앉았다. 백족화상의 근황이 궁금하고 또 언제쯤 하산하실 것인지 알고 싶어서 반야암으로 가고 있는 반초 스님은 반야암으로 가는 그 자체가 즐거워서 느긋한 마음으로 바깥 풍경을 바라보고 있었다. 하지만 옆에 앉은 법운 스님은 달랐다. 그는 자신의 결심 위에 백족화상이 장못 하나를 쳐주기를 바라고 있었으므로 백족화상을 친견하러 가는 그의 마음은 초조했다.

버스에서 내린 두 사람은 청벽사 골짜기를 올라가다가 절못 미쳐서 칠성계곡 쪽으로 발길을 돌렸다. 하늘에선 여전히 빗방울이 떨어지고 있었지만, 보행을 막을 만큼 빗줄기가 세지 않아서 두 사람은 평소보다 빠르게 발걸음을 옮겼다. 아슬아슬한 낭떠러지를 지나고 몇 개의 개울물을 건너면서 계곡 위로 올라가자 반야암 뒤에 솟아 있는 촛대바위가 먼저 눈에 들어왔다. 아래에서 바라보니 암자는 더욱 책상처럼 보이고 암자 뒤에 마주 서 있는 바위는 영락없이 책상 위에 켜져 있는 두 자루의 황촛불같이 느껴졌다. 암자에서 공부한 사람 중에 반야의 지혜를 깨우칠 성현이 나올 거라는 예언이 왜 가능했는지를 알 수 있을 것 같았다.

빗물이 줄줄 흐르는 옷을 입고 서서 운무 속에 싸여 있는 암자를 한참 동안 바라보고 서 있던 두 스님은 다시 산길을 오르기 시작했다. 이제 곧 백족화상을 친견할 수 있다는 기대감으로 가슴이 벅찼다. 얼마쯤 그렇게 산길을 오르던 두 사람은 마침내 반야암 뜰로 들어섰다. 댓돌 위에는 검은 고무신 한 켤레가 놓여 있었는데, 그 신 안에는 빗물이 가득 고여 있었다.

고무신 주인은 안에 있지만 신발을 신은 지는 오래된 것처럼 보였다. 반초 스님은 댓돌 위에 놓여 있는 고무신을 물끄러미 바라보다가 한 걸음 안으로 다가서며 스님을 불렀다.

"……."

그러나 안에서는 아무런 인기척이 없었다. 반초 스님은 뒤에 서 있는 법운 스님을 한번 돌아보고는 좀 더 큰 소리로 스님을 불렀다. 그러자 뒤에서 쪽문 열리는 소리가 들리더니 정관 스님이 모습을 나타냈다.

"아니……."

비를 피하려고 추녀 밑으로 바싹 몸을 기대며 걸어오던 정관 스님은 댓돌 위에 서 있는 스님이 반초 스님과 법운 스님임을 알아차리고 급히 그들 쪽으로 다가왔다.

"안녕하셨습니까?"

반초 스님과 법운 스님이 젖은 손으로 합장을 하자

"그럼요. 어서 안으로 드십시오."

정관 스님은 두 스님의 팔을 끌며 먼저 안으로 들어갔다.

"인사받으십시오."

방으로 들어간 반초 스님과 법운 스님은 메고 있던 걸망을 벗어서 한옆에 놓고 정관 스님을 향해 절을 했다.

"스님들도 안녕하셨습니까?"

정관 스님도 두 스님을 향해 마주 절을 했다. 인사를 마친 정관 스님은 급히 몸을 일으키더니 시렁 위에 얹혀 있는 대나무 고리를 내려서 승복 두 벌과 속옷 두 벌 그리고 양말 두 켤레를 꺼내놓았다.

"이걸로 갈아들 입으십시오."

"그러세. 젖은 옷을 입고 노장님 방에 들어갈 수야 없지 않은가?"

반초 스님은 법운 스님을 돌아다보며 말했다.

"……."

법운 스님이 어떻게 할까 망설이고 있을 때

"이번에는 노장님 친견이 아무래도 어려울 것 같습니다."

정관 스님이 빗물이 가득 담긴 세숫대야를 들고 일어서며 말했다. 정관 스님을 보고 있던 두 사람은 거의 동시에 천장을 쳐다봤다. 천장은 둥그렇게 젖어 있었고 젖은 천장 가운데로 빗물이 떨어지고 있었다.

"비가 많이 새는군요."

반초 스님이 천장을 쳐다보며 말했다.

"네, 처음부터 그랬습니다."

처음이라는 기준은 백족화상과 정관 스님이 여기로 거처를 옮긴 그때를 두고 하는 말 같았다.

"그럼 손을 좀 보시지요."

"그러려면 기와 불사를 해야 하는데 마음을 낼 수가 없지요."

정관 스님은 이렇게 말하곤 세숫대야를 들고 밖으로 나갔다.

"……."

정관 스님의 말을 듣고 있던 반초 스님은 머리를 끄덕였다. 백족화상이 마음만 낸다면 산꼭대기가 아니라 하늘 위까지라도 신도들이 찾아가 도와드리겠지만 공부를 하고 계신 여기서 그런 마음을 낼 수 없을 거라는 것은 자명한 일이었다.

밖으로 나갔던 정관 스님은 잠시 후 빈 대야를 들고 와서 먼저 놨던 그 자리에 도로 놓고 두 스님과 마주앉았다. 빈 대야에서는 일정한 간격을 두고 빗물 떨어지는 소리가 '똑똑' 들려왔다.

"노장님 방은 비가 안 샙니까?"

침묵을 지키던 법운 스님이 고개를 들며 물었다.

"거기도 새지요. 이 방보다 더 샙니다."

"그럼 그 방에도 그릇을 놔드려야겠군요."

"그랬으면 좋겠는데… 들어가지를 못해서요."

"……?"

두 스님은 궁금증을 느끼며 정관 스님을 쳐다봤다. 그리고 있는 그들의 머릿속에 이번에는 노장님 친견이 어려울 것 같다던 정관 스님의 말이 떠올랐다.

"저도 노장님 뵌 지가 며칠이나 됐는지 날짜를 잊어버렸습니다."

정관 스님은 이렇게 말하고 입을 다물었다. 그러자 다른 두 스님도 함께 입을 다물었다. 백족화상이 대삼매에 들어 계심을 알 수 있어서였다. 세 사람은 묵묵히 앉아서 밖에서 들려오는 빗소리를 듣고 있었다. 소리로 봐서 빗줄기가 더 세지고 바람도 불기 시작하는 것 같았다. 세숫대야 위에 떨어지는 빗방울도 처음보다는 세고 빠르게 뚝뚝 소리를 내며 떨어지고 있었다.

절해고도(絶海孤島), 산도 고도일 수 있고 들도 고도일 수 있다. 운무 속에 싸여 있는 반야암은 그대로 구름 위에 떠 있는 고도였다. 절해고도 반야암에서 정관 스님과 반초 스님 그리고 법운 스님은 마치 주불(主佛)을 옹위하고 있는 협시보살들처럼 삼매에 잠겨 있는 백족화상을 향해 조용히 머리들을 숙이고 있었다.

얼마쯤 그러고 있을 때 밖에서 문 여닫는 소리가 쾅 하고 들려왔다. 세 사람은 긴장하며 서로의 얼굴을 쳐다봤다.

"혹시…!"

정관 스님이 먼저 자리에서 일어나 쪽문을 열고 밖으로 나갔다. 그러자 반초 스님, 법운 스님도 뒤를 따라 밖으로 나갔다. 밖에는 비바람이 세차게 불고 있었고, 비바람 속에서 온 산이, 아니 비바람까지도 몸부림치며 요동하고 있었다. 세 사람은 잠시 산 아래를 바라보다가 백족화상이 기거하고 있는 방 앞으로 달려갔다. 그러나 댓돌 위에 놓여 있는 검은 신발에는 여전히 빗물이 넘치고 있었고, 툇마루로 통하는 스님 방의 문도 처음 그대로 굳게 닫혀 있었다.

세 사람은 의아한 표정을 지으며 비바람 속에 우두커니 서 있었다. 그때 방문 여닫는 소리가 다시 '쾅' 하고 들려왔다. 정관 스님은 급히 몸을 돌려 쪽문이 있는 뒤쪽으로 돌아갔다. 그의 예상대로 문은 활짝 열려 있었고 문에 바른 창호지는 비바람을 맞아 금방이라도 떨어져 내릴 것처럼 부풀어 있었다.

문 앞에 선 정관 스님은 방 안을 들여다보았다. 뒤미처 온 두 스님도 방 안을 들여다보았다. 그러고 있던 그들의 얼굴은 차츰 굳어졌다. 방 안엔 백족화상이 서쪽 창을 향해 결가부좌를 하고 있었는데 그의 얼굴은 다갈색으로 까맣게 타 있었다.

"아!"

백족화상을 보고 있던 정관 스님이 안타까움을 누를 수 없는 듯 눈을 감으며 합장을 했다. 방 안엔 빗물이 흥건히 고여 있었고, 좌복도 빗물에 흠뻑 젖어 있었다. 그리고 좌복 위에 앉아 있는 백족화상의 승복 바지도 물이 흐를 것처럼 젖어 있었다. 백족화상을 보고 있던 반초 스님과 법운 스님도 합장을 하며 고개를 숙였다.

비바람 속에 시간이 지나갔다.

비바람 속에 영겁의 세월이 흘러갔다.

삼매에 잠겨 있는 백족화상과 합장을 하고 있는 세 스님은 지금 이 찰나에 무엇을 보고 무엇을 확인하고 있는 것일까?

사방이 어두워졌을 때 정관 스님은 불린 쌀과 소금을 내놓고 저녁공양을 들자고 했다. 세 사람은 불린 쌀을 입에 넣고 씹다가 소금을 조금씩 찍어 먹으면서 공양을 들었다. 공양을 마친 정관 스님은 부엌으로 나가 아궁이에 군불을 지폈다. 방 안에 차 있는 습기도 습기지만 두 스님이 입고 있는 젖은 옷을 빨리 말리기 위해서였다.

밤이 깊어지자 바람은 더욱 세져서 산자락을 굽이쳐 올라오는 바람 소리가 마치 해일 이는 소리처럼 들려왔다. 세 사람은 가부좌를 하고 앉아서 굽이쳐 올라오는 바람 소리를 듣고 있었다. 옆방에 계신 백족화상이 노천에 나앉아 계신 것처럼 느껴졌다. 그들은 백족화상의 모습을 가슴 가운데 정좌시켜 놓고 고요히 눈을 감고 있었다. 천장에서 빗물 떨어지는 소리가 초침 지나가는 소리처럼 일정한 간격을 두고 똑똑 들려왔다.

밤이 지나가고 새벽이 다가왔다. 정관 스님이 먼저 자리에서 일어나 방 안을 서너 번 포행하다가 향 하나를 뽑아서 향로에 꽂고 화엄법계를 지키고 계신 모든 불보살님께 삼배를 드렸다. 그러자 반초 스님과 법운 스님도 따라 일어나서 함께 삼배를 드렸다. 아침예불을 마친 스님들은 정좌하고 앉아서 참선을 시작했다.

두 시간쯤 참선을 하고 난 스님들은 저녁때처럼 불린 쌀과 소금으로 아침공양을 들었다. 공양을 마친 스님들은 문을 열고 밖을 내다보았다. 새벽이 되면서부터 바람 소리가 줄더니 빗줄기도 멈춰 있었다. 밤새도록 백족화상 때문에 마음이 불안했던 정관 스님은 백족화상이 걱정돼서 더 이상 앉아 있을 수가 없었다. 그래서 자리에서 일어나 밖으로 나왔다.

자신이 쓰고 있는 방은 세숫대야로 빗물을 받아내고 또 군불도 지폈으므로 별로 습기가 없었다. 반초 스님과 법운 스님 옷도 완전히 말라 있었다. 하지만 백족화상 방은 선정에 들어 계신 백족화상에게 방해가 될까 봐 빗물을 받아 낼 수도 군불을 지필 수도 없었다. 그러기 때문에 지금쯤은 방 안에 고인 물이 좌복 위까지 차올라 있을 것만 같았다. 그렇게 생각하니 마음이 더욱 조급해졌다. 아무리 삼매에 들어 계신다 하지만 젖은 옷을 입고 물 위에 앉아 밤을 새운다는 것은 용이할 것 같지 않았다.

"스님."

정관 스님이 문밖으로 허리를 구부리고 앉아서 물에 젖은 신을 뒤집어 털고 있을 때 등 뒤에서 법운 스님이 불렀다.

"……?"

정관 스님은 고개를 돌리고 뒤를 돌아다보았다.

"노장님한테 가시는 겁니까?"

"네."

"그럼 저도 같이 가겠습니다."

법운 스님이 급히 자리에서 일어나자 반초 스님도 따라 일어났다. 그들도 밤새도록 마음이 불안하기는 마찬가지였다. 스님들은 저마다 젖은 신을 털어서 신고 앞뜰로 나왔다. 댓돌 위에 놓인 검은 고무신에는 여전히 빗물이 가득 담겨 있었고 마루로 통하는 문도 굳게 닫혀 있었다. 스님들은 어떻게 할까 잠시 망설이다가 쪽문이 있는 뒤쪽으로 돌아갔다. 비바람 때문에 쪽문은 전날처럼 반쯤 열려 있었다. 스님들은 쪽문 앞으로 다가가서 조심스럽게 방 안을 들여다보았다. 그러던 그들은 입을 다물지 못하고 멍하니 서 있었다.

백족화상은 여전히 삼매에 들어 있었는데 다갈색으로 타던 검은 얼굴이 백옥처럼 투명하게 변해 있었다. 그런 그의 얼굴은 한없이 안온하고 한없이 평화로워 보였다. 그뿐 아니라 방 안에 고여 있던 물도 말끔히 가셨고 좌복은 물론 스님이 입고 계신 승복도 보송하게 말라 있었다.

스님들은 입을 다물지 못한 채 댓돌 위에 서서 백족화상을 가만히 올려다보았다. 올이 빳빳하게 선 승복을 단정하게 입고 결가부좌를 한 그의 모습은 화창한 여름날 아침 연못 가운데 활짝 핀 연꽃 그대로였다.

"노장님한테 작별 인사를 드리고 그만 떠나세."

반초 스님은 옆에 서 있는 법운 스님한테 나직이 말하고는 물이 괸 봉당에 엎드려서 먼저 절을 했다.

"그러지요."

법운 스님도 반초 스님처럼 물이 괸 봉당에 엎드려서 삼배를 했다. 언어가 떠난 자리, 언어가 필요 없는 자리. 백족화상과는 한마디 말도 나누지 않고 반야암을 떠났지만 산길을 내려오는 그들의 가슴은 벅찼다. 백족화상은 침묵을 지키고 있었지만 그 침묵은 길에 서 있는 이정표처럼 또 한 번의 가장 확실한 확인을 그들 가슴속에 심어주었다.

조용히 눈을 감고 앉아서 백족화상을 친견했던 일을 떠올리던 반초 스님은 고개를 들고 지효 스님을 쳐다봤다.

"한 가지 궁금한 게 있는데요."

"저한테요?"

"스님한테라기보다……."

"말씀해보십시오."

"실은 융이라는 청년에 대해서 좀 알고 싶습니다. 말씀해 주실 수 있으십니까?"

"……."

지효 스님은 순간적으로 난감한 표정을 지으며 조용히 반초 스님의 얼굴을 쳐다봤다. 어떻게 대답하는 게 좋을지 몰라서였다.

"저는 원래 남의 일은 궁금해하지 않는 편입니다. 그런데 그 청년을 보고 난 후로는 그렇지가 않더군요. 그래서 스님한테 한번 물어보려고 일부러 마음을 먹고 왔습니다."

반초 스님은 진지하게 말했다. 그런 반초 스님을 보고 있던 지효 스님은 융의 얘기를 그에게 들려줘야겠다는 쪽으로 마음을 굳혔다. 반초 스님은 백족화상과 인연이 수승하므로 융과의 인연도 자연히 수승할 거라는 판단이 서서였다.

"융의 얘기를 하려면 융의 어머니 얘기부터 시작해야 합니다."

지효 스님은 이렇게 서두를 꺼내고는 조용히 입을 다물었다. 자신의 가슴속에 간직되어 있는 긴긴 얘기를 어떻게 정리해서 들려줄 수 있을까를 생각해 보면서.

6장

Udambara

새벽 내내 정원에 서려 있던 안개가 걷히자 정원에는 햇빛이 눈부시게 쏟아져 내렸다. 성하(盛夏)의 아침. 모든 것은 너무나도 싱그러웠다. 꽃잎도, 나뭇잎도, 꽃잎과 나뭇잎에 매달려 있는 이슬도, 그 모든 것을 감싸고 있는 공기도.

융은 창가에 서서 정원 한쪽에 서 있는 종루를 물끄러미 바라봤다. 공작 깃털 같은 분홍 꽃송이들을 푸른 가지 위에 사뿐히 올려놓은 자귀나무 가지 하나가 종루 위를 지붕처럼 덮고 있었다. 작년만 해도 자귀나무 가지는 종루에 닿을까 말까 했는데 일 년 사이에 눈에 띄게 자라 있었다.

융은 자귀나무 가지에 싸여 있는 종루를 보며 착잡한 감정에 잠겼다. 소리는 있는데 종이 없는 종루, 종은 없지만 소리는 있는 종루. 그것은 이 집 안에서 그가 감지할 수 있는 '어머니'란 이름과 아주 일치했다. 어머니가 이 집에서 살았다곤 하지만 어머니의 모습은 물론 이 집 안에 없다. 모습뿐 아니라 숨결이나 체취까지도. 그런데 혼은 살아 있다. 살아 있다고 느끼고 있다. 아니 믿고 있다.

융은 처음 이 집에서 자신이 어머니의 혼을 느끼는 것은 종소리 때문이라고 생각했다. 그런데 우연한 기회에 그것만이 아님을 알았다. 그것은 전혀 예기치 않게 발견한 새로운 사실이었다. 어느 일요일 아침, 융은 산에 가기 위해 등산 장비를 준비하고 있었다. 벽장문을 열고 배낭을 내려서 쌀과 부식을 코펠 속에 넣고 버너 속에 든 알코올을 다시 점검하고 양념통과 물통을 챙겨 넣은 후 침낭을 방바닥에 폈다. 오랫동안 쓰지 않았기 때문에 통풍도 시킬 겸 다시 잘 개서 가져가야겠다고 생각하면서.

침낭을 펴자 그 안에서 조그만 동전 지갑 하나가 나왔다. 융은 무심히 지갑을 집어 지퍼를 열어보았다. 그러던 그의 얼굴이 순간적으로 핼쑥해졌다. 지갑 안에는 동전 몇 개와 함께 임종 직전 할머니한테서 받은 열쇠가 들어 있었다. 열쇠를 손에 든 융은 호흡을 조절하면서 조용히 눈을 감았다. 안간힘을 다해 자신의 손에 열쇠를 쥐여 주시려고 하던 할머니의 모습이 떠올랐다. 할머니는 당신이 간직해왔던 어머니의 유품을, 유품

뿐 아니라 어머니에 대한 기억이나 감정까지도 모두 자기한테 물려주고 가시려 한 것 같았다.

'그런데 나는 왜 그동안 이 열쇠를 잊고 있었을까?'

융은 자신을 향해 이렇게 물어보았다. 그러던 그는 할머니의 운명(殞命)이라는 충격적인 순간에 열쇠를 받았고, 할머니 장례를 치른 직후 곽 씨 아저씨가 참사를 당했으며, 곽 씨 아저씨가 참사를 당하던 그날 밤 송강으로부터 백족화상이 자신의 친부(親父)라는 사실을 처음 들어서 알았고, 백족화상을 찾아 도다가로 갔을 때 백족화상은 자신이 올 것을 예견하고 있었던 듯 원고를 남겨놓고 도다가를 떠났으며, 백족화상한테서 받은 원고는 그 후 '황금전당'이라는 화두로 바뀌어서 1년 반 동안 자신을 완전히 결박했었고…. 이런 일련의 사건들로 인해 그동안 열쇠를 잊고 있었던 게 아니었을까 하는 정리를 스스로 해보았다.

침낭 속에서 우연히 열쇠를 발견한 융은 그 후 늘 열쇠를 몸에 지니고 다녔다. 하지만 열쇠로 화실 문을 열고 안으로 들어가는 일은 하지 못했다. 어쩐지 두렵게 느껴졌기 때문이다. 살아 숨 쉬는 어머니의 영혼과 맞닥뜨리는 두려움이었다. 화실 열쇠를 몸에 지니고 다니면서부터 융은 어머니의 영혼이 화실 안에서 살아 숨 쉬고 있다고 느꼈다. 아니, 그렇게 믿었다. 그러면서 일 년여의 세월을 보냈다.

"융, 오늘도 도서관에 안 가?"

사시예불을 드리기 위해 법당으로 가던 지효 스님이 방문 앞에 서서 물었다.

"네."

융은 창가에서 몸을 돌리며 지효 스님을 쳐다봤다.

"…왜?"

지효 스님은 혹시 융이 아프지 않나 하는 얼굴로 융의 표정을 살피며 다시 물었다. 평일은 말할 것도 없고 일요일도 산에 가는 날을 제외하면 늘 도서관에서 자정이 넘어야 돌아오기 때문이었다.

"오늘은 집에서 할 일이 있어 도서관에 안 가기로 했습니다."

융은 지효 스님을 안심시켜주려는 듯 미소를 지으며 대답했다.

"그래? 그럼 어서 일해."

지효 스님은 별일이 아니어서 다행이라는 얼굴로 몸을 돌렸다.

"……."

융은 법당 쪽으로 사라지는 지효 스님의 뒷모습을 잠시 바라보다가 열쇠가 든 바지 주머니에 손을 넣었다. 그리고 밖으로 나왔다.

정원은 창가에서 바라볼 때보다 더욱 싱그러웠다. 나무들은 가지마다 줄기마다 폭발할 것 같은 생명력을 불어넣고 아침 햇살 속에 우뚝우뚝 서 있었다. 융은 신선한 감동에 젖어들며 나무들을 바라보았다. 자신의 키보다 두 배는 됨직한 주목나무는 진녹색 잎사귀 때문인지 더욱 두드러져 보였다. 주목나무가 정확히 몇 그루인지는 모르지만 정원수의 반은 주목나무가 아닐까 하는 생각이 들었다. 목백일홍도 상당수 눈에 들어왔다. 융은 능소화 줄기가 감고 올라간 목백일홍을 물끄러미 바라보다가 별채 쪽으로 걸음을 옮겼다. 어렸을 적 여름철이면 늘 후원에 피어 있는 목백일홍이나 능소화를 보며 자라서 그런지 그 꽃을 보고 있으면 언제나 아련한 그리움 같은 게 느껴졌다.

별채로 들어간 융은 긴 복도를 지나 화실 앞에 가서 섰다. 화실 문에 매달려 있는 자물쇠 위에는 먼지가 뽀얗게 쌓여 있었다. 융은 먼지를 뒤집어쓰고 있는 자물쇠를 내려다보다가 바지 주머니에서 열쇠를 꺼내 문을 열었다. 그리고 깊게 심호흡을 하며 안으로 들어갔다. 커튼이 내려져 있는 실내는 어둑했다. 융은 문 옆에 있는 스위치를 눌러 불을 켜고 천천히 화실 안을 둘러보았다.

화실 안에는 청동으로 된 입상· 좌상· 나상의 두상들이 고뇌의 얼굴로, 분노의 얼굴로, 슬픈 얼굴로, 외로운 얼굴로 몸을 구부리기도 하고 비틀기도 하고 고개를 숙이기도 하고 허공을 쳐다보기도 하면서 자신들이 감당해온 고통을 호소하고 있었다.

융은 강한 충격을 받으며 그 자리에 선 채 물끄러미 조상들을 바라보았다. 그들이 뿜어내는 호소는 그대로 어머니의 육성이었다. 어머니는 낮은 소리로 자신이 감당해왔던 고뇌를, 분노를, 슬픔을, 외로움을 토로하고 계셨다. 어머니의 호소를 듣고 있는 융의 몸은 차차로 뜨거워지면서 가슴이 뛰기 시작했다. 추상적으로 막연하게 느껴지던 어머니의 실체가 비로소 실재해 있었던 실존의 인물로 다가왔다. 어머니는 하루하루 자신의 삶 속에서 고뇌를, 분노를, 슬픔을, 외로움을 삭이며 살다 가셨다. 모든 여자가 그러하였던 것처럼.

오랫동안 문 앞에 서서 조상들을 바라보고 섰던 융은 천천히 안으로 걸어 들어갔다. 그러면서 그들 하나하나를 다시 찬찬히 살펴보았다. 그러던 그는 상을 약간 찡그린 듯한 그 특유의 표정을 지으며 좌상으로 된 여인상 앞에서 걸음을 멈추었다. 그가 보고 있는 여인은 두 손을 모아 턱을 괴고 앉아서 조용히 허공을 응시하고 있었는데, 그러고 있는 그녀의 눈빛은 쓸쓸하고 외로워 보였다. 융은 먼지를 뒤집어쓰고 있는 그녀가 더욱 쓸쓸하게 보여서 그녀 앞으로 다가가 머리 위에 쌓인 먼지를 손으로 쓸어보았으나 먼지가 너무 많이 쌓여 있어서 손으로는 도저히 다 털어낼 수가 없었다. 그래서 걸레를 찾으려고 화실 안을 두리번거려봤지만 천이라고는 창문에 내려져 있는 커튼밖에 눈에 띄지 않았다.

융은 어떻게 할까 잠시 궁리하다가 입고 있던 티셔츠를 벗어 걸레처럼 접어서 청동 좌상의 머리부터 닦기 시작했다. 닦고 또 닦고 정성을 다해서 닦아내자 청동 좌상은 푸른 윤기를 되찾으며 해맑은 모습을 드러냈다. 그 모습을 본 순간 융은 온몸으로 강한 전율이 느껴졌다. 자신 앞에 앉아 있는 청동 좌상은 백족화상을 찾아 도다가로 갔을 때 종루가 있는 언덕 위에서 본 어머니의 영상과 완벽하게 일치했다. 융은 가슴이 떨려옴을 느끼며 좌상 앞에 무릎을 꿇고 앉았다. 그리고 좌상을 가만히 우러러보다가 나직이 속삭였다.

"어머니, 제가 융입니다."

그러자 뜨거운 눈물이 뺨을 타고 흘러내렸다. 융은 자신이 어머니를 그리워하고 있었음을 알았다. 어머니란 이름을, 그 이름 속에 담긴 뜻을.

"융."

등 뒤에서 지효 스님의 목소리가 들려왔다. 사시예불을 끝내고 요사채를 다녀온 듯 가사 장삼을 벗고 있었다.

"……."

융은 손으로 눈물을 닦아내고 고개를 돌렸다.

"융을 찾다가 혹시나 해서 들렀어. 내가 있어도 괜찮겠지?"

"네."

융은 침착한 표정을 되찾으며 청동 좌상 앞에서 몸을 일으켰다.

"오 교수님 자화상이군. 옛날 내가 여기 왔을 때는 이 자화상이 저쪽 선반 위에 있었는데."

청동 좌상을 내려다보던 지효 스님은 창과 마주 보이는 벽면을 가리키며 말했다. 이 자화상 옆에는 동화를 모델로 한 두상이 나란히 놓여 있었기 때문에 지효 스님은 오 교수 자화상이 놓여 있던 위치를 정확하게 기억하고 있었다.

"스님은 전에 이 방에 와 보신 적이 있으십니까?"

융이 물었다.

"응."

지효 스님은 감회가 서린 얼굴로 머리를 끄덕였다.

"어떤 일로 오셨었는데요?"

지효 스님을 쳐다보고 있는 융의 눈은 긴장하고 있었다. 어머니에 관해 한 가지라도 더 알고 싶어 하는 마음이 역력했다. 그런 융의 얼굴을 바라보고 있던 지효 스님은 조용히 입을 열었다.

"대학교 3학년 때였어. 대학 방송제에 출품할 드라마를 쓰고 있었는데 그 드라마 주인공이 조각가였어. 그래서 오 교수님한테 떼를 썼지. 조각을 실제로 해볼 수 있게 해달라고."

"……."

"하지만 그건 핑계였어. 내가 여기에 오고자 했던 건 조각을 해보고 싶어서라기보다 동화 씨를 만나기 위해서였어."

지효 스님은 담담하게 옛날 자신의 심정을 고백했다. 융이 이젠 속마음을 털어놓을 수 있을 만큼 성장했다는 생각과 그에게 하는 자신의 말은 어떤 말이든 진실이어야 한다는 생각이 함께 들어서.

"……."

융은 조용히 입을 다물고 지효 스님의 얘기를 마음으로 새겨듣고 있었다.

"저 선반 위에 있는 작품이 동화 씨를 모델로 한 작품일 거야."

지효 스님은 선반 위에 있는 두상을 눈으로 가리키며 말했다.

"……."

융은 고개를 들고 박 교수를 모델로 한 조각품을 바라보았다. 고등학교 몇 학년 때쯤일까? 겁먹은 듯한 불안한 표정을 보는 순간 저절로 미소가 지어졌다.

"오 교수님은 동화 씨가 결혼을 하면 저 작품을 선물로 주신다고 하셨지."

지효 스님은 선반 위에 있는 두상을 바라보다가 이렇게 말했다. 그러고 있는 그녀의 머릿속에서 옛날 오 교수와 나눴던 대화가 떠올랐다.

"두 사람 결혼식 땐 내가 정말 좋은 걸 선물할게."

"그게 뭔데요?"

"소년 시절의 동화 모습. 동화를 모델로 한 조각품이 세 개 정도 있을 거야. 그중에서 제일 좋은 걸로 선물할게."

"고마워요, 선생님. 그걸 주시면 제일 좋은 곳에 세워놓고 선생님 생각을 하겠어요."

"그래. 나는 두 사람이 가장 행복하게 살기를 비는 사람이니까. 어려울 때가 있으면 나를 생각하면서 고비를 넘겨."

"네, 선생님. 꼭 그렇게 할게요."

지효 스님 머릿속엔 오 교수의 팔짱을 끼고 그녀 어깨 위에 살며시 머리를 기댔던 옛날 자신의 모습이 떠올랐다. 그러자 견딜 수 없는 그리움이 심장 한쪽 끝을 꽉 움켜잡았다. 지효 스님은 가슴속에 차오르는 그리움을 깊은 심호흡으로 누르며 조용히 눈을 감았다. 자신이 그리워하고 있는 것은 오 교수님 모습인지 아니면 젊은 날에 경험했던 순수한 열정인지 그건 그녀 자신도 분간하기 어려웠다.

"그럼 저 작품은 박 교수님한테 드리도록 하죠."

융은 선반 위에 있는 두상을 가리키며 말했다.

"……."

지효 스님은 자신의 감정에서 벗어나며 융을 쳐다봤다.

"박 교수님도 저 작품을 받으면 좋아하실 것 같은데요."

융은 겁먹은 얼굴로 불안한 표정을 짓고 있는 조각품을 바라보며 웃었다.

"그러시겠지."

지효 스님도 평정을 되찾으며 미소를 지었다.

"오늘밖에는 마땅한 시간이 없는데 제가 갖다 드릴까요?"

"융 좋을 대로 해. 어머니도 주시고 싶어 했던 작품이니까."

"그럼 지금 갖다 드리고 오겠습니다. 마침 오늘은 일요일이라 교수님도 댁에 계실 것 같은데요."

융은 자리에서 일어나 조각품을 내렸다. 그 작품 역시 먼지를 겹겹이 뒤집어쓰고 있기는 마찬가지였다.

"지금 갈 거면 안에 가서 옷 갈아입고 와. 내가 걸레를 가져다가 닦아줄게."

지효 스님은 자리에서 일어서며 말했다.

"먼지가 많이 쌓였는데요."

융이 미안해하며 쳐다보자

"그러니까 내가 닦아주려는 거지."

지효 스님은 융을 보며 미소를 짓고는 밖으로 나왔다. 지효 스님은 긴 복도를 걸어가며 묘한 감정에 잠겼다. 동화와 함께 살면서 사랑의 증표로 간직하려 했던 조각품을 자신의 손으로 손질해 다른 여자와 함께 살고 있는 동화한테 보내려 한다고 생각하니 미묘했다.

"내가 왜 이런 망령된 생각을 하고 있을까?"

지효 스님은 자신의 감정에 소스라치게 놀라며 부지런히 걸음을 옮겼다. 그런 그녀의 얼굴은 어딘지 모르게 쓸쓸해 보였다.

"자네가 웬일인가? 연락도 없이. 그리고 그건 뭔가?"

박 교수는 포장한 둥그스름한 물건을 가슴에 안고 땀을 흘리며 서 있는 융을 보고는 몹시 놀랐다.

"교수님한테 드릴 게 있어서 가져왔습니다."

융은 박 교수를 보며 밝게 웃었다. 그 웃음 속에는 박 교수가 집에 있어서 다행이라는 안도의 표정도 포함돼 있었다.

"아무튼 들어오게. 무거워 보이는데 이리 주고."

박 교수가 손을 내밀며 받으려 하자

"아닙니다. 제가 갖다 놓겠습니다."

융은 안고 온 조각품을 거실 탁자 위에 갖다 놓고는 바지 주머니에서 손수건을 꺼내 얼굴 위에 흐르는 땀을 닦았다.

"더워 보이는구먼. 우선 시원한 거부터 한 잔 마시게."

박 교수는 냉장고 문을 열며 말했다. 그러던 그는 난감한 표정을 지었다. 냉장고 문을 열면 당연히 과일이나 음료수가 있을 거라고 생각했는데 먹다 남은 반찬 그릇만 몇 개 눈에 띌 뿐 마실 것이라곤 아무것도 없었다.

"이 사람이……."

박 교수는 혼잣말처럼 중얼거리고는 도로 냉장고 문을 닫았다.

"사모님은 어디 가셨습니까?"

융은 집 안 분위기가 이상하다고 느끼며 조심스럽게 물었다.

"위층에 있겠지. 처형이 위층에 살고 있네. 가만있자, 우리 술을 한 잔씩 할까?"

박 교수는 융을 쳐다보며 싱긋이 웃었다. 복잡한 자신의 감정을 웃음 속에 숨기면서.

"교수님 좋으실 대로 하십시오."

"그럼 술을 하세."

박 교수는 양주 한 병과 얼음을 탁자 위에 갖다 놓고 융과 마주앉았다.

"잔을 받으십시오."

융이 술을 따르려 하자

"아닐세. 자네는 손님인데 내가 먼저 권해야지."

박 교수는 융의 손에서 술병을 빼앗아 술을 따르고는 그 속에다 얼음을 넣었다.

"자, 받게."

"네."

융은 박 교수가 건네주는 잔을 두 손으로 받아서 앞에 놓고 빈 잔에다 술을 따라 박 교수한테 건네줬다.

"드십시오. 교수님."

"그러지. 자, 건배하세. 반갑네."

박 교수는 자신의 잔을 융 잔에다 가볍게 부딪치고는 천천히 술을 마셨다.

"……"

융도 자신의 잔을 들어 조금씩 마셨다. 몇 모금 마시자 가슴이 뜨거워지면서 온몸에 열기가 돌았다.

"술은 인간이 만들어낸 음식 중에서 가장 매력적인 거지. 우울한 사람도 금방 즐거운 사람으로 돌변시켜놓거든."

박 교수는 잔에 남아 있는 술을 마저 마시더니

"그래, 자네가 가져온 그건 뭔가?"

하며 융이 가져온 물건에 관심을 나타냈다.

"이걸 교수님이 보시면 아마 깜짝 놀라실 겁니다."

융은 탁자 위에 놓여 있는 조각품 포장을 벗기며 미소를 지었다.

"글쎄, 내가 그렇게 놀랄 일이 있을까?"

박 교수는 탁자를 내려다보며 말했다. 그런 그는 삶 전반에 걸쳐 별다른 흥미를 느끼고 있는 것 같지 않아 보였다.

"지효 스님 말씀이 교수님을 모델로 해서 조각한 작품이라고 하시더군요. 그래서 교수님한테 드리려고 가져왔습니다."

융은 어머니란 호칭을 쓰기가 쑥스러워서 그 말은 생략하고 박 교수를 쳐다봤다.

"아니, 이건……."

탁자 위를 내려다보던 박 교수는 몹시 충격을 받으며 자신 앞에 놓여 있는 과거의 자신을 바라보고 있었다. 겁먹은 듯한 불안한 얼굴, 그러나 그 얼굴 속에는 순수함과 총명함과 미래를 향한 꿈이 가득 담겨 있었다.

"이때는 행복했네."

젊은 날 자신의 모습을 물끄러미 내려다보고 있던 박 교수는 독백하듯 말했다. 그러고 있는 그는 마치 탁자 위에 놓여 있는 소년을 향해 '자네는 행복하네.' 라고 말하고 있는 것 같았다.

"……."

융은 상을 약간 찡그린 듯하면서도 맑고 조용한 그 특유의 표정으로 박 교수를 가만히 바라보았다. 두 사람 사이에는 침묵이 흘렀다. 하지만 그들은 그 침묵을 별로 불편해하지 않으며 마주 앉아 있었다.

"오 교수님이 지금 살아 계셔도 육십 정도밖에는 안 되시는데……. 그래도 자네를 내 앞에 있게 해주셨으니 얼마나 다행인가."

박 교수는 빈 잔에 술을 따라 들고 융을 지긋이 쳐다봤다.

"……."

융은 박 교수의 시선을 받기가 힘이 들어 슬며시 고개를 돌렸다. 안경 너머로 보이는 그의 눈빛이 너무도 외로워 보였다.

"이 조각품은 어떻게 찾게 되었는가?"

박 교수가 조금 활기에 찬 목소리로 물었다. 자신의 감정을 가라앉지 않게 하려는 의식적인 행동 같았다.

"제가 오늘 어머님 화실에 들어갔습니다."

융은 난생 처음으로 어머님이라는 호칭을 타인 앞에서 썼다.

"화실에?"

"네."

"처음으로?"

"네."

"어머님 화실에 처음 들어가 봤다니 감회가 컸겠구먼. 그래, 거기서 무엇을 느꼈나?"

"가장 강하게 느낀 건 어머님의 실존이었고, 그다음으로 느낀 건 작품들을 해탈시켜주고 싶다는 욕구였습니다."

"처음 말은 알아듣겠네만 그다음 말은 무슨 뜻인지 잘 모르겠네."

"저도 시일을 두고 제가 받은 느낌을 좀 더 정리해봐야 알겠습니다."

"그러게. 꼭 그래보게."

박 교수는 융의 느낌에 흥미를 나타내더니 물었다.

"참, 화실 안에는 나를 모델로 한 작품이 몇 점이나 있던가?"

"저는 이 작품 하나밖에 못 봤는데 스님 말씀으로는 두 점 정도 더 있을 거라고 하셨습니다."

"모델을 한 내가 모르는 일을 스님이 어떻게 아신단 말인가?"

"어머님은 교수님이 결혼을 하시면 결혼 선물로 이 작품을 주시기로 하셨답니다. 그때 들으신 것 같습니다."

"교수님이라면 나를 두고 하는 말인가?"

"네."

"난 전혀 그런 사실을 모르고 있었는데 그런 일이 있었군."

박 교수의 표정 속에는 진한 감동이 깔렸다. 작품을 결혼 선물로 받는 일도, 지효 스님과 아니, 현지와 결혼하는 일도 다 성사되지 못했지만 자신의 생에 그런 일이 있었다는 사실만으로도 짜릿한 행복감이 느껴졌다.

"이 작품은 어디에 두시겠습니까?"

융이 작품을 내려다보며 물었다. 소년 시절의 모습이라곤 하지만 지도 교수 얼굴이 턱 밑에 놓여 있는 게 어쩐지 거북스러워서였다.

"불편하면 우선 어항 옆에다 놓아두게. 내가 나중에 아이들하고 상의해서 적당한 곳에 옮겨놓을 테니까."

박 교수가 어항 쪽을 돌아다보며 말했다. 거실에는 전날 그대로 어항 세 개가 나란히 놓여 있었고 그 속엔 형형색색의 고기들이 헤엄쳐 다니고 있었다.

"네."

융은 자리에서 일어나 두상을 조심스럽게 안아다가 어항 옆 선반 위에 올려놓았다. 자신의 손바닥보다 훨씬 더 큰 고기들이 입을 벌리며 수초 사이를 헤집고 다니는 것이 어쩐지 괴기스럽게 느껴졌다.

"우리 집에 강태공들이 오면 좋아하겠지?"

박 교수가 융을 쳐다보며 웃었다. 그 웃음은 다분히 냉소적이었다.

"……."

융은 자신의 기분을 말할 계제가 아니라는 판단이 들어서 잠자코 자리로 돌아와 앉았다.

"정신과 의사한테 물어보니 욕구 불만의 표출이라고 하더군. 그래서 그냥 놔두기로 했네."

박 교수는 빈 잔에 술을 조금 더 따르며 말했다.

"……."

"우리 화제를 바꾸세. 자네 송강이하고 언제 통화를 했나?"

"20일 가까이 된 것 같습니다."

"그때 무슨 말을 안 하던가?"

"……."

"자네한테는 그런 말을 안 했겠구먼."

박 교수는 자신의 생각을 다시 한 번 점검해보더니 혼잣말처럼 말했다.

"송강이한테 무슨 일이 있습니까?"

융이 긴장하며 쳐다봤다.

"결혼 문제를 상의하더군. 며칠 전에 전화로 30분 가까이 통화했네."

"무슨 일이 생겼습니까?"

"새로 생긴 일은 아니고… 형규가 결혼 후 어머니하고 별거를 하고 싶어 한다네."

"……."

"어떻게 생각하면 그런 요구는 당연하다고도 할 수 있겠지. 자신의 체면에 관한 문제도 될 테니까."

박 교수는 들고 있는 잔을 물끄러미 내려다보며 말했다. 그러고 있는 그의 얼굴에는 이미 약간의 취기가 돌고 있었다.

"……."

"그뿐 아니라 살림도 서울에서 하자고 한다네. 서울에서 직장 생활을 한다면 그렇게밖에 할 수 없기도 하겠지."

"……."

"그의 요구가 정당하다 해도 송강으로서는 그 요구를 받아들일 수 없을 걸세. 아니, 그런 요구를 자신에게 하고 있는 형규를 용서할 수가 없겠지."

"……."

"용서할 수 없는 감정으로 함께 산다는 거, 그건 지옥이네."

"……."

융은 고개를 들며 가만히 박 교수를 바라보았다. 그는 송강이 얘기를 하면서 아내에 대한 자신의 감정을 고백하고 있었다.

"송강은 형규와의 결혼에 대해 자신을 가질 수 없다고 하더군. 자신 없이 시작한 결혼 생활이 순탄할 리 있겠나. 그래서 결혼 자체를 만류하고 싶었지만 그 말은 못 하고 말았네."

"……."

"송강이 결혼은 할머님이 결정하신 일 아닌가."

"……."

"말은 안 했지만 송강이도 그래서 괴로워하고 있는 것 같네. 마음대로 약혼을 파기시킬 수도 없으니 말일세."

"……."

"자네는 어린 시절부터 형규하고 함께 컸으니 자네가 형규를 한번 만나보는 게 어떻겠나? 형규를 만나서 송강의 마음이나 입장을 전하고 그런 요구를 하지 않도록 설득을 해보게. 상대방이 들어줄 수 없는 요구를 해서 상처만 준다면 그건 바보지. 그 점에서 형규는 바볼세."

박 교수는 싸늘하게 말했다. 그 말속에는 아내에 대한 적대감도 포함돼 있었다.

"제가 도울 수 있는 방법을 좀 더 생각해 보겠습니다."

묵묵히 고개를 숙이고 있던 융이 고개를 들며 말했다. 그런 그의 얼굴은 이마서부터 불그스름해져 있었다.

"그래보게. 송강이가 불행해진다면 자네 역시 불행해지지 않을 수 없을 테니까."

박 교수는 융의 얼굴을 물끄러미 바라보다가 조용히 말했다. 그의 말속에는 융에 대한 이해와 융에 대한 신뢰가 깊게 깔려 있었다.

"……."

"술은 나 혼자만 마셨군. 자네도 한 잔 더 들게."

박 교수는 융의 잔에다 술을 조금 더 따라 부었다. 그때 밖에서 주희와 요요 목소리가 들리더니 곧이어 벨 누르는 소리가 들려왔다.

박 교수는 자리에서 일어나 현관문을 열어주었다.

"아빠, 안 나가셨어요?"

요요가 현관 안으로 들어서며 물었다.

"응."

"학교 가신다고 하셨잖아요?"

"피곤해서 오늘은 그냥 쉬기로 했다."

"어머, 술 냄새. 아빠 술 잡수셨어요?"

요요가 상을 찡그리며 박 교수를 쳐다봤다.

"오빠가 왔기에 한잔했다."

박 교수는 딸을 내려다보며 미소를 지었다.

"당신, 일요일에 할 수 있는 일이 술 마시는 것밖에 없어요?"

뒤미처 현관으로 들어선 주희가 남편의 얼굴을 쏘아보며 물었다. 그녀의 눈빛은 다분히 도전적이었다.

"……."

박 교수는 그런 아내가 귀찮은 듯 아내를 힐끗 쳐다보더니 아무 대꾸 없이 몸을 돌렸다. 그러자 주희는 자신이 무시당했다는 사실 때문에 몹시 자존심이 상한 듯 한참 동안 남편 등을 노려보다가 거실로 올라섰다.

"오빠, 언제 왔어요?"

요요가 융을 보며 생긋 웃었다.

"조금 전에. 사모님 안녕하셨습니까?"

융이 자리에서 일어나 공손하게 허리를 굽혔다.

"응, 왔어?"

주희는 융의 인사를 건성으로 받으며 안방으로 들어가려다가 어항 옆에 있는 두상을 발견하고는 걸음을 멈추었다.

"저게 뭐예요?"

주희가 남편을 돌아다보며 물었다.

"아빠, 정말 저게 뭐예요?"

요요도 아빠를 쳐다보며 물었다.

"아빠가 너만 했을 때의 모습이다. 옛날 아빠 모습을 보니 기분이 어떠니?"

"너무 촌스러워요. 꼭 벌서고 있는 것 같아요."

"벌서고 있는 것 같다고? 하하하, 벌을 서고 있기야 있었지. 그때 아빠는 눈동자를 어떻게 해야 하는지도 몰라서 쩔쩔매고 있었으니까."

"그렇게 쩔쩔매는 일을 왜 하셨어요?"

"돈을 벌기 위해서였지. 그때 아빠는 굉장히 가난해서 돈이 필요했거든. 그런데 아주 유명한 여류 조각가가 아빠를 모델로 쓰시겠다고 하시더라. 그래서 그분의 청을 들어드렸지. 모델은 일주일에 두 번만 하면 되는데 매일 하는 신문배달보다 세 배나 수입이 더 많았거든."

"요요야, 너 방에 들어가서 할 거 해야지."

주희가 딸의 등을 밀어 방으로 들여보냈다. 그러자 요요는 불만스러운 표정을 지으며 어머니를 돌아다봤지만 별다른 반발은 하지 않고 안으로 들어갔다.

"당신 지금 무슨 얘기를 하고 계시는 거예요?"

"……."

"과거의 그림자 들춰내는 게 당신 취미예요?"

"……."

"이런 구질구질한 거 집 안에 놔두고 당신 과거 떠올리고 싶지 않아요. 준 오기 전에 치워버려야겠어요."

주희가 어항 앞으로 걸어가더니 두상을 번쩍 집어 들었다.

"그냥 두지 못해!"

박 교수가 소리를 질렀다. 그의 목소리는 순간적으로 이성을 잃고 있었다.

"당신 왜 소리를 지르고 그래요? 마치 한 대 때릴 사람처럼."

주희가 고개를 돌리고 남편을 쏘아보았다.

"때릴 사람처럼?"

박 교수는 싸늘하게 아내 말을 받았다. 그의 목소리에도, 그의 표정에도 이미 흥분은 배어 있지 않았다. '때릴 사람처럼'이라는 말이 흥분의 불길을 끈 소화(消火) 역할을 해준 듯했다. 때리고 증오한다는 것은 냉담한 무관심보다 얼마나 뜨거운 애정의 표현인가!

박 교수는 자신의 가슴속을 들여다보며 중얼거렸다. 그런 그는 사막 한가운데에 서 있는 것처럼 자꾸 황량해졌다.

"이거 학생이 가져왔어?"

주희가 융 쪽으로 몸을 돌리며 물었다.

"네."

융은 공손히 대답했다.

"도로 가져가 줘. 이따위 물건 때문에 온 가족을 기분 나쁜 과거에 사로잡혀 있게 하고 싶지 않아."

주희의 표정 속에는 융에 대한 적대감이 다분히 나타나 있었다. 그것은 비단 조각품을 들고 온 것에 대한 것이라기보다 평소 누적돼 있던 것이 함께 폭발하고 있는 것 같았다. 주희는 융이 못마땅했다. 아니, 못마땅하다기보다는 기분이 나빴다. 한씨 가문에서 자랐다는 것도 기분 나빴고, 지효 스님과 함께 살고 있는 것도 기분 나빴다. 그리고 남편이 자기나 아이들한테보다 더 관심을 기울이는 것도 기분 나빴고, 뭔가 학생답지 않게 사람을 거북하게 만드는 것도 기분 나빴다.

"당신은 내 과거가 기분 나쁘다고 하는데 도대체 어떤 점이 기분 나쁘다는 거야?"

박 교수가 정색하며 물었다.

"그걸 몰라서 물으세요?"

주희도 정색을 하며 따졌다.

"난 모르겠어. 모르겠으니 설명을 해봐."

"당신 과거는 우선 구질구질하고 징그럽고 소름 끼쳐요."

"……."

박 교수의 얼굴은 창백하다 못해 푸른 기가 돌았다. 구질구질하다는 말은 가난을 두고 하는 말 같고, 징그럽고 소름 끼친다는 말은 누이를 두고 하는 말 같았다.

"당신은 정말 불쌍한 여자군. 옳고 그른 것도, 귀하고 천한 것도 구별할 줄 모르는 걸 보니."

박 교수는 아내를 노려보다가 싸늘하게 내뱉고는 몸을 일으켰다. 융 앞에서 체면이 안 선다는 생각도 순간적으로 들긴 했지만, 자신의 몸속에서 돌고 있는 피까지 속속들이 알고 있는 그에게 새삼스럽게 무엇을 가릴 게 있나 싶어서 그냥 개의치 않기로 했다.

"당신이 지금 한 말 다시 한 번 더 해보세요."

주희가 남편 쪽으로 휙 몸을 돌리며 덤벼들 것 같은 기세를 취했다.

"나가세. 나가서 한 잔만 더 하고 헤어지세."

박 교수의 음성은 가라앉아 있었다.

"날 이렇게 엉망으로 팽개쳐놓고 어딜 가려는 거야?"

주희가 남편 팔을 낚아채며 덤벼들었다. 그러나 박 교수는 냉담하게 아내의 손을 뿌리치고 현관 쪽으로 걸어 나갔다.

"으흐흐흐!"

주희가 발작에 가까운 괴성을 지르며 몸을 돌렸다고 느낀 순간 '쨍그렁' 소리와 함께 물과 부서진 유리 조각들이 거실 바닥에 쏟아져 내렸다.

"……."

융은 망연자실한 얼굴로 유리 조각 위에 내동댕이쳐져 있는 고기들과 그 위에 머리를 처박고 고꾸라져 있는 두상을 바라보았다. 그때 신들린 사람처럼 눈을 번뜩이던 주희가 머리를 처박고 있는 두상을 번쩍 들더니 옆에 있는 어항을 향해 다시 던졌다. 그러자 거실 바닥에는 또 한 번 물과 부서진 유리 조각과 물고기들이 쏟아져 내렸고 그 위에 두상이 나동그라졌다. 모로 누운 두상은 더욱 겁먹은 듯한 불안한 표정을 짓고 있었다.

"엄마, 왜 이래?"

방에서 뛰어나온 요요가 울먹이며 어머니를 감싸 안았다. 그러자 주희는 낮게 신음을 내며 쓰러질 듯 딸 가슴에 안겼다.

"위층에 이모 계시니?"

융이 이성을 되찾으며 요요한테 물었다.

"네."

요요가 겁에 질린 얼굴로 대답했다.

"빨리 가서 모시고 오너라."

"네."

요요는 안고 있던 어머니를 소파 위에 앉히고 현관 쪽으로 뛰어나갔다. 주희는 기진한 듯 소파에 주저앉으며 스르르 눈을 감았다.

"교수님은 저하고 나가시는 게 좋겠습니다."

융은 요요 이모가 오기 전에 박 교수를 피하게 하는 게 좋겠다는 판단이 들어 박 교수 옆으로 다가서며 말했다.

"자네."

박 교수는 거실 쪽으로 고개를 돌리더니 융을 쳐다봤다. 조각품을 들고 나오라는 당부 같았다.

"……."

융은 잠자코 몸을 돌려 거실로 들어갔다. 그리고 폐허 같은 바닥 위에 모로 나동그라져 있는 두상을 집으려고 팔을 뻗다가 자신도 모르게 얼른 팔을 움츠렸다. 깨진 유리 조각 위에는 비늘이 반쯤 벗겨진 수십 마리의 물고기들이 아가미를 할딱이며 숨을 몰아쉬고 있었다.

"아!"

물고기를 내려다보고 있던 융은 자신의 가슴을 움켜쥐며 신음을 했다. 물고기의 고통이 완벽하게 전이(轉移)되어 오면서 머리카락부터 발가락까지 전신으로 통증이 느껴졌다. 그것은 너무나 강렬한 체험이었고 그 체험은 훗날 그가 구도의 길을 가는 데 결정적인 계기가 되었다.

"이랑이 지금 와?"

레슨을 마치고 돌아온 이랑이 현관으로 들어설 때 강낭콩

껍질을 벗기고 있던 지효 스님이 먼저 인사를 했다. 인사를 하는 스님의 음성이나 표정으로 봐서 자신을 기다리고 있었음이 분명해 보였다.

"네."

이랑은 본능적으로 어떤 불안감을 느끼며 지효 스님을 쳐다봤다.

"저녁은?"

레슨을 하는 날은 대부분 그 집에서 저녁을 먹고 오지만 형편에 따라서 그렇지 못할 수도 있으므로 지효 스님은 끼니를 챙기는 마음으로 물었다.

"먹었어요."

대답을 마친 이랑은 그 자리에 그대로 서 있었다. 다음 말을 기다리는 얼굴로.

"그럼 옷 갈아입고 잠깐 내려와. 할 얘기가 있어서 그래."

"……?"

"내려올 거 없이 내가 올라가지. 먼저 올라가 있어. 곧 갈게."

"네."

이랑은 몸을 돌렸다. 층계를 한 계단 한 계단 오를 때마다 이상하게 불안감이 가중되는 것 같았다. 2층으로 올라온 이랑은 옷을 갈아입을까 하다가 불안감 때문에 그러지를 못하고 초조한 마음으로 방 안에 서 있었다. 얼마를 그렇게 서 있자 층계를 오르는 발소리와 함께 스님이 방으로 들어왔다. 스님 손에는 신문 한 장이 쥐어져 있었다.

"……."

이랑은 신문과 스님을 번갈아 보다가 방석을 꺼내 스님 앞에 내놓았다.

"이랑이도 앉지."

"네."

이랑은 스님과 마주앉았다. 지효 스님은 괴로운 표정으로 잠시 고개를 숙이고 있다가 자신의 무릎 밑에 놓여 있던 신문을 이랑 쪽으로 밀어주었다.

"이 신문 한번 읽어봐."

"……."

이랑은 긴장하며 반으로 접은 신문을 펼쳤다. 그러자 사회면이 나왔다. 사회면 머리에는 '태백산에 호랑이 출현?'이라는 주먹만 한 제목 밑에 '태백산장 박 여인 호랑이 습격받아 실신'이라는 작은 제목이 깔려 있었다. 그리고 세로로는 '함께 하산하던 세 살짜리 아들 행방 묘연'이라는 제목 옆에 '경찰과 민방위 합동으로 수색에 나서'라는 작은 제목이 실려 있었다.

이랑은 참담하게 일그러진 얼굴로 제목 밑에 있는 사진을 바라보고 있었다. 머리를 산발하고 허탈한 모습으로 앉아 있는 여인은 어머니였다. 어머니는 기진한 듯 눈을 감고 있었다.

"부식을 구하려고 하산하다가 호랑이 습격을 받았다고 쓰여 있더군."

지효 스님이 담담한 음성으로 기사 내용을 설명했다.

"……."

이랑은 천천히 고개를 들고 지효 스님을 쳐다봤다. 절망과 분노와 수치심이 뒤엉킨 눈으로.

"호랑이라고 했지만 내 생각 같아서는 살쾡이를 본 것 같아. 살쾡이도 호랑이처럼 생겼기 때문에 산에서 갑자기 습격을 받으면 누구라도 착각을 하게 될 거야."

"……."

"엄마를 어떻게 했으면 좋겠니?"

"엄마한테도 좋게 해줄 방법이 있는가요?"

이랑은 고개를 들며 지효 스님을 똑바로 쳐다봤다.

"……."

지효 스님이 할 말을 찾지 못하고 가만히 있자

"어떻게 이런 잔인한 방법으로 자신을 노출시킬 수 있어요?"

이랑의 얼굴은 분노로 일그러졌다.

"……?"

지효 스님이 말뜻을 알아듣지 못하고 어리둥절해하자 이랑은 결연하게 말했다.

"전 엄마가 어떤 방법으로 살든 그건 상관하지 않겠어요.

하지만 아빠를 해치는 일만은 용서하지 못해요."

지효 스님은 그제야 이랑의 말뜻을 알아들을 수 있었다. 노출이라는 단어와 아빠를 해치는 일이라는 말이 한 끈으로 연결되었기 때문이었다.

"이랑아."

지효 스님은 조용히 이랑을 불렀다.

"……."

이랑은 참담하게 일그러진 얼굴로 지효 스님을 쳐다봤다.

"언젠가 내가 이런 말을 한 적이 있었지? 이 세상에는 운명적으로 평범하게 살 수 없는 사람이 있다고."

"……."

"운명과 업이 교리적으로 어떻게 해석되는지는 모르지만 나는 같은 것으로 받아들이고 있어. 개인이 지은 업은 운명이 되고 개개인이 함께 지은 공업(共業)은 역사가 될 거야. 물론 그들은 분리되어 있는 것이 아니라 유기적인 관계 속에서 영향을 주고받으면서 변화를 창출해가고 있지만."

"그러니까 엄마의 삶도 업의 논리로 이해하라는 말씀이시군요."

이랑은 싸늘하게 말했다. 그녀의 입가에는 조소가 감돌고 있었다. 그런 이랑의 얼굴을 보는 순간 지효 스님은 머릿속이 아득해졌다.

'나는 지금 무슨 말을 하고 있는가? 이렇게 태연하게, 마치 책 속의 문장을 읽는 것처럼.'

지효 스님은 자신이 이랑이나 영옥이 직면하고 있는 비탄 앞에 너무나 무심해하고 있다는 사실에 소스라치게 놀랐다. 그러자 자신이 한없이 부끄러웠다.

"이랑아, 미안하다."

지효 스님은 이랑의 손을 잡으며 성실하지 못한 자신의 감정을 솔직히 사과했다.

"……."

이랑은 사과의 의미가 무엇인지 이해가 안 간다는 얼굴로 쳐다봤다.

"엄마 얘기는 나중에 다시 하기로 하자. 좀 더 생각해 본 후에."

지효 스님은 잡고 있던 이랑의 손을 놓고 자리에서 일어섰다. 밖으로 나오자 감정이 착잡해졌다. 그는 층계를 내려오면서 타인의 아픔이 온전히 내 아픔이 되는 경계는 어디쯤 가서야 열리는 것일까 하는 생각에 잠겼다. 타인의 아픔이 온전히 자신의 아픔이 되지 못하는 한 보살의 길에 들어섰다고 말할 수 없다. 보살의 길에 들어서지 못하면 성불은 물론 생명의 근원적 허무감에서도 벗어날 길이 없다. 그것은 생명에 대한 긍정으로 전환이 이루어지지 않았기 때문이다. 지효 스님은 영옥의 사건을 통해 구도자로서 자신이 헤치고 나아가야 할 여정(旅程)이 얼마나 아득한가를 다시 한 번 확인한 기분이었다.

스님 발소리가 멀어지자 이랑은 암담한 얼굴로 앞에 놓인 신문을 내려다보았다. 그러자 기진한 듯 허탈한 모습으로 자신을 쳐다보고 있는 어머니의 얼굴이 눈에 들어왔다. 어머니는 자신이 현실 속에 살아 있음을 딸인 자기한테 알리기 위해 안간힘을 다해 절규하고 있는 것 같았다.

이랑은 함께 하산하던 세 살짜리 아들 행방 묘연이라는 제목에 눈길을 보내다가 자신도 모르게 머리를 움켜쥐었다. 백발이 성성한 아버지의 얼굴이 그 제목 위에 오버랩되어서였다.

"제발 이 신문이 아빠 손에까지 가지 말았으면……."

이랑은 날리는 낙엽 위에 몸을 던져 날아가는 낙엽을 끌어안듯 어머니의 기사가 실린 신문 위에 자신의 몸을 던져 그 신문이 도다가에까지 가지 못하도록 막고 싶었다. 한참 동안 머리를 움켜쥔 채 그 생각에 잠겨 있던 이랑은 천천히 고개를 돌려 창밖을 내다보았다.

호랑이 습격, 태백산장, 세 살짜리 아들…. 마치 난센스 퀴즈 문제의 나열처럼 엉뚱하고 비현실적인 내용이긴 하지만 일단 사건을 안 이상 대처해야 할 일이 있을 것 같은데 그것이 무엇인지 알 수가 없었다. 시뻘건 인두가 머릿속을 지지는 것 같은 통증만 느껴질 뿐.

이랑은 몸을 돌려 창가로 걸어갔다. 그때 융의 얼굴이 떠올랐다.

'오빠하고 상의해볼까?'

그 생각을 한 순간 이랑은 자신의 심장 위에 칼날이 와 꽂히는 것 같은 예리한 아픔을 느꼈다. 이랑은 눈을 감고 대야 위에 떨어진 물감이 물 전체에 퍼지기를 기다리고 있는 것처럼 그 아픔이 온몸으로 퍼지기를 기다리고 있었다. 그것은 자학의 감정이었고 그 감정은 쾌감을 불러왔다. 오랫동안 자학의 감정에 잠겨 있던 이랑은 머리를 유리창에 기대며 유리 속에 비친 자신의 얼굴을 들여다보았다. 이 절박한 순간에도 융을 만날 구실을 찾고 있다고 생각하자 망막이 따가워지면서 목젖이 자꾸 아파왔다.

"울면 안 돼. 울면 넌 정말 바보가 되는 거야."

이랑은 유리문에 비친 자신의 얼굴을 들여다보며 나직이 말했다. 그러고 있는 그녀의 눈은 더욱 붉게 충혈되어 갔다.

7
장

Udumbara

"얼굴 구경시켜 주는 거 보니 양단간에 결정을 내리긴 내린 모양이구마."

끓인 오미자를 유리병에 넣어서 냉장고 속에 넣으려고 하던 향운 스님은 자신 앞에 서 있는 법운 스님을 보고 비뚜름한 투로 말했다. 하지만 그건 어디까지나 외양이고 내심으로는 자리를 털고 일어난 걸 반가워하고 있음이 역력했다.

"나 차 한 잔 주게."

법운 스님은 카운터 앞에 있는 탁자에 앉으며 향운 스님을 쳐다봤다. 눈이 움푹 들어간 때문인지 광대뼈가 더욱 앙상하게 튀어나와 보였다. 향운 스님은 그런 법운 스님의 얼굴을 보면서 그가 자신의 거취 문제를 놓고 얼마나 깊이 고뇌했는가를 알 수 있었다.

"차 가지고 되겠나? 미음부터 먹어야제."

향운 스님은 아픈 마음을 드러내 보이지 않으려고 일부러 퉁명스럽게 물었다.

"차면 됐지, 미음은 무슨. 신선은 이슬만 먹고 산다는데."

"그거사 신선 얘기제. 자네가 어디 신선인가?"

"중이면 신선이지 신선이 따로 있겠나."

"그 말은 자네가 중으로 남아 있겠다는 말 아닌가?"

향운 스님은 더운물이 담긴 다관을 한 손에 들고 법운 스님을 가만히 쳐다보다가 물었다.

"그렇다네."

법운 스님은 자신의 결심을 통고하듯 조용히 말했다.

"그렇게 맘먹으면 될 것을 보름씩 물 한 모금 안 마시고 머리 싸매고 있을 건 뭐꼬?"

향운 스님은 눈을 흘기며 법운 스님을 쳐다봤다. 그런 그의 얼굴은 코부터 먼저 웃고 있었다.

"머리를 싸매고 있다니, 중한테 싸맬 머리가 있나?"

법운 스님도 미소를 지으며 향운 스님을 쳐다봤다. 이심전심, 그들은 미소 속에서 농 속에서 서로의 마음을 헤아리고 있었다.

"하하하, 듣고 보니 그렇구마."

향운 스님은 고개를 젖히고 통쾌하게 웃었다. 마치 뚱뚱한 체구가 울림통이기나 하듯 그의 웃음소리는 진폭을 더하면서 홀 안을 가득 메웠다.

"자네 그동안 도통을 했나? 웃음소리가 일갈(一喝)을 하는 것 같네."

법운 스님이 넌지시 쳐다보며 말하자

"도통이사 자네가 해야제."

향운 스님은 들고 있던 다관을 한옆으로 놓으며 대답했다.

"그럼 자네는?"

"나야 자네 도통할 때를 기다리고 있는 사람 아니가."

향운 스님은 뭉툭한 코를 쳐들고 법운 스님을 쳐다봤다.

"별 싱거운 중 다 보겠네. 중이 도통할 생각은 않고 남 도통할 때를 기다리고 있다니."

법운 스님은 겉으로는 이렇게 말했지만 속으로는 이 친구야말로 자신의 성불보다 어쩌면 내 성불을 더 기다리고 있는 게 아닐까, 하는 생각을 하고 있었다. 그러자 우정 이상의 뜨거운 감정이 가슴속을 꽉 메웠다.

법운 스님과 향운 스님은 고등학교 동창인데, 그때 법운 스님 이름은 인태였고 향운 스님은 명길이었다. 그들이 중고등학교를 다닐 때는 중학교 입시 제도가 있을 때였으므로 중학교에 입학시험을 쳐서 들어가면 대개는 고등학교까지 같은 학교에서 마치는 것이 상례로 되어 있었다. 물론 고등학교 입학시험이 있긴 했지만 그건 형식에 불과했고 타교생이 입시를 거쳐 진학하는 경우는 극히 드물었다. 그런데 명길은 그 극히 드문 타교생 중 한 사람이었다.

부산에서 양말 공장을 하는 비교적 유복한 가정의 외아들로 태어난 명길은 중학교에 입학하면서부터 불량한 친구들과 어울려 다니며 말썽을 부리기 시작했다. 담배를 피우고, 동급생을 구타하고, 친구들과 어울려 패싸움을 하고, 그러다 가출을 하기도 하면서. 이렇게 하다 보니 학교에서 정학을 맞는다든가 경찰서 유치장에 며칠씩 갇히는 것은 생활 속의 다반사가 되었다.

아들이 이런 무절제한 생활 속으로 빠져들자 그의 부모는 아들을 불량한 친구들과 격리시키는 것이 급선무라 생각하고 고등학교부터 서울서 공부시키기로 작정했다. 그의 부모는 서울에 있는 학교를 수소문해보다가 최종적으로 S고등학교에 보내기로 결정했다. S고등학교는 서울에서도 손꼽히는 명문고인데 마침 강당 신축 관계로 보결생을 뽑고 있었다. 타락한 아들한테 열 개의 공장을 넘겨주는 것보다 빛나는 졸업장 한 장을 쥐여 주는 것이 훨씬 더 현명한 일이라고 판단한 그의 부모는 작은 공장 하나를 팔아서 강당 신축 기부금으로 내고 S고등학교에 아들을 입학시켰다.

　서울로 거처를 옮긴 말썽꾸러기 소년은 처음엔 자숙하는 듯했지만, 여름방학이 가까워지자 또다시 불량배들과 어울려 다녔다. 더욱이 부모님 간섭까지 받지 않게 되자 그는 마치 대해 속으로 들어간 물고기와도 같이 종횡무진으로 생활권을 넓혀갔다. 이런 방종한 생활을 하고 있던 그는 어느 날 대규모의 집단 패싸움에 끼어들었고 그 사건으로 해서 경찰의 수배를 받게 되었다.

　그래서 숨을 곳을 찾아 삼촌 댁이나 고모님 댁을 가보았지만 숙모나 고모는 마치 자기 자식들한테 전염병을 퍼뜨릴 보균자라도 온 것처럼 쉬쉬하며 발을 들여놓지 못하게 했다. 다급해진 명길은 어떻게 할까 궁리하다가 같은 반 친구인 인태를 찾아갔다. 별로 친한 건 아니었지만 학기 초에 몇 번 놀러 가서 저녁을 얻어먹고 온 기억이 있어서였다. 인태를 만난 명길은 자신의 입장을 솔직히 말하고 며칠간만 숨겨달라고 사정했다.

　인태는 난감한 표정을 지으며 생각에 잠기더니 명길을 데리고 안으로 들어갔다. 일단 도와줘야겠다는 결심을 한 것 같았다. 집 안으로 들어간 인태는 곧바로 어머니한테 가서 명길의 입장을 밝히고 당분간만 같이 있도록 허락해달라고 간청했다. 아들의 얘기를 다 듣고 난 인태 어머니도 인태처럼 난감한 표정을 짓더니 한참 후에 아들의 청을 받아들여 줬다.

"나도 자식 키우는 사람인데 니 엄니 맘을 생각혀서라도 너를 거리로 내몰 수 있겄냐?"

입장이 바뀌었을 때 명길의 어머니가 자기 아들을 거두어 주지 않는다면 자기 마음이 얼마나 섭섭할까를 생각해 본 듯했다. 아무리 숭고한 인연이라 할지라도 그 인연의 시작은 작은 만남에서 비롯된다. 향운 스님이 자기보다 15년이나 늦게 출가한 법운 스님을 호법신장처럼 따라다니면서 보살펴주고 지켜주고 있는 그 인연도 실은 이때의 작은 만남에서 연유되었다.

"나처럼 싱거운 중도 있어야 간이 맞제, 자네처럼 짠 중만 있어가지고서야 간이 맞겄나?"

향운 스님은 플라스틱 바가지에 쌀을 한 줌 꺼내서 씻으며 말했다.

"그럼 자네는 간 맞추는 중이란 말인가?"

"하모. 천하진미도 간이 맞아야 맛이 나는 법인께 부처님 도량에도 간 맞추는 중이 있어야제."

향운 스님은 씻은 쌀을 냄비에 쏟아부으며 우렁우렁한 목소리로 말했다.

"듣고 보니 그렇기도 하구먼. 그건 그렇다 치고 자네한테 차 한 잔 얻어 마시기가 왜 이렇게 힘드나?"

"다 됐네."

향운 스님은 냄비 뚜껑을 닫고 허리를 구부리면서 가스 불을 켰다.

"자네 지금 뭘 하나?"

"미음 좀 끓일라고."

"차면 된다는데 미음은 무슨."

"이슬 먹고 사는 신선도 있지만 미음을 먹어야 사는 신선도 있는 법이니께."

"그럼 나는 미음을 먹어야 사는 신선이란 말인가?"

"하모. 보름 동안 곡기라곤 입에 안 댔는데 몇 끼는 미음을 먹어야제."

"자네가 나를 너무 격하시키고 있구먼. 나는 보름 동안 곡기를 입에 안 대도 끄떡없는 사람이네."

"그게 정말이가?"

"그럼."

"그러고 본께 신선 됐다는 말이 생판 거짓말은 아닌 거 같구먼."

"거짓말은 자네가 하고 있구먼."

"내가 왜?"

"중이 곧 신선이라고 했지, 내가 언제 신선이 됐다고 했나?"

"중이 신선이면, 그럼 나도 신선이겠네."

"그렇지. 자네는 징검다리 신선 아닌가."

"징검다리 신선? 하하하, 그것도 마 듣기 괜찮구마."

두 사람은 아이들처럼 실없는 농을 하다가 자신들이 나누고 있는 실없는 농을 생각하고는 즐겁게 웃었다.

"차 드세."

향운 스님이 들고 온 다반을 법운 스님 앞에 놓으며 마주앉았다.

"차는 이리 주고 자네는 자네 일을 하게. 차는 내가 빼서 마실 테니까."

법운 스님이 다관을 잡으려 하자

"그건 안 되제. 환속하려던 중이 중노릇 다시 허기로 마음을 다잡아먹었으니 내가 차 공양을 올려야제."

향운 스님은 팔을 저어 말리고는 작설차 한 잔을 빼서 법운 스님 앞에 놓았다. 그러고 나서 넓적한 두 손을 모아 합장했다.

"성불하소."

"……."

법운 스님은 찻잔을 잡으려던 손을 멈추고 향운 스님을 물끄러미 바라보았다.

'성불하소.'

우리가 한 사람을 완벽하게 사랑한다고 할 때 사랑 뒤에 느끼게 되는 감정은 무엇일까? 그것은 사랑하는 사람의 생명 속에 내재하는 원초적인 고통, 그 고통에 대한 끝없는 연민일 것이다. 사랑하는 감정이 진실하면 할수록, 그 감정이 승화되면 될수록 연민은 더욱 깊어질 것이고, 그 연민이 가슴속을 가득 메우게 되면 우리는 어쩔 수 없이 사랑하는 사람 손을 잡고 '성불하소서'라고 빌어줄 수밖에 없으리라. 법운 스님은 자신을 향해 합장하고 있는 향운 스님의 마음을 알고 있었다. 그 마음은 자신에 대한 연민이었고 그리고 사랑이었다. 아니, 연민과 사랑은 서로 다른 것이 아니다. 그것은 원래 하나의 얼굴이다. 하나의 얼굴 속에 숨겨져 있는 두 개의 표정일 뿐이다.

토굴에서 공부하던 법운 스님이 세상 속으로 되돌아오려고 마음을 낸 것은 점수(漸修)에 해당한다고 할 수 있을 것이다. 그는 어느 날 문득 자기 자신을 되돌아보고 세상 속으로 돌아갈 결심을 했고, 그리고 실제로 되돌아왔다. 되돌아와서 처음으로 맞닥뜨린 것은 노모와 아들과의 속연이었다. 노모와 아들, 그들이 생존해 있기까지에는 참으로 많은 우여곡절이 있었음을 알았다. 현재 향운 스님이 찻집을 하고 있는 것도 그 우여곡절 속의 일부임을 알았다. 그것을 알고 난 법운 스님은 깊은 혼란 속으로 빠져들지 않을 수 없었다.

'이 상황에서 최소한 내가 지켜야 할 인간적인 도리는 무엇일까? 인간적인 도리를 떠난 구도가 있을 수 있을까?'

구도는 역시 인간적인 도리를 떠나는 그 자리에서부터 출발하는 것이다. 한 달 가까이 번민과 갈등 속에 잠겨 있던 법운 스님은 환속 쪽으로 마음을 굳혀갔다. 자신을 감당할 힘조차 없는 노모도 손자를 지키기 위해 목숨을 부지해오고 있는데 내가 무엇을 얻겠다고 이들을 버리려 하는가, 아니 버려왔는가 하는 자괴감 때문이었다. 그러면서도 마음 한구석에서는 내가 내린 결론이 과연 최선일까 하는 의구심이 자꾸 일었다.

법운 스님은 산란한 마음을 가라앉히고 다시 한 번 자신의 거취 문제를 점검해봐야겠다는 생각이 들어 향운 스님 방에 가부좌를 틀고 앉았다. 오전에는 참선을 하고 오후에는 다라니를 외우면서. 그렇게 열흘 가까이 보낸 어느 날 다라니를 외우고 있는 그의 머릿속에 전광석화처럼 출가를 결심한 싯다르타 태자의 모습이 떠올랐다. 그러자 자신의 거취 문제도 확연하게 깨달아졌다. 석가모니 부처님이 싯다르타 태자 신분으로서 출가를 한 것은 우리에게 어떤 의미를 시사하고 있는 것일까?

싯다르타 태자는 다겁생래의 수행을 통해 이미 성불이 약속된 보배로운 보살이었다. 그러므로 그는 아무것도 뒤돌아봄 없이 환희용약하는 모습으로 출가 길에 올라야 했다. 그러나 출가 당시 싯다르타 태자 모습은 우리의 예상을 뒤엎고 있다. 그는 환희용약하는 모습을 보여준 것이 아니라 고뇌하고 갈등하는 너무나도 인간적인 모습을 보여줬다. 그 단적인 예를 라후라는 이름에서도 찾아볼 수 있다.

싯다르타 태자는 아들이 출생했다는 소식을 듣는 순간 아들 이름을 라후라라고 명명했다. 라후라는 태양과 달을 삼키는 악마 라후를 연상시키는 말로서 장애물이라는 뜻이다. 그러면 태자는 왜 자신의 아들을 태양과 달을 삼키는 끔찍한 악마에 비견했을까? 그것은 아들의 출생이 자신의 출가를 가로막는 큰 장애란 뜻이고, 또 그 말은 역으로 해석하면 아들에게로 향하는 강한 애착심을 나타낸 말이라고 할 수 있다. 아들에게 이런 애착심을 느꼈다면 자신을 사랑하는 아내나 부왕 그리고 자신에게 커다란 기대를 걸고 있는 백성과 나라에 대해서도 애착심을 느끼지 않았을 리가 없다. 이것이 출가 때의 싯다르타 태자 모습이다.

법운 스님은 석존의 출가와 출가 후 수행을 더듬어보면서 확고한 답을 얻었다. 그것은 해탈을 위한 구도의 길은 모든 것에 우선한다는 것이었다. 인간의 삶 안에서 해탈을 위한 구도의 길이 최상위 개념이라고 정리한 법운 스님은 자신의 거취 문제도 자연스럽게 정리할 수 있었다.

"차는 더 안 마실 거가?"
향운 스님은 앞에 놓인 다관을 들고 물었다.
"……."

법운 스님은 자신의 생각에서 벗어나며 향운 스님을 쳐다 봤다.

"입술이 바싹 말랐는데 차 한 잔 더 마시게."

"그러지."

법운 스님은 빈 찻잔에 차 한 잔을 다시 받아서 천천히 마셨다.

"앞으로 어쩔기가?"

향운 스님은 차를 마시고 있는 법운 스님을 물끄러미 바라보다가 조심스럽게 물었다.

"수행과 포교를 겸해서 해야지. 사력을 다해서. 결과는 생각지 않겠네. 그냥 사력을 다하는 것 외에는."

"그라믄 되겠지. 사력을 다하는 데 있어서야 부처님인들 뭔 할 말이 있겠나?"

향운 스님은 힘주어 말했다.

"……."

법운 스님은 그런 향운 스님을 물끄러미 쳐다보았다. 자신의 진심이 전달되었다고 느껴지는 순간 향운 스님에게 고맙다는 인사를 하고 싶었다. 그러나 그 말을 하고 나면 오히려 고마운 자신의 감정이 희석되어 버리고 말 것 같아 그냥 입을 다물었다.

"아침공양 드세. 공양을 들어야 수행도 하고 포교도……."

그때 전화벨이 울렸다. 향운 스님은 급히 주방으로 가서 가스 불을 끄고 수화기를 들었다.

"향운입니다."

"스님, 안녕하십니까? 저 지흡니다."

"스님이 아침부터 웬일이십니꺼?"

"스님한테 부탁드릴 게 있어서요."

"뭔데예?"

"좋은 차가 있으면 몇 봉만 주세요."

"스님이 잡수실라고예?"

"아니에요. 어디 좀 보내려고요."

"외국인가예?"

"외국이 아니고 강릉인데요. 혜일 스님이 강릉으로 요양을 가시게 됐어요. 그래서 차를 좀 준비해 드리려고요."

"요양을 가시다니예? 개강일이 다 됐을 텐데예."

"실은 스님이 학교에 안 나가시게 됐어요."

"그건 또 무슨 소립니꺼?"

"교수 채용 때 다른 분하고 경합이 됐나 봐요. 그 과정에서 혜일 스님이 불리했던 것 같아요."

"그라예……."

"학교가 되셨더라도 지금 같은 건강으로는 힘드셨을 거예요. 오히려 잘되셨다는 생각이 들어요."

"그라믄 청은사로 가실라고예?"

"청은사가 아니고 송강이네 집으로 가려고요. 송강이도 스님 오시는 걸 좋아하고 스님도 절보다는 거기를 더 편하게 생각하시는 것 같아요."

"요양을 하시려면 그 편이 낫겠지예. 절에 계시면 조석으로 예불도 참석해야 하고 제도 들어오면 같이 해야 하고."

"네, 그래서요."

"그라믄 차는 몇 봉이나 보내드릴까예?"

"다섯 봉만 보내주세요. 청은사 스님들한테도 한두 봉 보내드려야 하니까요."

"알겠습니더. 언제 가실 건데예?"

"내일 가려고요. 마침 내일이 용화 보살님 제일(祭日)이라서요."

"차는 그럼 어떻게 보내드리지예?"

"글쎄 어떻게 할까요? 여기도 심부름시킬 사람이 마땅찮은데요."

"내가 갔다 오지. 내가 간다고 말씀드리게."

두 사람의 대화를 듣고 있던 법운 스님이 말했다.

"자네가?"

향운 스님이 당치않다는 얼굴로 쳐다보자

"내가 다녀오겠네."

법운 스님은 다시 한 번 자신의 뜻을 밝혔다. 지금 이 순간 차 심부름을 해주는 것이 꼭 필요한 일이라면 그 일을 하는 것이 최고의 선이라는 생각을 하면서.

"그럴 생각이믄 차를 미리 싸놓게."

전화를 끊고 돌아선 향운 스님은 법운 스님의 진의를 안 듯 선선히 동의했다.

"그러지. 차가 어디 있는가?"

"저쪽 선반 위에 있는 게 작설차네. 다섯 봉만 내리고 옆에 있는 오룡차도 한 봉 내리게. 오룡차는 내가 드리는 선물이라 카고."

"알겠네."

법운 스님은 선반 밑에 쌓여 있는 마분지를 펴서 그 위에 작설차하고 오룡차를 한 봉 한 봉 내려서 싸 놓고 그 옆에 있는 신문을 들고 자리로 돌아왔다. 그러고는 무심히 신문을 넘기다가 혼잣말처럼 말했다.

"이건 아무래도 좀 경솔한 기사 같군."

"뭐가?"

냄비 뚜껑을 열어놓고 죽을 젓고 있던 향운 스님이 물었다.

"태백산에 호랑이가 출현한 것 같다고 했는데 태백산에 호랑이가 있을 리 있나. 멸종된 지가 이미 오랜데."

"언제 신문인데?"

"열흘 남짓 된 신문이네."

"그래? 난 못 봤는데."

"세 살짜리 아이가 실종됐다고 하니 호랑이가 아니라 하더라도 그게 걱정이군."

"그라믄 호랑이가 마을에 내려왔단 말이가?"

"마을은 아니고 태백산장 부근인 모양이네. 산장을 하고 있는 여인이 세 살짜리 아들을 데리고 하산하다가 호랑이 습격을 받았다고 돼 있네."

"호랑이가 그라믄 아이를 물어갔단 말이가?"

"어머니가 실신한 사이에 아이가 없어졌으니 그렇게 볼 수밖에."

"호랑인 줄은 어떻게 알고?"

"그건 아이 어머니 주장인 모양일세."

"기막힌 얘기구마. 세 살짜리 아들을 뒀다믄 새파랗게 젊은 여잔 모양인데 젊은 여자가 우째 그 깊은 산에서 혼자 내려올 생각을 했노. 남편과 같이 내려오든지 하제."

"아주 젊은 여자는 아닌 모양이네. 마흔네 살로 돼 있는 걸 보니. 그리고 혼자 사는지 남편 얘긴 없구만."

"호랑이 사진이 나왔나?"

"호랑이 사진이야 나올 수 없지. 여긴 여자 사진만 실려 있네."

"거참, 희한한 일이구마. 지금이 어떤 세상인데 호랑이한테 물려가는 일이 있단 말이가?"

"아까도 얘기했지만 호랑이가 아니고 아마 다른 짐승일 걸세. 우리나라 산에는 호랑이가 없어진 지 오래네."

"자네가 어떻게 알고 장담을 하나?"

"신문사에 있을 때 생태계를 취재하면서 그 일을 한번 다룬 적이 있었는데 그때 이미 호랑이는 서식하지 않는 것으로 공식 발표를 했었네."

"그랬다카더라도 지금은 있을지도 모르제. 살아 있는 짐승이 옮겨 다니는 거사 예삿일 아이가."

"글쎄……."

"호랑이사 마 있든 없든 상관없는 일이지만 아이 일이 큰일이구마."

향운 스님은 혼잣말처럼 이렇게 중얼거리더니 젓고 있던 주걱으로 죽을 떠서 쌀이 잘 퍼졌는가를 확인해본 후에 냄비를 들어다 탁자 위에 갖다 놓았다. 그리고 탁자 위에 펼쳐져 있는 신문을 한쪽으로 밀쳐놓으려다 몹시 놀라는 표정을 지으며 다시 신문을 들여다보았다.

"낯이 많이 익은 보살인데, 어디서 봤더라……?"

향운 스님은 미간을 좁히며 기억을 더듬고 있었다.

"아는 사람인가?"

"응. 틀림없이 많이 본 얼굴인데. 아, 그렇군."

향운 스님은 몹시 충격을 받은 듯 입을 다물지 못하고 있었다.

"누군데 그러나?"

"자네하고는……."

상관없는 사람이라는 말을 하려다가 얼른 입을 다물었다. 이 부인이야말로 법운 스님과 직접적인 관련이 있는 사람이라는 생각이 들었기 때문에.

"잘 아는 사람인가?"

"음."

향운 스님은 신음 같은 소리를 내며 고개를 끄덕였다. 머리를 산발하고 기진한 듯 허탈한 모습으로 앉아 있는 사진 속의 여인을 들여다보고 있는 향운 스님은 외나무다리 위에서 영옥과 마주친 것처럼 가슴이 철렁 내려앉았다.

8
장

Udumbara

7시 25분.

손목시계를 들여다보고 있던 송강은 고개를 들고 벽에 걸려 있는 괘종시계를 다시 쳐다봤다. 괘종시계는 시침과 분침을 7시 25분에 맞추고 있었다.

4시 차를 탄다고 했으니 이제 35분만 더 있으면 오겠지. 송강은 마음속으로 융이 도착할 시간을 가늠하고 있었다. 정확히 35분이야 아니겠지만 넉넉히 잡는다 해도 한 시간 안으로는 도착할 것 같았다. 새벽에 눈을 뜨면서부터 송강은 융이 도착할 시간을 손가락으로 꼽듯 꼽고 있었다. 새벽이 아니라 어제 아침부터. 아니, 융이 혜일 스님을 모시고 온다는 지효 스님의 전화를 받고 난 그 순간부터.

송강은 감미로운 초조감 속에 젖어 들며 융을 맞을 준비에 자신의 모든 정성을 쏟았다. 갓 피어난 붉은 능소화 꽃잎을 따서 창호지 문을 새로 바르고, 돗자리와 이불을 펴서 햇볕에 말리고, 반닫이 속에 들어 있는 융의 옷을 꺼내 통풍을 하고……. 송강은 창틀에 먼지가 남아 있는지부터 화단에 뽑지 않은 풀이 있는지에 이르기까지 확인하고 또 확인하면서 융을 맞을 채비를 했다. 물론 송강도 융의 시선이 창틀의 먼지나 화단의 풀에까지 닿으리라고는 생각하지 않았다. 하지만 융의 시선이 닿고 안 닿고는 상관없이 그를 맞이하는 데 자신이 쏟을 수 있는 정성을 다 쏟고 싶었다.

마루에 서서 괘종시계를 쳐다보고 있던 송강은 부엌으로 내려갔다. 마루와 부엌에는 여남은 남짓 되는 부인들이 제수 준비를 하느라고 분주히 움직이고 있었다. 콩나물과 숙주나물 뿌리를 다듬는 사람, 도라지와 고사리를 볶는 사람, 미나리 나물을 무치는 사람, 대파와 고기와 버섯을 차례차례 꼬치에 꽂는 사람, 산적거리를 장만하는 사람, 탕에 넣을 무를 써는 사람, 전을 부치는 사람, 메밀묵을 양푼에 옮겨 담는 사람, 감주를 끓이는 사람……. 집 안은 옛날 할머니 때와 마찬가지로 웃음소리와 음식 냄새로 가득 차 있었다.

해마다 할머니 제사 때가 되면 친척뿐 아니라 동네 부인들도 대여섯 명 정도는 어김없이 찾아와 제수 준비를 도와줬다.

그것은 할머니에 대한 그들 나름대로의 신의였다. 송강은 할머니가 돌아가신 후에도 할머니에 대해 신의를 지켜주는 동네 부인들이 진심으로 고마웠다. 그래서 제사가 끝나면 음식은 물론 부인들 손으로 사기에는 조금은 고급스럽다고 생각되는 스커트나 블라우스, 홈웨어 등을 사서 감사의 표시로 선물했다. 송강의 이러한 마음은 그들에게도 고마움으로 받아들여졌고 진심으로 오가는 정은 점점 상승 작용을 해서 해가 거듭될수록 어떤 신뢰감 같은 것을 구축해갔다. 송강이 매사에 이렇게 마음을 깊게 쓸 수 있었던 것은 할머니에게서 받은 교훈 때문이었다. 할머니는 송강이 소꿉장난을 하는 어린아이였을 때부터 이렇게 일렀다.

"큰일이고 작은 일이고 어떤 일에서도 이익을 네 앞으로 끌어들이려 해서는 안 된다. 너는 늘 한 발 뒤로 물러서고, 상대방이 이익을 얻었다는 마음을 가지게끔 해라. 그래야만 이 집을 지켜나갈 수 있다."

송강이 이 말을 마음으로 받아들인 것은 할머니가 돌아가신 직후부터였다. 할머니가 돌아가시고 자신이 모든 일을 처리하는 입장에 섰을 때 송강은 자신이 어떤 태도를 취해야 하는가를 비로소 알게 되었다. 그건 새로운 환경에 처했을 때 스스로 살아남을 수 있는 지혜를 터득해가는 일종의 본능 같은 것이지만 송강에게 있어서는 단순히 본능적인 지혜로 보는 것보다 그녀 속에 내재돼 있는 특이한 현명함으로 보는 것이 더 정확할 것 같다.

시련이 있으면 시련을 극복해가는 힘도 있게 마련이다. 작게는 개인의 삶이 그렇고 크게는 사회와 국가가 그렇다. 그리고 더 크게는 일체만물, 일체만물을 싸안고 있는 우주 자체도 그러리라고 생각한다. 시련과 극복은 파도처럼 존재하는 모든 것 안에서 출렁이면서 그것들을 존재케 하고 있다. 이 말을 역설적으로 표현하면 중생은 자기 자신이 고통을 끌어안고 있음으로 해서 존재할 수 있는 힘을 얻게 되고 보살은 고통을 끌어안고 신음하는 중생이 있음으로 해서 존재할 수 있는 힘을 얻게 된다. 한씨 가문에 송강이 태어난 것도, 송강 안에 사물을 처리하는 현명함이 깃들어 있는 것도 같은 맥락으로 봐야 할 것이다.

"제사에 동백잎도 쓰는가요?"

찹쌀풀을 입힌 동백잎을 끓는 기름에서 하나씩 건져내고 있던 부인이 물었다.

"제사에 쓰려는 게 아니고 스님 대접을 하려고 그런다네."

양념장을 발라서 바싹 말린 가죽나뭇잎을 가위로 자르고 있던 부인이 대답했다.

"그 가죽자반도요?"

"응."

"어느 스님이 오시는데 이렇게 골고루 튀김을 장만하신대요?"

"혜일 스님이라고, 자네도 아마 알걸. 옛날 송강이 할머님이 살아 계실 때 이 집에 노상 드나들었던 스님 말일세."

"남자같이 둥글둥글하게 생긴 스님 말이죠?"

"응."

"그러고 보니 그 스님이 안 보인 지도 꽤 오래된 거 같은데, 어디 멀리 가셨었나보죠?"

"멀리가 아니라 외국에 나가 계셨다네."

"외국에는 왜요?"

"공부하시러 가셨다고 하더구먼. 어디라고 하더라? 어딘가에 가서 박사가 돼서 오셨다고 하던데."

"스님도 박사가 되는가요?"

"그야 뭐 스님들도 공부를 많이 하시면 박사가 되시겠지."

"저는 또 그런 말은 처음 듣네요."

"우리같이 촌에 사는 사람들이야 처음 듣는 말이 어디 한두 가진가. 그건 그렇고 이렇게 튀김을 하고 있으니 영실네 생각이 나네. 청은사 스님들이 오시면 온몸에 기름 냄새를 풍기면서 튀김을 만들어 스님들을 대접하곤 하더니만."

"저도·지금 속으로 그 생각을 하고 있었어요. 그 아주머니도 오늘이 할머님 제삿날인 줄 알고 있겠지요?"

"아다마다. 우리도 알고 이렇게 왔는데 그 사람이 모를 리가 있나."

"참, 사람 일이란 알 수가 없어요. 그 아주머니가 이 댁에 발걸음을 못 하게 될 줄을 누가 알았겠어요?"

"다 자식 잘못 둔 죄지."

"그 일만 해도 그렇지요. 평생을 법 없이 산 양반이 늘그막에 웬 송사는 벌여가지고 그 마음고생을 하는지 정말 알다가도 모르겠어요."

"운이 기울면 생각을 해도 일을 그르칠 생각만 하는 법일세."

"저승에 계신 할머님이 그 일을 아시면 얼마나 기가 막히겠어요."

"그야 어디 할머니뿐이겠나. 곽 서방도 마찬가지겠지."

동네 아주머니와 왕외가 할머니는 석유곤로를 사이에 놓고 마주 앉아 끓는 기름에서 튀김을 건져 올리며 소곤소곤 대화를 나누고 있었다.

송강은 먼발치에서 그들의 대화를 듣고 있다가 조용히 몸을 돌려 대청마루로 올라왔다. 가슴에 무거운 맷돌 하나를 매단 것처럼 답답했다.

할머니에 이어 곽 씨 아저씨가 비명에 세상을 뜨자 집 안은

이를 데 없이 흉흉해졌다. 송강이 의지처를 찾지 못하고 방황하고 있을 때 재당숙 되는 한중서는 자신의 셋째 아들을 박 씨 앞으로 양자를 들여보내려고 혈안이 되어 있었다. 그는 한씨 가문을 잇기 위해서는 한 씨 피를 받은 아들이 박 씨 호적에 올라야 한다고 역설하면서 집안 어른들을 설득했고, 대부분의 집안 어른들은 그의 설득이 아니더라도 그의 주장에 찬동하고 있었다. 그들이 주장하고 있는 한 씨 피를 받은 아들 운운은 융을 두고 하는 말이었다. 그들로서는 한씨 가문하곤 전혀 상관없는 융이 박 씨 호적에 아들로 올라 있는 것이 못마땅했다. 그것도 외아들로. 하지만 그것 역시 밖으로 드러난 하나의 명분이었고 그들이 정말 노리고 있는 것이 바로 재물임은 삼척동자도 다 아는 일이었다.

    그들은 이틀이 멀다 하고 찾아와 양자를 들이도록 압력을 넣었다. 앞을 못 보는 박 씨와 스무 살밖에 안 된 송강이 그 압력을 견딘다는 것은 너무나 벅찼다. 하지만 송강은 그들의 압력에 굴복할 수가 없었다. 그것은 할머니가 이 집을 지켰듯이 자기도 이 집을 지켜야 한다는 강한 의지 때문이었고, 그 의지는 또한 할머님의 의지이기도 하다고 믿고 있었다. 할머니가 통념대로 아들에 의해 가문이 이어지기를 원했다면 할머니는 당신 생전에 양자 들이는 일을 주선하셨을 것이다. 그러나 할머니는 그렇게 하지 않았다. 주위의 권유가 있었음에도 불구하고.

할머니는 융의 일도 문제 삼지 않고 돌아가셨다. 상식적으로 생각하면 융이 한 씨 성을 가졌기 때문에 그가 결혼해 자식을 낳는다면 그 자식 역시 한 씨 성을 따를 것은 자명한 일이다. 또한 융은 박 씨의 외아들로 호적에 올라 있기 때문에 그에 의해 이 집 가계가 이어질 것도 자명한 일이다. 그런데도 할머니는 그 일을 전혀 문제 삼지 않으셨다. 송강은 할머니가 왜 그 일을 문제 삼지 않고 돌아가셨는지에 대해서는 확실히 알 수가 없다. 다만 자신이 융의 미래에 대해 막연하게 어떤 예감을 느끼고 있듯이 할머님도 그렇지 않으셨을까 하는 짐작을 해보는 것 외에는.

한중서의 압력에 대항하고 그 압력을 이겨내기 위해서는 자기 자신이 이 집의 주인임을 대내외적으로 과시해야 한다는 판단이 들었다. 그래서 송강은 일차적으로 집을 증수하기로 결정했다. 집을 증수하는 것은 살고 있는 집을 보수한다는 의미 외에도 집에 대한 애착과 집을 지키려는 의지와 집 주인으로서 자신의 존재를 동시에 드러낼 수 있기 때문이었다. 송강은 집을 증수하기에 앞서 산판부터 먼저 손을 댔다. 할머니가 살아 계실 때에도 목상들이 찾아와 산판을 하자는 제의를 여러 번 해왔지만, 그때는 할머니가 병중에 계셨기 때문에 그 제의를 받아들일 수 없었다. 그 후 할머니가 돌아가시고 반년쯤 지났을 때 목상들한테서 같은 제의가 또 들어왔다. 송강은 조심스럽게 그들의 제의를 받아들였다. 어린 나무를 보호하기 위해 벌목을 하는 것은 불가피한 일이기도 하지만 그보다 자신의 힘으로 무엇인가 큰일을 해내지 않으면 당면한 고비를 넘길 수 없다는 강박관념에 쫓기고 있어서였다.

송강은 정의택 변호사를 찾아가 법적 자문을 구한 뒤 산판일에 매달렸다. 장 변호사는 할머님이 돌아가신 후 상속 문제를 전담한 변호사였는데, 그 이후로 그녀의 재산을 관리하는 법적 후견인이 되었다. 산판일은 엄청나게 컸고 엄청나게 거칠었다. 그러기 때문에 단신으로 그 일에 뛰어들기가 두려웠다. 그럴 때면 감정적으론 융한테 의지하고 싶었다. 그에게 의지해서 그의 도움을 받고 싶었다. 하지만 그 무렵 융은 자신의 문제에 깊이 빠져들어 학교를 휴학하고 도서관에만 틀어박혀 있을 때였으므로 그의 도움을 받는 건 고사하고 얼굴도 볼 수 없었다. 아니, 얼굴을 보고 도움을 받을 수 있다 해도 송강은 아마 그렇게 하지 않았을 것이다.

재산을 관리하는 과정에서 융을 개입시켜 공연히 집안 어른들한테 오해를 받게 하고 싶지도 않았지만, 그보다 재산을 관리하는 일은 끝까지 자신이 책임지고 극복해 나아가야 할 일종의 업(業) 같은 것이라고 생각했기 때문이었다. 같은 맥락에서 송강은 어려움이나 외로움 같은 감정과 맞닥뜨려도 최길성 씨는 물론 박 교수나 지효 스님에게도 도움을 청하지 않았다.

그렇게 함으로써 자신이 약해질 것이 두려워서였다.

송강은 일차적으로 중봉에 있는 36정보의 산만 산판을 하기로 했다. 그 산은 증조모가 조모인 이 씨를 며느리로 맞이하기 위해 아흔아홉 칸짜리 집을 짓기로 결정하고 좋은 목재를 구하기 위해 산판을 한 이후 아직까지 한 번도 손을 대지 않았다는 얘기를 들어서였다. 산판을 하기에 앞서 말구(末口) 한 자 반 이상의 나무만을 필요로 하는 목상을 찾았다. 그러자 네 사람이 신청을 해왔다. 그중에는 곽 씨 장남인 혁수가 추천한 사람도 있었다. 송강은 우선으로 그 사람을 만나보았다. 그러나 그 사람에게서는 신뢰감이 느껴지지 않았다. 그것은 그 사람이 현실 진단을 정확히 하고 있지 못하다는 판단 때문이었다.

그는 처음 만난 자리에서 송강을 철부지 아이로 취급했다. 오십이 넘은 그로서는 스무 살을 조금 넘긴 송강이 막내딸처럼 보였겠지만 송강은 자신을 그렇게 보고 있는 그가 자기보다 몇 수 아래라고 생각했다. 36정보라는 엄청난 면적의 산판일을 앞에 놓고 흥정하는 자리에서 상대방을 아이 취급한다면 그건 흥정의 의미조차도 파악하고 있지 못한 어리석은 행위였다. 그리고 산판일은 자신이 하는 것으로 이미 결정 난 것처럼 착각하고 있는 그의 태도도 송강으로서는 어리석게 보였다. 그가 그런 착각을 하는 것은 혁수한테서 무엇인가 결정적인 언질을 받은 때문인 듯하지만 혁수한테는 그런 결정권이 없었다. 결정권이 없는 사람한테 결정권이 있다고 착각하는 것은 어리석음이고, 어리석음은 무능과 통하며, 그것은 결과적으로 상대방한테 신뢰감을 불러일으키지 못하는 중요한 요인이 된다는 사실을 그는 알고 있지 못했다.

그건 혁수 쪽도 마찬가지였다. 송강은 어린 시절부터 혁수를 오빠라고 불러왔다. 그리고 그녀의 기억 속에는 혁수 등에 업혀 메뚜기나 잠자리를 잡으려고 논둑길을 뛰어다녔던 행복한 추억도 남아 있었다. 그러기 때문에 혁수는, 혁수뿐 아니라 그들 사남매는 곽 씨 아주머니와 함께 혈연으로 맺어진 육친처럼 가장 가깝게 느껴지는 사람들이었다. 하지만 그것은 어디까지나 관계 속에서 오가는 정리이지 관계 자체를 뒤바꿔놓을 수 있는 것은 아니었다. 그런데 혁수는 안타깝게도 그 문제에서 크게 착각을 하고 있었다.

송강은 혁수가 연결해 준 사람을 제외하고 자신의 판단으로 선택한 사람한테 산판일을 맡겼다. 그 과정에서 혁수와의 사이에 알력이 생기기 시작했다. 혁수뿐 아니라 곽 씨네하고의 사이에서도. 송강은 그들과의 알력을 견뎌내기가 괴로웠지만 괴로운 감정을 극복해 나갔다. 10월부터 시작한 산판은 벌목은 물론 운반까지도 이듬해 7월에 모두 끝났다.

산판일이 끝나자 송강은 원래 계획대로 집을 증수하는 일에 매달렸다. 마침 장마가 끝난 직후라서 집을 증수하기에는 시기적으로도 적절했다. 송강은 집을 증수하기에 앞서 많은 사람을 만나고 자문을 구했다. 집을 증수하는 것은 성년 의식을 치르는 것과 같았기 때문에 그녀로서는 반드시 그 의식을 통과해야만 했다. 그것은 일이 아니라 의식이었으므로 처음부터 시행착오 같은 것은 용납될 수 없었다. 송강은 그 사실을 예리하게 간파하고 있었다.

월정리에 있는 한 씨 집은 당국으로부터 중앙문화재로 지정하겠다는 통보를 몇 차례 받았다. 하지만 그 일은 이 씨의 거부로 성사되지 못했다. 어린 시절 송강은 할머니가 왜 자신의 집이 문화재로 지정되는 것을 그토록 완강하게 거부했는지 이해할 수가 없었다. 그러나 할머니가 졌던 짐을 자신이 지고 나니 비로소 그 마음이 이해되었다. 한씨 가문의 아흔아홉 칸짜리 집은 주거 공간이 아니라 그 자체가 바로 생명의 축이었다. 생명의 축인 그것을 누구한테 관리하도록 맡길 수 있겠는가.

송강이 중수 일을 맡길 사람을 찾고 있을 때 혁수가 다시 사람을 데리고 왔다. 시내에서 종합 건재상을 하고 있는 사람으로서 미장이, 목수, 기와공, 칠하는 사람들을 거느리고 있는 일종의 하청업자였다. 송강은 혁수가 데려온 사람과 한 시간 정도 이야기를 나누면서 이번에도 그에게 일을 맡겨서는 안 된다는 결론을 속으로 내리고 있었다. 그는 집을 수리하는 일에 있어서 어떤 분야도 전문적인 기술을 가지고 있지 않을 뿐 아니라 일에 임하는 태도도 전혀 진지한 구석이 없었다. 그런데 그 하청업자보다 더 마음에 걸리는 것은 오히려 혁수였다. 반년 남짓 만에 송강을 찾아온 혁수는 눈에 띄게 초조해 보였고, 다급한 상황에 쫓기는 사람처럼 불안해 보였다. 그런 혁수를 보고 있는 송강도 같이 불안해질 정도였다.

송강은 일의 결정을 놓고 혼자 고심하다가 자신이 내린 결론 쪽으로 밀고 나갔다. 결과를 예측할 수 있는 일 앞에서 선택을 그르칠 수 없었기 때문이었다. 그러자 혁수가 노골적으로 적의를 나타냈다. 그는 한 달 남짓 만에 어머니를 모셔가겠다는 제의를 해왔다. 그건 의절(義絶)의 선포였다. 송강은 몹시 마음이 흔들렸다. 산판일 이후 곽 씨네하고도 약간의 알력은 있었지만 그러나 곽 씨네는 그녀에게 있어서 여전히 마음의 의지처였다. 할머니의 추억이 가장 많이 서려 있는 사람도 곽 씨네였고, 할머니의 체취가 가장 많이 배어 있는 사람도 곽 씨네였다. 송강은 며칠간 괴로워하다가 곽 씨네를 떠나보낼 마음의 준비를 했다. 집 안에 남아 있는 할머니의 그림자가 마저 걷히는 것 같아 허전했지만 송강은 감정에 떨어지지 않으려고 이를 악물었다. 한번 감정에 떨어지고 나면 그대로 무너져버릴 것 같아서였다.

송강은 곽 씨네를 떠나보내면서 그에게 무엇인가를 해주고 싶었다. 이별은 한 과정의 마감을 의미하고 반드시 거기에 맞는 절차가 따르게 마련이다. 송강은 그 일로 해서 마음의 빚을 남기고 싶지 않았다. 그와 같은 생각은 감정 쪽이라기보다는 이성 쪽이었다. 그건 송강 자신이 감정 쪽이었기보다는 이성 쪽이라는 말도 되고, 혁수 오빠나 곽 씨 아주머니와의 관계가 감정적인 관계에서 이성적인 관계로 바뀌어갔다는 말도 되었다.

송강은 곽 씨 아주머니와 혁수 내외를 함께 불러서 자신이 무엇을 어떻게 도와줬으면 좋겠느냐고 물었다. 그러자 혁수 처가 먼저 시내에 운동화 도매상을 하나 차려달라고 했고 나머지 두 사람도 그 의견에 찬동했다. 송강은 그들의 의견을 받아들였다. 그래서 시내에 15평 규모의 가게가 딸린 집을 하나 사고, 그 가게 안에 물건을 가득 채워주는 것으로써 그들과의 기나긴 인연을 마감했다. 곽 씨네가 집을 떠나던 날 송강은 그녀보다 한 발 앞서 청은사로 갔다. 청은사에서 기와 불사를 하고 있었기 때문에 기와를 알아본다는 핑계로 집을 나섰지만 사실은 짐을 싣고 떠나는 곽 씨네를 차마 볼 수가 없어서였다.

곽 씨네가 떠나간 후 송강은 본격적으로 집수리에 매달렸다. 기와를 갈고, 서까래와 기둥과 문짝에 묻은 때를 연마반(研磨盤)으로 벗겨 새로 칠을 하고, 큰사랑 하나만 남겨놓고 나머지 방은 보일러 방으로 개조하고, 도배를 하고, 창호지를 새로 바르고, 죽담 위에 있는 깨진 기와를 골라내고……. 연당 속의 연뿌리를 솎는 일에서부터 동산을 고르고 담 안으로 흐르는 도랑물에 자갈을 까는 일에 이르기까지 송강은 집 안 구석구석에 자신의 숨결을 불어넣었다. 숨결이 아니라 기(氣)를.

창호지를 바르는 문만도 180짝이 넘는 거대한 집은 송강에 의해 생기를 되찾아갔다. 최고의 인원을 동원했는데도 집수리는 10개월이 돼서야 끝이 났다. 그 과정에서 애로점이 없었던 것은 아니지만 판단이 서지 않는 난관에 부딪힐 때면 "큰일이고 작은 일이고 어떤 일에 있어서도 이익을 네 앞으로 끌어들이려 해서는 안 된다. 너는 늘 한 발 뒤로 물러서고, 상대방이 이익을 얻었다는 마음을 가지게끔 해라. 그래야만 이 집을 지켜나갈 수 있다."라고 하셨던 할머니의 말을 떠올렸다. 그러면 자신이 어떻게 대처해야 할지에 대한 답이 자연히 얻어졌다.

집수리가 완전히 끝났을 때 송강은 큰사랑에 있던 한태서의 세간을 별채로 옮기고 작은사랑에 있던 융의 세간을 큰사랑으로 옮겼다. 할머니는 아들이 죽은 후에도 아들 세간을 그대로 사랑에 놔두고 아들이 이 집 주인이거니 하는 마음으로 살아왔다. 하지만 송강은 그렇게 하고 싶지 않았다. 송강에게 있어서 한태서라는 인물은 어떤 의미도 지니고 있지 못했다. 의미를 지니고 있지 못할 뿐 아니라 비극의 씨를 날리는 매체 같아서 감정적으로도 거부감이 느껴졌다.

큰사랑만은 그대로 장작불을 땔 수 있게 남겨놓았기 때문에 집수리를 하는 와중에도 사랑방의 집기는 할머니가 놓아둔 그대로 놓여 있었다. 송강은 아랫목에 쳐진 여덟 폭 병풍과 보료, 문갑, 사방탁자, 머릿장, 서화 등 모든 집기를 별채로 옮기고 장판과 도배를 새로 했다. 도배지를 고를 때는 시내에 있는 지물포를 돌고 또 돌고, 갔던 집도 몇 번씩 다시 가서 샘플을 들여다보고 벽에 걸려 있는 벽지를 바라보고 하다가 마침내 흰 바탕에 엷은 회색 줄이 가늘게 쳐진 실크 벽지를 찾아냈다.

그녀가 고른 벽지는 노르스름한 장판지와 어울려 방 안 분위기를 깔끔하면서도 안온하게 만들었다. 도배와 장판을 끝낸 송강은 그다음 커튼을 골랐다. 도배지를 고를 때처럼 시내에 있는 커튼 집을 몇 바퀴 돌다가 벽지보다 조금 더 짙은 회색 바탕에 백색과 황금색의 꽃무늬가 있는 커튼을 골랐다. 그 꽃은 암청색의 넓은 잎 속에서 소담스럽게, 소담스러우면서도 우아하게, 그러면서도 화려하게 피어 있었다. 무슨 꽃인지 이름은 알 수 없지만 보는 순간 신비한 아름다움이 느껴졌다.

방 안 정리를 다 끝낸 송강은 융의 짐을 옮겼다. 옷이 들어 있는 반닫이장, 사방탁자, 문구류, 서화, 책상, 책······. 최길성 씨가 살림을 정리하면서 자신이 소장했던 4천여 권의 책을 융한테 물려주었고, 융은 그 책을 강릉 집에 두고 갔기 때문에 집에 있는 책만 해도 벽 두 면을 다 차지했다. 책 정리를 끝낸 송강은 의자가 창문 중앙에 올 수 있도록 세심하게 신경을 쓰며 책상 위치를 고정했다. 큰사랑과 작은사랑 사이에 있는 대청마루에 앉으면 연당을 가장 잘 볼 수 있지만 큰사랑 창문을 통해서도 연당을 볼 수 있기 때문에 융이 책상에 앉아서 편안한 마음으로 연당을 볼 수 있게 하기 위해서였다.

큰사랑을 융의 방으로 꾸미는 것을 마지막으로 해서 일은 모두 끝났다. 송강은 스스로 자신의 성인 의식을 장엄하게 치러냈고 주위 사람들은 그 의식에 압도되어 그녀의 성(城)을 침공하려는 의지를 잃어 갔다. 송강은 산판일과 집수리를 계기로 명실공히 한씨 가문의 성주가 되었고 사람들도 차츰 그녀를 이씨의 화신쯤으로 인정하게 되었다.

집수리를 하고 있을 무렵부터 혁수가 노름을 하다가 많은 빚을 졌다는 소문이 들려왔다. 그리고 또 어떤 때는 그가 공금으로 노름을 했기 때문에 다니던 농협을 그만두지 않으면 안되게 되었다는 소문도 들려왔다. 송강은 그제야 혁수가 자기를 만났을 때 왜 그렇게 초조하고 불안해했는가를 알게 되었다. 그는 그때 이미 많은 빚을 지고 있었고 건재상을 하는 사람과의 사이에도 돈으로 얽혀 있었음이 확실했다.

소문이 떠돌기 시작한 얼마 후 곽 씨네가 송강을 찾아왔다. 그녀는 아들이 직장을 그만두고 사업을 하려고 하니 사업 자금을 좀 빌려달라고 했다. 그가 요청한 액수는 송강이 생각하기에도 거액이었다. 송강은 그녀의 청을 거절했다. 액수의 고하를 떠나서 그것은 처음부터 빌려줄 수 없는 돈이었다. 곽 씨네가 다녀간 보름쯤 후 혁수 처가 다시 찾아왔다. 그녀는 시어머니와는 달리 남편 일을 꽤 깊이 알고 있었다. 혁수 처는 그동안 지나온 얘기를 자세히 하고서 남편이 진 빚은 가게와 집을 처분해서 갚을 테니 횡령한 공금만 해결해달라고 애원했다. 그렇게만 해주면 직장은 계속 다닐 수 있게 될 것 같다는 얘기였다. 하지만 송강으로서는 그 일은 더욱 할 수 없는 일이었다. 공금으로 노름을 한 사람이라면 결코 직장 생활을 더 해서는 안 된다는 판단 때문이었다.

송강이 두 차례에 걸쳐 그들의 청을 거절하고 난 보름쯤 후 곽 씨네 명의로 된 내용증명이 날아왔다. 곽 씨가 목숨을 잃은 것은 한 씨 집을 지키기 위해 순직한 것이나 다름없으니 거기에 상당한 배상금을 지불하라는 것이 그 내용이었다. 내용증명을 받아든 송강은 허탈했다. 그러면서도 현실적으로 어떻게 대응해야 할 것인가를 알지 못해 불안해졌다. 송강은 장 변호사를 찾아갔다. 일단 법적인 해석을 알고 싶어서였다.

송강의 얘기를 다 듣고 난 장 변호사는 "법적으로는 책임질 게 없지만 현실적으로 그쪽이 어려우니 잘 타협해서 좋게 해결하라."라고 조언했다. 그러나 송강은 그 조언을 받아들이지 않았다. 잘 타협해서 좋게 해결할 일이 아무것도 없다고 판단했기 때문이었다. 송강은 자신이 준 재산을 1년도 안 돼서 노름으로 날려버린 혁수를 용서할 수가 없었다. 한 씨네 재물이 어떤 재물인가. 그것은 증조모인 박 씨와 조모인 이 씨가 바보 자식을 줄줄이 낳으면서 일구어온 피의 절규 같은 것이 아니었던가. 그런 재물을 노름으로 날려버리다니. 그건 감정으로도 이성으로도 용납할 수가 없었다.

대청마루에 서서 혁수와의 일을 떠올리던 송강은 할머님이 오셔서 곽 씨 아주머니가 없는 것을 보시면 나한테 무슨 말을 하실까 하는 생각을 속으로 하고 있었다. 혁수와의 일은 자신이 풀어야 할 숙제인데 어떤 방법으로 풀어야 할지 그 방법이 떠오르지 않았다.

"서울 손님들 오실 시간이 다 됐는데 저녁상을 차릴까요?"

용정 엄마가 마루 밑에 서서 물었다.

"…네?"

송강은 자신의 생각에서 벗어나며 벽에 걸려 있는 괘종시계를 쳐다봤다. 8시 정각을 가리키고 있었다.

"조금만 더 있다가 오시면 차리지요."

"그렇게 하게. 상을 차려놔도 손님들이 오시면 데울 건 다시 데워야 하니까."

왕외가 할머니가 마루 위로 올라오며 송강의 말을 거들었다.

하던 튀김을 다 마친 듯 몸에서 고소한 기름 냄새가 솔솔 배어나왔다.

"안에 들어가셔서 쉬세요."

송강은 할머니 손을 잡아 마루 위로 올려주며 말했다.

"그래야겠다. 한참 앉았더니 허리가 아파서."

마루 위로 올라온 할머니는 허리를 두드리며 안방으로 들어갔다. 송강은 할머니 뒤를 따라 들어가서 누비이불과 베개를 내려주고 다시 마루로 나왔다. 대청마루에는 과일, 떡, 나물, 포, 어물, 전, 산적, 탕, 유과 등의 제수들이 산더미처럼 쌓여 있고 집안 아주머니와 아저씨 서넛이 둘러앉아서 제물을 괴고 있었다.

"사랑 청소는 다 해 놨제?"

제물을 괴고 있던 집안 아저씨가 송강을 돌아다보며 물었다.

"네."

"병풍 먼지도 털어놓고?"

"네."

"혁수는 이번 제사에도 안 오더나?"

"네, 아직……."

"못된 버러지 장판방에서 모로 긴다더니만 그놈이 꼭 그 짝이구나. 종숙모가 저를 어떻게 키웠는데 그 은공도 모르고."

"아제도 참. 혁수가 은공을 아는지 모르는지 어떻게 알고 그런 말을 하시오?"

옆에서 절편을 괴던 젊은이가 핀잔을 주었다.

"안 오니까 하는 말이지. 은공을 아는 놈이 할머니 제사 보러 안 와?"

"못 오는 사람 심정을 우리가 이해해줘야지요."

"그게 바로 제 손으로 제 뺨치는 바보짓이라니까. 오면 누가 어쩌겠나. 송강이부터라도 우선 반갑게 맞아줄 텐데."

"비 온 뒤에 땅 굳어진다고 그 사람도 앞으로 좋아지겠지요. 그러면 자연히 왕래도 할 거고요."

송강은 그들의 얘기를 못 들은 체하며 은행을 괴고 있는 아주머니 손길을 내려다보고 있었다. 아주머니는 은행 끝에 꿀을 묻혀가며 한 뼘 정도 높이로 괴고 있었다.

그때 담 밖에서 자동차 소리가 들려왔다. 그 소리를 듣는 순간 송강은 심장이 쾅 하고 멎으면서 머릿속이 아득해져 잠시 그렇게 앉아 있다가 반사적으로 자리에서 벌떡 일어났다.

"서울서 융이 온 거 같다."

고방에서 대나무 고리에다 유과를 챙겨 넣던 박 씨가 나오며 말했다. 내색은 하지 않았지만 그녀도 하루 종일 융을 기다리고 있었던 듯 얼굴에 생기가 돌았다.

"정말 융이 온 모양이네."

"융이?"

제수를 괴고 있던 아주머니와 아저씨들이 허리를 펴며 안마당을 내다봤다.

"융이구나. 어서 오너라. 가방은 이리 주구."

"할머니 제사 보러 왔나?"

"스님도 오시네. 안녕하셨어요, 스님."

바깥마당 쪽에서 손님을 맞이하는 소리가 왁자지껄하게 들려왔다. 송강은 얼른 상방으로 들어가 얼굴과 옷매무새를 고치고 밖으로 나왔다. 그때 융이 혜일 스님을 부축하며 중문으로 들어서고 있었다. 송강은 댓돌 밑에 놓인 신을 신고 뛰어나가려다가 융을 본 순간 그 자리에 그대로 멈춰 섰다. 융도 걸음을 우뚝 멈추고 서서 송강을 가만히 쳐다봤다. 두 사람의 시선은 서로의 얼굴 위에서 강렬하게 부딪쳤다.

"얼른 들어가지 않고 뭐 하고 섰나?"

누군가가 퉁을 줬다. 그러자 두 사람은 최면에서 풀려난 사람들처럼 서로를 향해 걸어갔다.

"잘 있었어?"

송강이 다가가자 융이 먼저 인사를 했다.

"응."

송강은 융을 보며 미소를 짓고는 혜일 스님을 향해 공손히 합장을 했다.

"어서 오세요, 스님. 아까부터 기다렸어요."

"송강인 완전히 숙녀가 됐네."

혜일 스님은 송강을 보며 신기해하는 표정을 지었다. 송강은 스님 말에 미소로 답례하고는

"어서 들어가. 내가 스님 모시고 갈게."

하면서 융이 부축하고 있던 혜일 스님의 팔을 대신 꼭 감싸 안았다.

"어쩌다가 이렇게 다리를 상하셨어요?"

동네 아주머니 한 분이 얼른 옆에 와서 스님을 같이 부축하며 걱정스러운 표정을 지었다.

"전쟁터에 나가서 십 년간 뒹굴었더니 총도 안 맞았는데 이렇게 상이군인이 되고 말았네요."

"스님도 참. 말씀하시는 투는 여전하시군요. 그동안 어디 멀리 가셔서 공부를 하셨다면서요?"

"공부는요. 그냥 팔양경(八陽經)만 읽다가 왔지요."

"그게 뭔 소리세요?"

"중 팔양경 읽듯 한다는 말 있잖아요. 그냥 그러다 왔어요."

"그래도 소문에는 큰 공부하고 오셨다 하던데."

두 사람은 주거니 받거니 하면서 안마루 쪽으로 걸어갔다. 스님은 의식적으로 명랑한 척 활달하게 말하였지만 걸음을 옮기기도 불편할 만큼 다리가 아파 보였다.

"어서 오세요, 스님. 아니 어떻게 하시다가 몸이 이렇게 불편

하게 되셨어요?"

마루에서 제수를 장만하던 아주머니가 혜일 스님의 손을 잡아서 마루로 끌어올리며 말했다.

"괜찮아요, 보살님. 여기서부터는 제 힘으로 올라갈게요."

혜일 스님은 팔을 잡아 끌어올리는 게 몹시 괴로운 듯 상을 찡그리며 사양하더니 뒤로 돌아서 마루를 짚고 엉덩이부터 먼저 마루 위로 올려놓았다.

"그렇게 튼튼하던 스님이 어떻게 하시다가 이 지경이 되셨어요?"

"욕심 좀 부리다가 어물전 털어먹고 꼴뚜기 장사하게 생겼습니다."

"네?"

"꼴뚜기 장사도 못 하거든 보살님이 새우젓 장사라도 좀 시켜주십시오."

혜일 스님은 한쪽 다리를 끌어당겨 힘들게 반가부좌를 하고 앉으며 말했다.

"몸은 좀 상하셨어도 입심은 여전하시네요."

말을 시키던 아주머니가 안심이 된 듯 미소를 지었다.

"입심이라도 살아 있어야 새우젓 장사라도 해먹고 살 게 아닙니까?"

스님의 얘기를 듣고 있던 사람들이 모두 와 하고 웃었다. 말뜻을 정확하게 알아들은 건 아니지만 스님 입에서 꼴뚜기 장사니 새우젓 장사니 하는 말이 스스럼없이 나오는 게 재미있는 모양이었다.

"스님, 절 받으세요."

혜일 스님이 자리를 잡고 앉자 송강이 공손하게 절을 했다. 그러자 다른 아주머니들도 두서너 명 송강을 따라 절을 했다.

"안녕하셨습니까? 여기 오니 보살님들 얼굴을 다 보는군요."

혜일 스님은 두 손을 모아 합장하고 앉은 채로 깊숙이 허리를 숙였다.

"여기서 스님을 뵈니 꿈만 같네요. 그러잖아도 한번 뵈었으면 했는데……."

절을 마친 아주머니가 감개무량한 듯 혜일 스님을 쳐다봤다.

"스님이 안 계시니 청은사에 가고 싶은 마음도 안 생기네요. 가도 어쩐지 맨송맨송하고."

"요즈음도 신도들이 모이면 스님 얘기를 가끔 해요. 어디 계신지 얼굴이라도 한번 봤으면 좋겠다고요."

"그러게 옛말에도 겨울이 돼봐야 솔 푸른 줄을 안다고 하지 않았는가. 사람은 언제고 떠나야 그 사람 진가가 드러나는 법일세."

뜻하지 않게 혜일 스님을 만난 보살들은 반가움을 감추지 못하며 자신들의 감정을 전했다.

"쪼그리고 앉은 손 사흘 묵는대요. 보살님들이 자꾸 그렇게 추켜세우면 여기서 삼 년쯤 묵을지도 모르니까 그만하세요."

혜일 스님은 듣기가 거북한 듯 손을 저었다.

"삼 년이 아니라 삼십 년을 묵으면 어때요? 이 만장같이 넓은 집에."

"상 들어오네. 좀 비키세."

혜일 스님 앞에 둘러앉았던 보살들은 한옆으로 비켜나 앉고 송강은 얼른 자리에서 일어나 용정 엄마가 들고 오는 상을 받았다.

"스님, 공양 드세요."

송강은 들고 온 상을 둘러보며 공손히 합장을 했다.

"응."

혜일 스님도 공손히 합장을 하며 상 앞으로 다가앉았다.

"융도."

송강은 융을 돌아다보며 말했다. 집안 어른들한테 인사를 마치고 난 융은 박 씨 옆에 조용히 앉아 있었다.

"······."

융은 자리에서 일어나 상 앞에 가 앉았다.

"어서 들지."

혜일 스님은 융이 수저를 들기를 기다렸다가 자신도 수저를 들었다. 말은 반말을 쓰고 있지만 융을 대하는 태도는 깍듯했다. 두 사람이 식사를 하는 동안 왁자지껄하게 떠들던 사람들은 다시 제수 준비에 여념이 없었다. 부엌에서 음식을 날라 오고, 날라 온 음식을 제기에 괴고, 괸 음식을 한지로 덮고……. 마루에는 더욱 많은 음식이 쌓여갔다.

식사를 끝낸 혜일 스님은 수건으로 입가를 눌러 닦으며 송강을 쳐다봤다.

"송강이하고 상의할 일이 있는데."

"무슨 일이신데요?"

"제사를 모시기 전에 내가 용화 보살님 영가를 잠시 천도해 드리고 싶은데 송강이 생각은 어때?"

"……?"

송강은 말뜻을 알아듣지 못하고 어리둥절해했다.

"돌아가셨을 때 못 뵈었기 때문에 섭섭해서 그래."

"그러려면 어떻게 하면 되는데요?"

"위패가 사당에 모셔져 있으니까 사당에 나가서 간단히 제를 지내지."

"그렇게 해주시면 할머님도 좋아하실 거예요."

송강이 찬성했다. 송강이 찬성하자 집안 어른들도 대체로 스님의 제안을 찬성해주었다. 그들은 제사 의식만은 유교 관습을 따라야 한다고 생각하고 있지만 이 씨가 생전에 절과 깊은 관계를 맺었고, 청은사 스님들과도 한집안 식구처럼 다정하게 지냈다는 것을 다 알고 있기 때문이었다.

"제사 지낼 시간도 얼마 남지 않았는데 어서 서둘러라."

어물을 괴고 있던 집안 아저씨가 송강을 돌아다보며 말했다.

"네. 제가 무얼 준비하면 될까요?"

"잠시 후에 제사를 모실 거니까 다과만 올리도록 하지."

"그럼 과일하고 차만 준비할까요?"

"아니, 차는 됐어. 지효 스님이 준비해주신 좋은 차가 나한테 있으니까."

혜일 스님은 걸망을 끌어당겨서 차를 꺼내며 말했다. 자신이 떠나올 때 좋은 차를 구해주려고 지효 스님이 그렇게 애를 쓰더니 그 차가 결국 용화 보살님 제에 쓰인다고 생각하니 묘한 생각이 들었다. 세상에는 아무리 작은 일도 결코 우연히 이루어지는 것은 없는 것 같았다.

"차를 아주 끓여 가지고 갈까요?"

"응. 다관에다 담아 가지고 가. 찻잔만 따로 준비하고."

"네."

"아 참, 그리고 한지 한 장하고 붓하고 가위도 좀 가져와. 풀은 나중에 쓸 거니까 미리 챙겨놓고."

"네."

송강은 자리에서 일어나더니 혜일 스님이 일러준 것을 모두 챙겨 가지고 왔다. 혜일 스님은 먼저 한지를 가로 20cm, 세로

50cm 정도의 크기로 세 개 오려놓고 그 하나하나에다 나무아미타불, 나무지장보살, 나무인로왕보살이라고 썼다.

"내가 준비할 건 대충 끝났으니까 송강이가 준비할 것만 얼른 챙겨."

혜일 스님은 벼루 뚜껑을 덮으며 말했다.

"네, 그렇게 할게요."

송강은 과일부터 먼저 챙겨야겠다고 생각하며 몸을 돌렸다.

"스님 거처하실 방이 어디지?"

융이 물었다.

"작은사랑이야."

송강이 대답했다.

"……?"

융은 잠시 의아해하는 표정을 짓더니 이내 평온한 본래의 얼굴로 자리에서 일어섰다.

"스님, 짐을 주십시오. 제가 먼저 방에 갖다 놓고 오겠습니다."

"그래주면 좋지."

혜일 스님은 걸망 속에서 가사 장삼과 목탁을 꺼내놓고 걸망을 융 쪽으로 밀어주었다. 융은 걸망을 받아들고 밖으로 나왔다. 혜일 스님은 융의 뒷모습을 물끄러미 바라보면서 세수를 했으면 좋겠다는 생각을 속으로 하고 있었다. 가사 장삼을 입기 전에 세수를 해야겠는데 구부리고 세수할 일이 엄두가 나지 않았다.

"스님, 제가 젖은 수건을 갖다 드릴까요?"

송강이 자리에서 일어서며 물었다.

"송강이 어떻게 내 마음을 그렇게 잘 알고 있지?"

혜일 스님이 몹시 놀라며 쳐다봤다.

"스님들은 법당에 들어가시기 전에 세수를 하시잖아요. 그 생각이 문득 났어요."

송강은 밝게 웃었다.

"관세음보살이 따로 없군. 괴로움에서 건져주니 말이야. 그럼 물수건 좀 해다 줄래?"

"네."

송강은 잠시 후 물에 젖은 흰 수건을 반듯하게 접어서 대소쿠리에 받쳐 들고 왔다.

"고마워."

혜일 스님은 젖은 수건으로 얼굴과 손을 깨끗이 닦고 승복 위에 장삼을 입고 그 위에 가사를 걸쳤다. 그리고 오린 종이와 목탁을 집어 들고 대청마루를 힘들게 내려왔다. 송강은 준비한 과일과 다구(茶具)를 들고 혜일 스님 뒤를 따랐다.

밖으로 나오자 초사흘 달이 새순같이 청순한 모습으로 별무리 속에 떠 있었다. 두 사람은 서로 의지하며 어둠 속에서 조심조심 걸어 나왔다. 그때 작은사랑 앞에서 서성이던 융이 쫓아와 혜일 스님을 부축했다. 세 사람은 죽담이 쳐진 뒷마당을 돌아 샛문을 지나 사당으로 갔다.

"여기 성냥이 있으니까 융이 먼저 들어가서 불을 좀 켜줄래?"

송강은 다관을 받친 쟁반을 가리키며 말했다.

"응, 알았어."

융은 쟁반 위에서 성냥을 집어 들고 사당 안으로 들어갔다. 서울 가기 전까지만 해도 명절 차례나 기제사 때는 송강과 함께 늘 제사를 지냈기 때문에 사당은 그에게 생소한 곳이 아니었다. 촛대에 불을 밝힌 융은 문 쪽으로 다시 나가 송강이 들고 있는 과일과 다구를 받아다 제상 위에 올려놓고 혜일 스님을 부축해 안으로 모셨다.

사당 안으로 들어온 세 사람은 이 씨 위패 뒤에 둘러친 병풍에다 나무아미타불을 쓴 종이를 중앙에, 나무지장보살을 쓴 종이를 우측에, 나무인로왕보살을 쓴 종이를 좌측에 각각 붙였다. 그러고 나서 향로에 향을 피우고 혜일 스님이 중앙에 서서 시방세계에 가득하신 불보살님을 향해 옹호게(擁護偈)를 올렸다.

奉請十方諸聖賢　시방세계의 여러 성현과
梵王帝釋四天王　범왕제석 사천왕과
伽籃八部神祇衆　가람신 팔부신 모두 청하오니
不捨慈悲臨法會　자비를 베푸시와 왕림하여주옵소서

　혜일 스님은 다리가 아파서 절을 할 수 없었으므로 선 채로 목탁을 치며 반배를 했고, 융과 송강은 지극한 마음으로 절을 하면서 시방세계의 불보살을 청하는 의식에 참여했다.

　듣자옵건대 대성 부처님의 미묘하옵신 법은 만 중생이 의지할 바오며 하늘이나 인간 무리의 영원한 복밭이 되어주시옵기에 귀의하는 자 모두가 이익을 얻고, 지극히 구하는 자 반드시 길상을 얻되 마치 강물이 맑으면 가을 달이 와서 비치는 것같이 신심이 돈독하면 부처님께서 자비의 손길을 드리워 주신다 하셨습니다.
　오늘 이 자리에는 청신자 융과 청신녀 송강이가 조모 용화보살 사후 4주기를 맞이하여 부처님의 법력을 빌려 왕생극락하옵기 소원하여 조촐한 공양구를 마련하옵고 시방삼세에 변만하신 금강밀적, 십대명왕과 그 밖의 여러 성현들, 그리고 제

석천왕, 천룡팔부, 모든 호법선신에 이르기까지 모두 광림하셔서 증명하여주시옵기 간절히 청하옵니다.

혜일 스님은 융과 송강이 각각 차 한 잔씩을 공양 올리도록 시키고 다게(茶偈)를 올렸다.

今將甘露茶　　이제 감로의 차를
奉獻聖賢前　　여러 성현께 바치오니
鑑察虔懇心　　정성을 굽어 감응하시와
願垂哀納受　　거두어주옵소서

천도제를 모두 마쳤을 때 세 사람의 마음은 따뜻하게 결속돼 있었다. 이 씨에 대한 그리움을 함께 지니고 있다는 공통된 감정만으로도 서로를 바라보는 눈길은 친근하고 행복했다. 사당 문을 닫고 밖으로 나오자 사랑 마당 쪽에서 두런두런 사람 말소리가 들려왔다. 자정이 가까워졌으므로 제사를 지내기 위해 집안 어른들이 모여들고 있는 것 같았다.

"송강인 어서 안으로 들어가 봐. 사람들이 기다리고 있을 텐데."

"스님은 사랑으로 가시려고요?"

"응."

"그럼 융이 스님 모시고 가. 난 안으로 들어갈게."

"혼자 들고 갈 수 있겠어?"

융은 송강이 들고 있는 다구와 과일 쟁반을 내려다보며 물었다.

"그럼."

송강은 융을 쳐다보며 머리를 끄덕였다. 그러고 있는 그녀 가슴속은 일순간 통증 같은 행복감으로 차올랐다.

"어서 가 봐."

혜일 스님이 서둘렀다.

"네. 할머님이 오늘 굉장히 기뻐하셨을 것 같아요."

송강이 미소를 지었다.

"그러셨을까?"

혜일 스님도 미소를 지으며 송강을 바라봤다.

"그럼요. 스님을 뵌 것만으로도 기쁘셨을 텐데요."

"할머님이 나를 보셨으면 이 중이 어디 가 있다가 이렇게 망가진 기계처럼 돼가지고 왔나 하셨겠지?"

세 사람은 낮은 소리로 함께 웃었다.

"어서 가 봐. 융은 나부터 좀 데려다주고."

"네, 알겠습니다."

융은 혜일 스님 옆으로 다가가서 팔을 부축했다.

"스님, 감사합니다. 안녕히 주무세요."

송강은 혜일 스님을 향해 공손히 머리를 숙이고 어둠 속으로 총총히 사라져갔다.

음식을 장만하던 부인들과 제사를 보러 왔던 집안 친척들이 모두 돌아가자 아흔아홉 칸짜리 집은 아흔아홉 칸 무게만큼의 적막 속에 잠겼다. 송강은 대청마루에 서서 융을 만나고 싶은 감정과 그 감정을 억제하고자 하는 이성 사이에서 괴로워하다가 밖으로 나왔다. 사위는 완전히 어둠 속에 잠겨 있는데 하늘에는 푸른 별이 더욱 영롱한 빛을 뿜고 있었다. 송강은 어둠 속에 서서 다시 한 번 자기 자신과 갈등을 빚다가 중문을 지나 사랑마당으로 나왔다. 지금 이 순간 융을 만나는 일은 어떤 명분보다 우선한다는 생각을 스스로 하면서.

사랑마당으로 나온 송강은 담 밑에 서서 사랑채 쪽을 가만히 바라보았다. 혜일 스님이 주무시는 작은사랑은 물론 융이 묵고 있는 큰사랑도 불이 꺼져 있었다. 송강은 한순간 암담한 절망감 속에 휩싸이다가 발소리를 죽이며 사랑채 쪽으로 걸어갔다. 그러던 그녀는 자신도 모르게 걸음을 멈추고 얼른 수국(水菊) 뒤에 몸을 숨겼다. 마루에 앉아서 물끄러미 연당을 바라보고 있는 융의 뒷모습이 보여서였다. 송강은 안도감과 설렘 속에서 융을 바라보고 서 있다가 댓돌 위로 올라갔다.

"융."

송강이 낮은 소리로 부르자 융이 자리에서 일어섰다.

"…송강이."

두 사람은 어둠 속에 서서 할 말을 찾지 못하고 서로의 얼굴을 가만히 쳐다보고 있었다. 진실함, 간절함, 애틋함, 절절함… 어떤 말로도 정확히 표현될 수 없는 뜨거운 감정들이 서로의 시선 위에서 교차했다.

"왜 아직 자지 않았어?"

송강이 벅찬 감정을 가누지 못하고 먼저 침묵을 깨자

"기다리고 있었어. 올 거라는 생각을 하면서."

융이 송강 쪽으로 다가가며 말했다.

"고마워. 융하고 얘기를 하지 않곤 그냥 잘 수가 없었어."

"내가 기다리고 있었던 걸 송강이가 왜 고마워해야 해?"

융이 송강이 눈을 쳐다보며 물었다.

"우리 방에 가서 얘기해. 스님 주무시는데."

송강은 융의 시선을 감당하지 못하고 먼저 몸을 돌렸다. 그러자 융도 따라 들어왔다.

"방 맘에 들어?"

송강이 방문을 닫으며 융을 쳐다보자 융은 말없이 고개를 끄덕였다.

"……."

"상의도 하지 않고 방을 옮겨서 미안해."

"……."

"융의 짐을 이 방에 옮겨놓음으로 해서 힘을 얻고 싶었어. 지금 와서 생각해 보니 할머니 마음도 같으셨던 것 같아."

송강은 의식적으로 아버지 짐이라는 말을 빼고 말했다.

"……."

침묵이 흘렀다. 두 사람은 침묵 속에 갇혀 숨도 쉬지 못하고 서 있었다. 얼마간 그러고 있던 융이 고개를 들고 송강의 얼굴을 뚫어져라 쳐다봤다. 그의 시선은 열기를 뿜고 있었다. 용암을 토해내는 활화산처럼.

송강은 현기증을 느끼며 벽에 몸을 기댔다. 그때 융이 두 팔을 벌려 그녀의 몸을 꼭 끌어안았다. 그러면서 나직이 말했다.

"너는 언제나 내 안에 있었어. 나와 함께 길을 가고 나와 함께 잠이 들고 나와 함께 외로워하면서."

"아! 융."

송강은 융의 가슴에 얼굴을 묻으며 그의 목을 끌어안았다. 두 사람은 현란한 불꽃으로 타오르며 뜨겁게 뜨겁게 포옹을 했다. 기다림과 안타까움과 갈망의 세월을 뛰어넘어 마침내 하나로.

송강의 가슴속은 깊은 강물 같은 충만감으로 가득 찼다. 그런 충만감 속에 잠겨 있는 송강의 머릿속엔 이젠 형규와 결혼할 수 있다는 생각이 스치고 지나갔다. 지금 자신이 향유하고 있는 이 행복의 대가라면 어떤 고통, 어떤 아픔도 다 포용할 수 있을 것 같았다.

"고마워, 융. 이제부턴 현실 속의 삶을 받아들일게."

송강은 눈물로 뒤덮인 얼굴로 융을 쳐다보며 약속했다. 자신이 전 생애를 걸고 지켜가야 할 슬픈 약속을.

9장

Udambara

실험실에서 나온 박 교수는 가운도 벗지 않고 그대로 소파에 주저앉아 담배 한 대를 피웠다. 그의 손끝에서 피어오른 연기는 안경 너머에서 천의(天衣) 자락처럼 너울대더니 허공 속으로 서서히 사라져갔다. 박 교수는 사라져가는 담배 연기를 바라보면서 깊은 자괴감 속으로 빠져들었다.

나 자신도 다스려 나가지 못하는 주제에 내가 과연 학문을 할 자격이 있는가? 아내와의 불화로 가정이 뿌리째 흔들리면서부터 박 교수는 이 생각에서 벗어나지 못하고 있었다. 학문은 그것이 자연과학이 됐든, 사회과학이 됐든, 인문과학이 됐든, 인류의 삶을 유익하게 하기 위한 데 그 초점이 맞추어져 있다. 그러기 때문에 학문은 그 자체가 공익이고 그 일에 종사하는 사람 역시 공인이 된다. 자신도 학문을 하는 사람이므로 공인이라 할 수 있을 것이다. 아니, 현재의 위치나 하고 있는 일로 봐서 자기는 분명 공인이다.

교수라는 호칭 외에 정부에서 받은 프로젝트를 가지고 연구하는 연구소도 별도로 운영하고 있다. 그 연구소에는 막대한 정부의 지원금이 투입되어 있고 연구의 결과에 따라 국민 생활에 미치게 될 영향도 지대하다. 이런 자신을 어찌 공인이라 하지 않을 수 있겠는가. 공인은 공인으로서 갖추어야 할 기본 덕목이 있다. 그 덕목 중에서 가장 기본이 되는 것은 인격이다. 인격이 공인의 자리에 이르지 못하면 하고 있는 일 역시 공익이 될 수 없다. 성직자도, 예술가도, 학자도, 정치인도… 다 마찬가지다. 이것이 평소 그의 지론이었다.

그런데 자신은 어떠한가? 지금 아내는 물론 자식들까지도 깊은 불행감 속에 빠져 있다. 그들이 불행감 속에 빠지게 된 직접적인 동기는 아내의 인간적 결함에 있지만 아내의 그 인간적 결함을 용서하지 못하는 결함은 자기 자신한테 있다. 박 교수가 괴로운 것은 바로 이 점이었다.

박 교수는 자신이 누이에 대해 병적인 애정을 가지고 있다는 것을 잘 알고 있다. 그것은 애정이라기보다 통증이라고 하는 것이 오히려 더 옳을지도 모른다. 환부에서 느껴지는 통증, 누이는 영원히 아물지 못하는 환부였다. 그러기 때문에 자기로서는 환부를 보호하려는 본능을 지켜올 수밖에 없었다. 그것을 아내는 이해하지 못했다. 이해하지 못할 뿐 아니라 환부를 싸안고 있는 심장을 도려내고 그 자리에 새 심장을 맞추어 끼도록 요구하고 있었다. 어리석게도.

박 교수는 들고 있던 담배를 재떨이에 비벼 끄고 자리에서 일어섰다. 가슴 밑바닥에서는 11월 오후 같은 쓸쓸한 바람이 불고 있었다. 한참 동안 쓸쓸함 속에 잠겨 있던 박 교수는 와이셔츠 주머니에서 담배 한 개비를 뽑아 입에 물고 성냥을 찾으려고 주위를 두리번거리다가 자신이 지금 막 담뱃불을 껐음을 생각해내곤 창가로 걸어갔다.

학기 초라서 그런지 교정을 오가는 학생들의 발걸음은 더욱 활기찼다. 녹음이 그대로 남아 있는 숲 위에는 9월의 양광이 쏟아져 내리고 있었다. 창가에 선 박 교수는 객석에 앉아 스크린을 바라보는 심정으로 창밖의 풍경을 바라보고 있었다.

그때 전화벨이 울렸다. 두 번, 세 번……. 전화벨 울리는 소리를 듣고 있던 박 교수는 천천히 몸을 돌려 수화기를 들었다.

"여보세요."

"죄송합니다만, 혹시 박동화 교수님 계십니까?"

"제가 박동화… 아, 선생님. 접니다. 제가 동화입니다."

"자네군. 내 목소리를 어떻게 그렇게 금방 알아듣는가?"

"선생님 목소리를 모를 리가 있습니까. 지금 계신 데가 어딥니까?"

"터미널일세."

"그럼 서울에 오셨다는 말씀입니까?"

"그렇다네."

"선생님이 어떻게 서울에 다 오셨습니까?"

"자넨 내가 서울에 오면 안 될 사람처럼 말하는구먼."

"서울에 오면 안 된다고 생각하시는 건 저희들이 아니라 선생님이죠."

저희들이라는 말을 쓰는 순간 그의 머릿속엔 연상 작용처럼 지효 스님 얼굴이 떠올랐다. 박 교수는 자신의 영상에 소스라치게 놀라며 얼른 머리를 흔들었다.

"자네들 머릿속엔 내가 서울 도피자로 남아 있는 모양이구먼."

수화기 너머로 최길성의 웃음소리가 들려왔다. 그도 자연스럽게 자네들이라는 복수 호칭을 쓰고 있었다.

"사실이 그렇지 않습니까. 그건 그렇고 무슨 용무로 오셨습니까?"

박 교수는 오래간만에 마음이 즐거워져서 얼굴에 웃음을 가득 담고 물었다.

"형규 결혼 문제로 왔네. 형규가 제대를 하고 오늘 서울로 온다고 해서 나도 때를 맞춰서 오는 길일세."

"그러시군요. 형규하고는 그럼 어디서 만나기로 하셨습니까?"

"선재사에서 만나기로 했네. 결혼 문제를 의논하려면 지효 스님이나 자네가 동석을 하는 게 좋을 것 같아서."

"네······."

박 교수는 수화기를 든 채 천천히 머리를 끄덕였다. 결혼 문제를 의논하는 자리에 당사자인 송강이 직접 나설 수는 없을 것이고······ 그렇다면 누님을 대신해서 자기가 의논 대상자가 될 수밖에 없을 것 같았다.

"자네 오늘 시간이 어떤가?"

"퇴근 후에는 괜찮습니다."

"퇴근은 몇 신데?"

"대학원생들 실험이 조금 늦게 끝나긴 합니다만, 일곱 시면 선재사에 도착할 수 있을 것 같습니다."

"그럼 그 시간에 와주게."

"네, 그렇게 하겠습니다."

"참, 융은 잘 있는가?"

"네."

"학교에서 만나게 되거든 내가 왔다고 일러주게."

"선생님이 당부를 하지 않으셔도 융을 만나면 제 입에서 먼저 그 말이 나올 것 같습니다."

"그런가? 그럼 저녁에 만나세."

최길성은 웃으며 전화를 끊었다. 박 교수도 만면에 웃음을 가득 담고 들고 있던 수화기를 전화기 위에 올려놓고 자신의 자리에 와 앉았다. 최길성 씨와 통화를 한 시간은 3분 정도였다. 창가에 서 있었던 시간을 2분 정도로 잡으면 도합 5분여의 시간밖에 지나지 않았는데 5분 전에 느꼈던 감정과 지금의 감정은 판이했다. 그때는 사면이 절망의 벽으로 막혀 있다고 생각했는데 지금은 탁 트인 문을 바라볼 때처럼 가슴이 시원해지면서 흥겹기까지 했다.

박 교수는 향기로운 술을 음미하듯 감정의 변화를 음미하면서 책상 위에 놓여 있는 보온 물통을 끌어당겨 뚜껑을 열었다. 그러자 좁은 주둥이로 흰 김이 모락모락 올라왔다. 박 교수는 더운물을 다관 속에 붓고 차가 우러나기를 기다리고 있었다. 물통은 미국에 있을 때 샀고 다관은 몇 년 전 인사동 거리를 지나다가 샀는데, 그 둘은 금실 좋은 부부처럼 늘 붙어 다니면서 하루에도 몇 번씩 향기로운 차를 만들어 주었다. 차가 우러나기를 기다리면서 박 교수는 어느 눈 오는 밤 종각 뒤에서 최길성 씨를 만났던 일을 생각하고 있었다.

며칠 동안 라면 한 젓가락 얻어먹지 못하고 광기 어린 눈으로 거리를 배회하고 있던 자기를 머리에 눈을 하얗게 이고 마주 걸어오던 최길성 씨가 발견하고서 선술집으로 데려갔다. 그는 거기서 골뱅이무침과 수육을 안주로 소주를 권했고 헤어질 때는 주머니를 털어 지폐 몇 장과 동전을 쥐여 주고, 그리고 입고 있던 코트를 벗어 어깨 위에 걸쳐 주고는 돌아갔다. 30년 가까운 세월 동안 자기가 몇 번이나 그때의 일을 생각했는지는 확실하지가 않다. 하지만 분명한 것은 미국서 공부할 때 종각 뒤에서 만났던 최길성 씨를 생각하고 혼자 운 적은 두 번 있었다.

다관 속의 차를 찻잔에 따르고 있는 박 교수의 손이 떨렸다. 지금 내 나이가 그때의 최길성 씨 나이는 된 것 같은데 나한테서도 그런 감동을 받은 사람이 있었을까? 혼자 이런 생각을 해 보던 박 교수는 머리를 저었다. 그런 사람이 있을 것 같지가 않았다. 아니 있을 리가 없었다. 자기는 지금까지 살아오면서 한 번도 그렇게 인간적으로 누구를 대한 적이 없었으니까.

박 교수는 찻잔을 들어 차 한 모금을 마셨다. 광기 어린 눈으로 거리를 배회하고 다녔던 지난날 자신의 모습을 떠올리자 누이의 임신 사실을 알고 짐승처럼 날뛰었던 모습도 떠올랐다. 그 절망의 순간에 태어난 아이가 송강이라니, 그리고 그 송강이 최길성 씨의 아들과 결혼을 한다니, 참으로 불가해한 일이었다. 불교에서는 전생을 얘기하고 숙명통을 얘기한다. 도를 닦아 숙명통을 얻으면 전생의 인연을 알게 된다는 것이다. 할 수만 있다면 정말이지 숙명통이라는 것을 얻어 불가해하게 얽혀 있는 인연의 고리를 확연하게 들여다보고 싶은 심정이었다.

박 교수는 빈 잔에 다시 차를 따라서 창가로 걸어갔다. 최길성 씨와 지효 스님을 만난다고 생각하니 가슴속에 설렘이 일었다. 설렘이 인다는 것은 그리움의 감정이 남아 있다는 얘기일 것이다. 그리움의 감정, 자신한테 아직 그런 감정이 남아 있다는 것이 고향을 간직하고 있는 것 같아서 행복했다. 박 교수는 들고 있는 찻잔을 기울여 차를 마시면서 창밖을 내다보았다. 9월의 양광은 여전히 푸른 숲 위에 눈부시게 쏟아지고 있었다. 박 교수는 창 앞에 펼쳐진 푸른 숲을 바라보며, 오래간만에 가는데 지효 스님한테 무슨 선물을 사갈까 하는 생각을 속으로 하고 있었다. 그런 생각을 하고 있는 그의 가슴은 행복했다. 마치 달콤한 공상 속에 잠겨 있는 소년처럼.

그때 대학원생 하나가 문을 밀고 들어왔다. 그는 창가에 서 있는 박 교수를 향해 꾸벅 머리를 숙이더니 곧바로 서가로 가서 자신이 필요로 하는 책을 찾기 시작했다.

"자네 혹시 융 못 봤나?"

박 교수가 몸을 돌리며 물었다.

"보진 못했습니다만 도서관 아니면 실험실에 있겠지요."

학생은 앉은 채로 안경을 밀어 올리며 대답했다.

"자네 그쪽으로 갈 일은 없나?"

"지금 실험실로 갈 겁니다."

"잘됐구먼. 가서 융을 만나면 도다가에서 아저씨가…… 아니, 내가 메모를 해주지."

도다가란 말을 하는 순간 학생이 어리둥절한 표정을 짓자 박 교수는 자신의 말을 정정하며 자리로 돌아왔다.

"그냥 제가 융을 교수님한테로 보내겠습니다."

"나도 지금 강의가 있으니 그러지는 말고… 이 메모를 전해주게."

박 교수는 메모지 한 장을 떼어서 몇 자 적었다.

도다가에서 최길성 아저씨가 오셨네.

지금 선재사에 계시니 가급적 일찍 집으로 가게. 나도 7시 경에 그리로 가겠네.

"자네가 꼭 맞게 와줬구먼. 고맙네."

박 교수는 메모지를 반으로 접어서 학생한테 건네주며 싱긋이 미소를 지었다. 실없이 자꾸 벌어지려는 입을 억지로 다물면서.

"그동안 편찮으시지는 않으셨습니까?"

인사를 끝낸 지효 스님은 최길성을 쳐다보다가 조용히 물었다. 머리가 하얗게 세서 그런지 그의 모습이 밤새 내린 서리를 맞고 가지에 드리웠던 잎을 하나하나 떨어뜨리고 서 있는 나무 같아 가슴이 아팠다.

"그럼요. 저는 잘 지냈습니다. 저보다 스님은 어떠셨습니까?"

"저도 별일 없이 바쁘게 살았습니다."

"여기도 이젠 절로 완전히 자리가 잡혔군요. 이렇게 하시기까지 얼마나 힘이 드셨습니까? 정말 장하십니다."

최길성은 진심으로 치하를 했다.

"……."

지효 스님은 자신에게 보내는 치하를 들으며 가만히 고개를 숙였다. 만감이 교차했다.

선재사를 맡은 5년여 동안 지효 스님은 분골쇄신이라는 말이 부끄럽지 않을 만큼 열심히 일했다. 노동이나 행상 등 막일을 하지 않으면 안 되는 여자들의 아이를 그동안 2백여 명 가까이 돌봐주었고, 두 다리 뻗고 누울 방이 없어서 낮이면 늘 집에서 쫓겨나야 하는 노인들도 상당수 와서 쉬게 해주었다.

그뿐 아니라 한 달에 네 번, 초하루와 보름, 관음재일과 지장재일엔 꼭 법회를 했고, 정성을 기울여 법회를 한 결과 법회에 참석하는 고정 신도도 3백 명 정도는 확보되었다. 지효 스님은 자신의 절에 오는 신도를 대상으로 생명 공경 운동을 폈다. 생명 공경 운동이야말로 부처님 마음과 보살님 마음을 익히는 가장 가까운 길이라고 생각하고 있어서였다.

부처님 마음과 보살님 마음이 어떤 경계인지는 물론 알 수가 없다. 하지만 그것이 생명을 공경하는 마음일 거라는 것은 어렴풋이 짐작할 수 있었다. 흔히 공경 하면 중생들이 부처님이나 보살님을 우러러 받드는 것으로 생각하지만, 지효 스님은 부처님이나 보살님이야말로 정말 지극한 마음으로 정성을 다해서 중생들을 받들어 공경하고 계신다는 것을 알고 있었다. 그것은 기도 때 체험한 확신 때문이었다.

지효 스님은 대중과 함께 새벽예불을 끝내고 나면 늘 따로 기도를 드렸다. 이 세상에 살고 있는 모든 사람이 삼악도에서 벗어나 보살서원 속에서 살아가기를 빌며. 그러고 나서 마지막으로 융을 성불시키겠다는 발원과 함께 천 배를 하는 것으로 모든 예불을 끝냈다.

자비와 광명의 본체이신 관세음보살님, 관세음보살님께 발원합니다. 저는 이생에서 제 생을 다 바쳐 융을 꼭 성불시키겠나이다.

이렇게 발원하면서 천 배를 다 드리고 나면 마음이 한없이 가벼워지면서 구도자로서의 자신의 마음을 새롭게 다질 수 있었다. 그날도, 그러니까 3년 전 음력으로 4월 15일 하안거 결제에 들어가기 위해 마음을 다잡고 부처님을 향해 한 배 한 배 정성을 다해 절을 하고 있는데, 어느 순간부터인가 수정 염주를 손에 감은 관세음보살님이 자기 뒤에 서서 합장을 하고 계신 모습이 보이기 시작했다. 마치 자신의 눈이 머리를 관통해 뒤까지 보고 있는 것처럼.

관세음보살님은 너무나 크셔서 자기는 그분의 발밑에 서 있는 기분이었는데, 놀랍게도 관세음보살님은 두 손을 가슴에 모으고 허리를 깊숙이 굽히신 채 자신을 향해 절을 하고 계신 게 아닌가. 공경심을 가득 담은 얼굴로 지극정성을 다해서.

그 순간 지효 스님은 온몸이 조여드는 것 같은 전율 속에 휩싸이며 그 자리에 가만히 서 있었다. 숨도 쉬지 못한 채로. 얼마만큼 그렇게 서 있자 관세음보살님은 조금씩 뒤로 물러나더니 마침내 자신의 모습을 완전히 거두어 가셨다. 지효 스님은 처음 자세 그대로 오랫동안 그 자리에 서 있었다. 참으로 신기했다. 관세음보살님은 분명 자기 뒤에 서 계셨는데 뒤에 서 계신 관세음보살님을 마치 앞에 서 있는 사람을 보는 것처럼 분명하게 볼 수 있었던 게 신기했다. 그리고 그분은 자신을 향해 깊숙이 허리를 숙이고 계셨는데 허리를 숙이고 계심에도 불구하고 그분의 표정을 생생히 읽을 수 있었던 것도 신기했다.

그날 이후 지효 스님은 커다란 의식의 전환을 가져왔다. 자신과 같은 중생이 우러러 공경하고 있는 대상이신 불보살님들이 실은 중생들보다 몇 천 갑절, 아니 뭐라고 비교해서 설명할 수도 없을 만큼 정성을 다해 중생을 공경하고 계신다는 것을 알았을 때의 놀라움, 그것은 환희였다. 지효 스님은 관세음보살님이 자신한테 합장하셨던 그 모습 그대로 마주하는 모든 사람한테 그렇게 합장하려고 애를 썼다. 불모(佛母)가 수련 기간에 부처님과 보살님 상호를 수만 장 수십만 장 모사하여 그려 내듯이, 지효 스님은 융한테, 이랑한테, 한 보살한테, 애기 보살들한테, 산동네 어머니들한테, 신도들한테, 신문을 돌리는 소년한테, 채소를 배달하는 아저씨한테…… 지극정성을 다해 합장 공경함으로써 그때마다 한 장의 모사품을 그려나갔다.

그렇게 몇 달이 지나면서부터 지효 스님 내면에는 변화가 오기 시작했다. 그것은 일체의 생명에 대한 공경심이 조금씩 깊어가는 것이었다. 자신이 두 손을 모아서 가슴에 얹고 지극한 공경심을 가지고 허리를 숙이면 실제로 상대방에 대한 공경심이 가슴속에서 차올라왔다. 그리고 그 공경심은 공경심으로만 끝나지 않고 기쁨과 감사함으로 이어져갔다. 지효 스님은 비로소 모든 사람을 부처님 대하듯 공경하라는 말의 의미를 이해할 수 있을 것 같았다. 물론 그 말은 일체의 생명엔 불성이 내재한다는 의미가 근간을 이루고 있겠지만, 그보다는 생명에 대한 공경심이야말로 부처님이나 보살님 마음이므로 공경심을 익히는 것은 바로 불보살님의 마음을 익히는 것이라는 뜻으로 받아들이고 싶었다.

지효 스님은 자신이 깨달은 이 진리를 법회 때마다 신도들한테 얘기했다. 하지만 그 말을 이해하는 신도들은 많지가 않았다. 사람들은 습관적으로 자기보다 높은 대상에 대해서만 공경심을 가지는 것으로 알고 있기 때문에 모든 사람에게 공경심을 가지라는 말을 받아들이지 못했다. 그런 가운데도 몇몇 사람들은 지효 스님의 말을 이해하고 있었다. 그 사람들이 바로 '뻘밭회' 회원들이었다. 그들은 자신과 인연지어진 사람들을 지극정성으로 공경함으로써 마침내 그들로 하여금 연꽃 한 송이를 피워내게 하고자 하는 원력을 세우고 함께 공부해가는 구도자들이었다. 그러기 때문에 지효 스님 자신으로서는 선재사에 와서 한 일 중에서 가장 보람을 느끼는 일이 있다면 그건 '뻘밭회'를 탄생시킨 것이라고 지금도 생각하고 있다.

"노장님 소식은 들었습니까?"

지효 스님을 물끄러미 바라보던 최길성이 물었다.

"두 달쯤 전에 인편으로 들었습니다."

지효 스님은 자신의 생각에서 벗어나며 조용히 대답했다.

"인편이라니요? 어느 인편에 들으셨습니까?"

"반초 스님하고 법운······."

하다가 지효 스님은 입을 다물었다. 법운 스님 얘기를 지금 이 자리에서 해야 할지 말아야 할지 얼른 판단이 서지 않아서였다.

"법운 스님이라면 향운 스님하고 가까우시다는 그 스님 말씀입니까?"

"네."

"그 스님이 토굴을 나오셨습니까?"

"네. 뜻하신 바가 있어서 서울로 오셨나 봐요."

"그러셨군요. 그럼 그 스님들이 노장님을 친견하셨다는 말씀입니까?"

최길성은 얼굴에 생기를 띠며 물었다. 백족화상 소식을 듣게 된 것이 몹시 반가운 모양이었다.

"네."

"어떻게 지내신다고 하던가요?"

"삼매에 들어 계신다고 하더군요. 그 스님들 말씀을 들어

보면 대삼매에 들어 계신 것 같습니다."

"대삼매에요……?"

최길성은 대삼매란 말을 천천히 따라했다. 삼매에 들어 계신 백족화상 모습을 머릿속으로 그려보고 있는 것 같았다.

"혹시 도다가에는 언제쯤 오신다는 기별이 없으셨습니까?"

"그런 기별은 없었습니다. 저는 노장님 소식도 지금 스님한테서 처음 듣고 있습니다."

"도다가에도 노장님이 너무 오래 떠나 계시면 안 될 텐데요."

"아무래도 그렇지요. 노장님을 중심으로 수좌들이 모이니까요."

"동안거 전에는 내려오셨으면 좋겠는데 어떻게 되실지 모르겠습니다."

"저희들 마음이야 그렇지만… 계획하신 공부를 마치고 내려오셔야죠."

"계획하신 공부라면 사선정(四禪定)을 이르는 말씀일까요?"

지효 스님은 조심스럽게 물었다.

"도의 문 앞에도 들어가 보지 못한 제가 그걸 어떻게 알겠습니까? 저로서는 노장님이 지금 무슨 공부를 하고 계신지 전혀 알 수가 없습니다."

"제 생각 같아서는 큰스님만큼만 공부가 깊어지면 아무 걱정도 없을 것 같은데 그 경지까지 이르러도 초조하기는 마찬가지인가 보죠?"

"더하시겠지요. 가야 할 길은 보이는데 거기까지 이르지를 못한다면 얼마나 초조하시겠습니까? 저처럼 길이 어디로 뚫렸는지도 모르는 사람이야 초조할 것도 없지만요."

두 사람은 가볍게 웃었다. 조금은 공허한 마음으로. 일생을 도를 찾아 헤맸는데도 아직 길이 어디로 나 있는지도 모른다니. 하지만 그 말에는 어폐가 있을 것이다. 길이 어디로 나 있는지도 모른다면 어떻게 길이 나 있음을 알았겠는가?

"세간정안품에 보면 무수한 보살님들이 서로 자리를 바꿔가며 나타나셔서 부처님의 지혜와 공덕을 찬탄하고 계십니다. 그 보살님들은 이미 보살행을 완성하였으므로 한번 진리를 말씀하시기 시작하면 종횡무진하여 설해도 설해도 다함이 없다고 합니다. 그리고 그 보살님들 속에는 보현보살이나 보덕지광보살 같은 뛰어난 보살도 계시는데, 불가해한 것은 그 보살님들도 부처님의 지혜나 공덕을 참말로 알고 계시지는 못하다는 것입니다."

"스님 말씀을 듣고 있으니 플라톤의 동굴 비유가 생각나는군요. 동굴 속에 있는 사람은 빛을 갈망하고 있지만 결코 빛 쪽을 향해 앉지는 않는답니다. 그는 빛이 들어오는 입구 쪽으로부터 등을 돌리고 앉아 빛의 희미한 그림자만 바라본다는 거죠."

"적절한 비유로군요. 우리도 매일 부처님 앞에 무릎을 꿇고 앉아 부처님 공덕을 찬탄하고 있지만 기실 우리가 찬탄하는 것은 부처님 자체가 아니라 아집의 안경으로 본 부처님의 그림자라 해야겠죠."

"……."

지효 스님 말을 듣고 있던 최길성은 천천히 머리를 끄덕였다. 공감하는 얼굴로. 아집의 안경이 두꺼우면 빛의 그림자는 더욱 희미해질 것이다. 반대로 아집의 안경이 얇으면 빛의 그림자는 그만큼 밝아진다. 하지만 아무리 밝아진다 해도 아집의 안경으로 보는 그림자인 이상 빛 그 자체일 수는 없다. 이 아집의 안경이 바로 중생의 숙업이다. 숙업 안에는 개인이 지은 업 외에 시대의 업, 역사의 업도 함께 녹아 있다. 그러기 때문에 숙업을 녹이는 일은 남극의 빙산을 녹이는 것만큼이나 어려운 일이다. 최길성은 숙업을 녹이기 위해 혈전을 벌이고 있는 백족화상의 모습을 다시 떠올리며 숙연한 감동 속으로 잠겨갔다.

"송강이도 최 선생님이 여기 오신 걸 알고 있습니까?"

지효 스님이 화제를 돌렸다.

"네. 서울로 오면서 전화를 하고 왔습니다."

"송강은 뭐라고 하던가요?"

"그냥 어른들의 결정에 따르겠다고 하더군요."

"그럼 송강이 쪽으로도 의논할 분이 있어야 할 텐데요."

"그쪽은 박 교수가 오기로 했습니다. 송강이하고 가장 가까운 친척은 박 교수니까요."

"그러시면 되겠군요."

지효 스님은 조용한 얼굴로 긍정했다.

"이랑이는 잘 있습니까?"

"네. 요즈음은 졸업 발표회 때문에 바쁜 모양입니다."

"스님한테 맡겨놓고 돌보지도 못해 죄송합니다. 용서해 주십시오."

최길성은 머리를 숙이며 진심으로 용서를 빌었다.

"……."

지효 스님은 그런 최길성을 물끄러미 쳐다봤다. 지금까지도 이랑을 친딸로 생각하고 있는 그가 너무나도 진실하게 느껴져서 가슴이 뭉클해졌다.

"졸업 후엔 뭘 하고 싶어 하던가요?"

"아직 그 문제에 대해선 깊이 이야기를 나눠보지 못했습니다만 유학을 갔으면 하는 것 같더군요."

"그런 생각을 하겠지요. 성악을 하려면 유명한 가수한테 사사를 받아야 할 테니까요."

"……."

"그 아이 뒤를 밀어줘야 할 텐데 그럴 힘이 없어서 괴롭습니다."

"유학 가는 사람이 다 부모님 힘으로 가는 건 아니니까 뜻을 가지고 있으면 자연히 이랑이한테도 그런 기회가 올 겁니다."

"그거야 그렇겠지요. 그리고 한 가지 궁금한 게 있는데 혹시 교제하는 사람은 없던가요?"

최길성은 딸의 장래를 걱정하는 아버지의 얼굴로 다시 물었다.

"아직 깊이 사귀는 사람은 없는 것 같습니다."

"좋아하는 사람도 없고요?"

"승찬이라고 융 친구가 이랑이를 좋아하고 있는데 이랑이는 별로 마음이 내키지 않는 모양입니다."

"융 친구라면 융하고 같은 학교 학생입니까?"

"네. 과는 다르지만 학교는 같습니다."

"양친은 다 계신답니까?"

"네. 승찬이는 삼 남매 중 장남인데, 아버지 되시는 분이 기독교 재단에서 운영하는 여학교 교장이라 하더군요."

"그만하면 조건은 괜찮은데…… 그 청년을 스님도 만나보셨습니까?"

"네. 여기에도 몇 번 놀러 왔었습니다."

"스님이 보시기엔 사람이 어떻던가요?"

"의협심도 강하고 책임감도 있고 괜찮은 청년입니다. 지나치게 국수주의적인 게 흠이라면 흠이라고 할까요."

"청년 시절에야 있을 수 있는 감정이지요. 그런데 이랑이는 왜 마음에 두지 않던가요?"

"글쎄요……."

지효 스님은 단적으로 말을 하기가 어려워서 그냥 대답을 얼버무렸다.

"혹시 그 아이가 융을 좋아하고 있는 건 아닙니까?"

최길성은 조심스럽게 물었다.

"네. 사실은 그렇습니다."

"역시 그렇군요."

최길성은 짐작을 하고 있었던 듯 천천히 머리를 끄덕였다.

"옆에서 보기가 좀 안타깝습니다. 마음도 아프고요. 하지만 저로선 옆에서 그냥 지켜볼 수밖에 없습니다."

지효 스님은 자신의 감정을 솔직히 털어놓았다.

"스님으로선 그러시겠지요."

최길성도 스님의 마음을 쉽게 이해해줬다. 지효 스님은 그런 최길성을 보며 내친김에 영옥의 얘기도 해버릴까 하는 유혹을 느꼈다. 이성으로 생각하면 영옥의 얘기는 말할 성질이 못 되고 또 해서도 안 되지만 이상하게 최길성을 만나는 순간부터 그 얘기가 하고 싶어졌다. 그건 일차적으로 최길성에 대한 믿음 때문이기도 했지만, 또 한편으로는 자기가 풀어야 할 숙제를 최길성에 의지해서 풀고 싶은 이기적인 감정이 작용하고 있어서였는지도 몰랐다.

영옥의 사건은 그다음 날 속보 형식으로 한 번 더 신문에 났다. 신문에는 잃어버린 세 살짜리 아들을 사건 현장에서 2km 떨어진 지점에서 찾았다는 기사와 함께 우리나라 산에 과연 호랑이가 서식하고 있는가에 대한 학자와 산악인들 간의 논쟁이 실려 있었다. 산악인 중에는 호랑이를 목격했다고 주장하는 사람도 더러 있는 듯했다.

속보를 본 이틀 후 지효 스님은 이랑을 설득하는 일을 포기하고 혼자 영옥이 있는 병원으로 찾아갔다. 지효 스님이 병원으로 들어서자 침대에 멀거니 누워 있던 영옥은 무심코 스님을 쳐다봤다. 지효 스님은 오래간만이기도 했지만 기구하게 살 수밖에 없는 그녀가 가여워서 손을 꼭 잡고 친구의 얼굴을 가만히 들여다보았다. 그러자 목젖이 자꾸 아파오면서 가슴이 고통스럽게 뛰었다.

그러나 영옥은 아무 표정 없이 처음 그대로 멀거니 누워 있었다. 의식은 있는데 사물을 분별하는 힘이 없었다. 그러기 때문에 지금 자기의 처지가 어떤 것인지, 부끄러워해야 하는지 슬퍼해야 하는지, 비난을 받아야 하는지 동정을 받아야 하는지를 모르고 있었다. 지효 스님은 기가 막혔다. 흔히 분별심은 망상의 근원이라 온갖 번뇌를 만들어간다 하지만 분별심이 일지 않는 마음자리에는 애정도 우정도 일지 않았다.

지효 스님은 자신이 영옥을 위해 무엇을 어떻게 해야 할지 알 수가 없었다. 다만 한 가지 분명한 것은 그녀를 서울로 데려가야 한다는 사실이었다. 영옥은 수도를 하기 위해 산을 찾은 수도자가 아니라 삶에 밀려서 어쩔 수 없이 여기 이 지점까지 오게 된 것이다. 그러기 때문에 그녀를 산에서 데리고 내려가야 한다는 것은 너무나도 분명한 일이었다. 더욱이 호랑이인지 살쾡이인지는 알 수 없지만 맹수의 습격까지 받으면서 살고 있었던 일을 생각하면 가슴속에 균열이 이는 것처럼 아팠다. 지효 스님은 영옥의 앞으로 몸을 기울여서 환자복 앞자락을 잡아주며 말했다.

"영옥아, 나하고 서울로 가자."

"……."

그러자 영옥은 말없이 고개를 저었다. 싫다는 의사 표시였다. 지효 스님은 그런 영옥을 의아한 얼굴로 바라보았다. 싫다는 감정도 분별하는 마음일 텐데 그 감정만은 분명히 가지고 있었다. 지효 스님이 어리둥절해하고 있을 때 간호사가 꼬마를 안고 들어왔다. 아들을 본 순간 영옥의 얼굴은 환하게 살아났다. 시든 채소 위에 물을 끼얹으면 그 채소가 삼투작용에 의해 도로 싱싱해지는 것과 꼭 같았다. 지효 스님은 그런 영옥을 물끄러미 내려다보았다.

아이를 받아 안은 영옥은 스르르 눈을 감았다. 행복의 삼매 속으로 잠겨 들면서. 그런 그녀는 자기 모습을 친구가 보고 있다든가, 아이를 얻게 된 경위를 설명해야 한다든가, 이랑을 염두에 두고 겸연쩍어해야 한다든가 하는 통상적인 감정은 전혀 가지고 있지 않았다. 지효 스님은 그런 영옥을 한참 동안 바라보다가 밖으로 나왔다. 담당 의사를 만나 봐야겠다는 생각을 하면서.

지효 스님과 진지하게 대화를 나누던 의사는 결론을 내려주었다.

"지금 상태에서 환경에 새로 적응해야 하는 부담감을 안겨 주는 것은 무립니다."

지효 스님은 그의 의견을 받아들이기로 하고 치료비 청구서를 보내주면 치료비를 송금하겠다는 약속을 하고 돌아섰다. 서울로 돌아오는 기차 안에서 지효 스님은 간호사들이 하던 말다툼을 생각하고 있었다. 한 간호사는 아이가 제 발로 걸어서 2km 지점까지 갔을 거라고 우겼다. 만약 호랑이든 뭐든 짐승이 물고 갔다면 2km나 가서 아이를 버렸을 리가 없다는 것이었다. 그리고 아이 몸에는 짐승이 물고 갔음직한 이빨 자국이 없지 않느냐고 반문했다. 다른 간호사는 위험에 직면하면 할수록 아이는 엄마 품을 떠나지 않는 게 상례이고, 또 세 살밖에 안 된 아이가 어떻게 잡풀과 잡목이 우거진 산길을 2km나 걸어갈 수 있겠느냐는 것이었다.

어느 쪽이 정답인지는 아무도 모르지만 아이는 등산객에 의해 발견될 때까지 종아리와 가슴에 긁힌 자국이 조금 있을 뿐 외형으로는 말짱했다고 한다. 지효 스님은 비껴가는 차창 밖을 내다보며 작은 새 같던 아이와 그 아이를 가슴에 안고 행복의 도취감에 잠겨 들던 영옥의 모습을 떠올렸다. 그 모습은 곧이어 아득한 옛날에 어머니와 딸을 데리고 작은 아파트에서 살던 삭막한 영옥의 모습으로 바뀌었다.

"너 정말 왜 이러니? 왜 우리 엄마 속옷까지 빨고 이래?"
"……."
"나가. 매일 이런 꼴 보여주려거든 나가."
"……."
"머리 기르지 않으려거든 이거라도 뒤집어써. 절에서 쫓겨난 게 무슨 자랑이라고 여태껏 중 흉내 내니?"

서랍장 속을 있는 대로 빼서 속을 들쑤시다가 털모자 하나를 찾아들고 욕실로 와 자신 앞에 팽개치며 악을 쓰던 옛날 영옥의 모습을 떠올리는 지효 스님의 뺨 위로 눈물이 주르르 흘러내렸다. 지효 스님은 자신의 눈물을 옆에 앉은 사람한테 보이지 않으려고 창 쪽으로 고개를 돌렸다. 그러나 눈물은 걷잡을 수 없이 자꾸 뺨을 타고 흘러내렸다.

나는 왜 영옥을 붙들고 실컷 울지도 못하고 왔을까?

나는 왜 영옥이 나를 붙들고 실컷 울게 하지도 못하고 왔을까?

지효 스님은 눈물 속에 어른거리는 바깥 풍경을 바라보며 깊은 회한 속으로 잠겨 들었다.

"이랑이는 몇 시쯤 들어옵니까?"

묵묵히 고개를 숙이고 앉아 있던 최길성이 물었다.

"일정하지는 않습니다만 오늘은 일찍 올 겁니다. 최 선생님 전화받고 바로 아르바이트를 하고 있는 학생 집에 연락을 해봤으니까요."

영옥의 일을 생각하고 있던 지효 스님은 자신의 생각을 떨쳐버리며 대꾸했다.

"아르바이트를 한 지는 오래됐습니까?"

"2학년 때부터 계속하고 있습니다."

"그랬군요."

최길성은 조용히 머리를 끄덕였다.

"아드님은 언제 오기로 했습니까?"

지효 스님은 화제를 돌렸다.

"형규 말입니까?"

최길성이 쳐다봤다.

"네."

"시간 약속은 하지 않았지만 늦지 않아서 오겠지요. 제 혼인 일로 모두 모인다는 걸 알고 있으니까요."

그때 보도블록을 밟고 오는 하이힐 소리가 들려왔다. 지효 스님은 긴장하며 바깥소리에 귀를 기울였다. 발소리가 점점 더 가까이 다가오더니 곧이어 현관문 열리는 소리가 들려왔다.

"이랑이가 온 거 같은데요."

지효 스님이 문 쪽을 내다보며 말하자 최길성은 반사적으로 자리에서 일어섰다.

"그래요?"

"아빠."

현관에 놓여 있는 흰 고무신을 본 이랑이 최길성이 왔음을 확인하고 급히 거실로 올라오자 최길성도 급히 거실로 나갔다.

"이랑이 왔구나."

"아빠."

가방을 어깨에 멘 이랑은 잠시 걸음을 멈추고 서서 백발이

성성한 최길성의 머리를 바라보다가 그의 목을 확 끌어안았다.

"아빠, 보고 싶었어요."

"나도 네가 보고 싶었다."

최길성도 이랑의 어깨를 꼭 껴안으며 나직이 말했다.

"전 아빠를 잊은 적이 없어요. 언제나 아빠 생각을 하며 살았어요."

이랑은 최길성의 가슴에 얼굴을 묻으며 흑흑 흐느껴 울기 시작했다.

"고맙다."

최길성의 눈에도 조금씩 눈물이 고였다.

"세상 사람들이 모두 아빠를 버려도 전 아빠를 가슴속에 모시고 살아요. 아빠도 그걸 알고 계셔야 해요."

"안다. 아빠가 그걸 왜 모르겠니?"

최길성은 조용히 머리를 끄덕였다. 주름진 뺨 위로 흘러내린 눈물이 그가 입고 있는 회색 법복의 넓은 깃 위로 방울방울 떨어졌다.

"……."

지효 스님은 진한 감동 속에서 두 사람의 해후를 지켜보고 있었다. '세상 사람들이 모두 아빠를 버려도'라는 말은 엄마를 두고 하는 말이었을 것이다. 이랑의 어깨를 두 팔로 꼭 껴안은 최길성을 쳐다보고 있던 지효 스님은 영옥의 얘기를 저분한테

해야겠구나 하는 쪽으로 마음을 굳혀갔다. 그들 사이에 교류되는 정은 세속적 인연을 초월하고 있다는 느낌 때문이었다.

"그럼 결혼 날짜는 10월 13일로 정하세. 일진도 좋고 마침 일요일이라 하객들한테도 별 불편이 없을 것 같으니 말일세."

최길성이 박 교수를 돌아다보며 말했다.

"알겠습니다. 그렇게 하죠."

박 교수의 대답이 끝나자 고개를 숙이고 있던 융이 창백해진 얼굴로 가만히 박 교수를 쳐다봤다. 그런 그의 얼굴은 더욱더 창백해지더니 마침내 무릎 위에 올려놓은 손까지 하얗게 피가 걷혀갔다. 이랑은 그런 융의 표정을 숨을 죽이며 지켜보고 있었다. 송강과의 정사 장면을 지켜보고 있는 기분으로. 그러고 있는 그녀의 가슴엔 서서히 비수가 꽂혔고 비수가 꽂힌 그 자리에선 질투의 피가 흘러내리기 시작했다.

"날짜는 결정이 됐고 이번에는 장소하고 주례 문제를 상의하세."

"그럼 장소부터 상의하죠. 장소는 강릉하고 서울 중에서 한 곳을 택해야 할 텐데 스님은 어디가 좋으시겠습니까?"

박 교수가 지효 스님을 돌아다보며 물었다. 묻고 있는 그의 얼굴엔 신뢰로 이어지는 따뜻함이 깊게 배어 있었다.

"이 일은 두 분이 상의하시죠. 저야 뭐…….."

지효 스님은 사양했다.

"스님도 이 자리에 동석을 하고 계시니 의견을 말씀하실 의무가 있습니다."

최길성도 웃으며 스님을 대화 속으로 끌어들였다.

"식장도 보통 양가의 편의에 따라 정하는 것 같던데 어느 쪽이든 편한 쪽을 택하는 게 좋겠지요."

지효 스님은 두 사람을 번갈아 쳐다보며 대답하다가 박 교수 옆에 앉은 융과 시선이 마주치는 순간 몹시 당황하며 입을 다물었다.

"양가라고 해봐야 신랑 쪽은 연고지가 없는 거나 진배없으니 신부 쪽 편의를 따르도록 하세."

"그럼 강릉으로 정하시겠습니까?"

"그러는 게 좋겠네. 하객들도 그쪽이 훨씬 더 많을 테니까."

"좋습니다. 장소도 결정이 됐고, 이제 주례 문제만 남았군요. 주례는 누구를 세우시는 게 좋겠습니까?"

"자네 생각은?"

"글쎄요. 전 아직 그 문제를 생각해 본 일이 없어서 뭐라고 말씀드릴 수가 없는데요."

"그렇다면 내 생각부터 얘기하지. 혼자서 가끔 욕심을 부려 봤는데……."

최길성은 약간 겸연쩍은 표정을 지었다.

"가능하다면 백족화상을 모시고 싶네."

"그렇게 하시는 게 좋겠군요. 양가의 인연으로 봐서도 그렇고 당사자들을 위해서도 그렇고요."

박 교수는 흔쾌히 동의하며 무심히 융 쪽으로 고개를 돌렸다. 그러던 그는 자신을 바라보고 있는 융의 절망적인 시선과 마주치는 순간 내가 실수를 했구나 하는 생각을 했다. 박 교수가 몹시 난감한 표정을 짓자 최길성도 융 쪽으로 고개를 돌렸다. 그러던 그도 박 교수와 거의 같은 생각을 하며 난처해했다.

"융, 바쁜 일 있으면 나가서 볼일을 봐. 식사 시간이 되면 연락할게."

지효 스님이 궁여지책으로 이렇게 안을 냈다.

"네."

융은 조용히 자리에서 일어나 밖으로 나갔다. 융이 나가자 방 안에는 잠시 어색한 분위기가 감돌았다.

"하던 얘기니까 마저 끝을 내시지요. 백족화상이 주례서는 일을 승낙해 주실까요?"

어색한 분위기를 깨고 박 교수가 먼저 입을 열었다.

"그거야 우리가 말할 수 없겠지."

"그럼 어떻게 하시겠습니까? 가부를 알아야 계획을 세우지요."

"주례 문제는 스님이 한번 알아봐 주십시오. 스님 주위에 노장님 계신 토굴을 아는 분이 계신다고 하니까요."

최길성이 조심스럽게 제안했다.

"그렇게 해보겠습니다. 그 스님들하고 연락이 닿을지는 모르겠습니다만."

지효 스님은 자신이 맡은 임무를 어떤 방법으로 이행할까 하는 생각을 속으로 해보면서 대답했다. 백족화상이 기거하고 계신 토굴을 아는 분은 반초 스님과 법운 스님인데, 반초 스님은 본인이 찾아오지 않으면 연락할 길이 없고 법운 스님은 포교당 개설을 앞두고 기도 중에 계시기 때문이었다.

"스님 대답이 너무 막연하신데요. 10월 13일이라고 해봐야 한 달밖에 여유가 없지 않습니까?"

박 교수가 미진해하는 표정을 짓자 최길성이 결론을 내렸다.

"한 달이라는 시간 여유가 있으니까 그 안에 스님이 방법을 강구해 보시겠지."

"……."

박 교수는 그런 최길성을 보며 싱긋이 미소를 지었다. 술이 반 담긴 술병을 보고 아직 술이 반 남았다고 말하는 사람과 이제 술이 반밖에 남지 않았다고 말하는 사람의 비유가 생각나서였다.

"말씀을 더 나누십시오. 저는 저녁 준비가 어떻게 되었는지

나가보고 오겠습니다."

지효 스님은 가볍게 머리를 숙이고 밖으로 나갔다. 스님의 발소리가 멀어지자 박 교수도 자리에서 일어섰다.

"담배도 한 대 피울 겸 저도 융 방에 잠깐 다녀오겠습니다."

"그러게."

최길성은 앉은 자세 그대로 머리를 끄덕였다. 설명하지 않아도 그가 왜 융한테로 가려 하는지를 알고 있어서였다. 이랑은 입을 꼭 다문 자세 그대로 앉아서 그들의 대화, 그들의 표정, 그들의 마음을 지켜보고 있었다. 이랑은 지금 이 자리에서 융과 같은 부피의 상처를 받고 있는데 융은 보호를 받지만 자신은 그렇지를 못했다. 그렇지 못하다는 사실조차도 아무도 알고 있지 못했다.

"이제 우리 둘만 남았구나. 우리 얘기 좀 하자."

침묵을 지키고 앉았던 최길성은 이랑을 돌아다보며 부드럽게 말했다.

"⋯⋯."

이랑은 입을 다문 자세 그대로 최길성을 쳐다봤다. 어머니 얘기를 하고자 한다는 것을 직감으로 느끼면서.

"너는 어머니 일을 어떻게 생각하니?"

최길성이 다시 부드럽게 물었다.

"무엇을요?"

이랑은 도전하듯 되물었다.

"어머니 일을 말이다. 지금 처해 있는 입장이 딱한 것 같은데 한번 가보지 않겠니?"

"처해 있는 입장이 딱한 건 아빠도 마찬가지 아니에요? 저도 그렇고요."

"보는 관점에 따라서 그렇기도 하겠지. 하지만 우린 건강하잖니?"

"아이 데리고 산에서 내려올 정돈데 아빠가 왜 그쪽 건강을 걱정하세요?"

이랑은 엄마라는 호칭을 일부러 빼고 약간 비꼬는 투로 물었다.

"그래, 엄마한테는 정말 안 갈 거니?"

최길성은 이랑의 감정을 모른 체하며 다시 물었다.

"네, 전 안 가요."

이랑은 잘라 대답했다.

"그렇다면 나라도 갔다 와야겠구나."

최길성은 혼잣말처럼 말했다.

"……."

이랑은 그런 최길성을 경멸하는 눈으로 바라보았다. 너무나 자존심이 없어 보여서였다.

"형규가 생각보다 늦구나. 혹시 연락 같은 건 없었니?"

최길성은 담담한 얼굴로 화제를 돌렸다.

"그냥 오늘 온다는 편지만 받았어요."

이랑은 감정을 빼고 사무적으로 대답했다.

"몇 시에 온다는 말은 없고?"

"네."

"박 교수 가기 전에 와야 할 텐데……."

최길성은 시계를 찾는 듯 거실 벽을 내다보며 중얼거렸다.

"제가 나가볼게요."

이랑은 자리에서 일어서며 말했다.

"나가다니, 어디로?"

최길성이 고개를 들며 물었다.

"요 앞에요."

이랑은 턱으로 대문 쪽을 가리키고 밖으로 나왔다. 밖으로 나오자 견딜 수 없는 배신감이 느껴졌다. 지효 스님에 대해서도, 융에 대해서도, 아버지인 최길성에 대해서도. 세 사람에게서 느껴지는 배신감은 꼭 같았다. 이랑은 원피스 주머니에 손을 넣고 천천히 정원을 걸어 나왔다. 지효 스님이나 융이라면 몰라도 나는 왜 아버지한테까지 배신감을 느끼고 있는 것일까 하는 자문을 하고 또 하면서.

한참 동안 그 생각 속에 잠겨 있던 이랑은 쓸쓸히 웃었다. 자기는 유일한 사랑을 하고 있는 데 반해 아버지인 최길성은 보편적인 사랑을 하고 있다는 생각이 들어서였다. 자기가 아버지한테 바치는 사랑은 유일한 것인데 아버지는 그렇지가 않았다. 그는 융이나 송강을 사랑하듯, 지효 스님이나 박 교수 그리고 어머니를 사랑하듯 그렇게 자기를 사랑하고 있었다. 그러기 때문에 자기로서는 아버지의 그 사랑을 받아들일 수가 없었다. 아니, 용서할 수가 없었다.

이랑의 가슴속은 황량해졌다. 모두 손안에 따뜻한 줄 하나씩을 잡고 있는데 자신의 손안에는 그런 것이 없었다. 이랑은 눈 안에 고여 드는 눈물을 흘리지 않으려고 고개를 들었다. 그러자 하늘에 떠 있는 하얀 달이 눈에 들어왔다. 깜깜한 하늘에는 보름달에 가까운 둥근 달이 높다랗게 떠 있었다. 이랑은 고개를 쳐든 자세 그대로 오랫동안 하늘에 떠 있는 달을 바라보았다. 그러고 있는 그녀 가슴속은 더욱 아리고 쓰렸다.

"이랑아."

등 뒤에서 최길성의 목소리가 들려왔다.

"……."

이랑은 고개를 돌리고 뒤를 돌아다보았다.

"왜 여기 혼자 있니?"

최길성은 몇 발자국 더 걸어와서 이랑 앞에 마주서며 나직한 소리로 물었다.

"……."

이랑은 대답 없이 고개를 숙였다.

"여기가 조용해서 좋구나. 우리 하던 얘기를 조금 더 하자."

"……."

"나는 내일 아침 일찍 도다가로 돌아가려고 한다. 가는 길에 너의 어머니한테 잠시 들러볼 생각이다."

"……."

이랑은 숙였던 고개를 들고 반감을 나타내며 최길성을 쳐다봤다.

"아빠는 너하고 가까운 사람이 불행해지는 걸 원하지 않는다. 네가 여기서 더 고통을 받아서야 되겠니?"

최길성은 영옥을 찾아가려는 자신의 심정을 조용히 설명했다. 그의 목소리는 너무나도 진실해서 마치 향기처럼 가슴속으로 스며들었다.

"……."

이분의 사랑은 바다 같다. 깊이를 헤아릴 수 없는 바다 같다. 이랑은 아무 말도 못 하고 최길성을 쳐다보며 이런 생각을 하고 있었다. 감동이, 뭐라고 표현할 수 없는 감동이 가슴속을 꽉 메웠다. 그리고 그 감동은 경건함으로 이어졌다. 그것은 인간이 인간에게 바칠 수 있는 지고의 공경심이었다.

10장

Udambara

"쇠불알 떨어지면 구워 먹을라꼬 다리미에 불 담아가지고 다닌다카더니 자네가 꼭 그 짝이구마."

향운 스님은 앞에 앉은 청년을 보며 나무라는 투로 말했다. 저녁예불을 막 끝낸 듯 그의 어깨 위에는 자주색 반가사가 걸쳐져 있었고 예닐곱 명 정도의 젊은 남녀들이 스님을 둘러싸고 앉아 화기애애한 분위기로 담소를 나누고 있었다.

"어머 스님, 스님 입에서 어떻게 그런 징그러운 말이 나올 수 있어요?"

옆에 앉은 여학생이 상을 찡그리며 스님을 쳐다보았다.

"내가 틀린 말 했나? 학교를 마쳤으면 취직을 하든지 장사를 하든지 해야제, 언제 갈지도 모르는 유학 땜에 두 손 놓고 들어앉은 게 그래 잘하는 짓이가?"

"스님, 너무 그러지 마십시오. 진용이도 그럴 만한 사정이 있어서 그러는 겁니다."

옆에 앉은 친구가 대신 변명을 했다.

"사정이야 있겄제. 죽은 사람 붙들어놓고 왜 죽었느냐고 물으면 그 사람들도 다 대답할 말이 있다카이. 허지만 그 사정이라카는 게 노모 고생시키는 거허고 바꿀 수 있겠나?"

향운 스님은 변명을 해준 친구를 돌아보며 물었다. 묻고 있는 그의 시선은 약간의 노기마저 띠고 있었다.

"……."

별생각 없이 친구를 두둔해주던 청년은 스님이 의외로 강경한 반응을 보이자 할 말을 찾지 못하고 머쓱해했다.

"사람은 현실 속에서 살아야 하는기라. 그래야 후회할 일도 그만큼 적어지는기라."

향운 스님은 음성을 낮추고 독백하듯 말했다.

"스님이 현실 속에서 살라고 하니 너무 이상해요."

먼저 여학생이 이의를 제기하자 향운 스님이 왕방울 같은 눈을 치켜뜨며 쳐다봤다.

"와?"

"스님 자신도 현실 속에서 살고 계시지 못하면서 그런 말을 하시니까 그렇지요."

"내가 와 현실 속에서 살고 있지 못하노?"

"아이 참, 스님은 출가하셨잖아요. 그런데 무슨 현실이 있어요?"

"요 맹꽁이 같은 거 봤나. 그럼 중한테는 현실이 없단 말인가?"

"스님한테 무슨 현실이 있어요?"

"현실이 없으면 그럼 중은 공중에 떠서 사나?"

"안 그러세요, 그럼?"

"내가 비행기가, 새가? 공중에 떠서 살게."

향운 스님이 고개를 앞으로 쭉 내밀며 여학생 얼굴을 쳐다봤다. 그러자 좌중이 일시에 웃음을 터뜨렸다.

"스님한테 한 가지 꼭 물어보고 싶은 게 있는데 말씀해주실 거죠?"

스님 옆에 앉은 다른 여학생이 스님의 팔을 잡으며 응석을 부리듯 물었다.

"뭔데?"

"꼭 대답해 주신다고 약속하면 물어볼게요."

"그거사 들어봐야 알제. 들어보지도 않고서 내가 그 약속을 우째 하노."

"그럼 여쭤볼게요. 스님은 어떻게 해서 스님이 되셨어요?"

"중한테 중이 된 얘기 묻는 거는 여자한테 나이 묻는 거맨치로 실렌기라."

"저한테 나이 물어도 괜찮으니까 스님 되신 얘기 좀 해주세요."

여학생은 다시 떼를 썼다.

"너한테 내가 좀 물어보자. 그게 와 궁금하노?"

"전 궁금해 죽겠어요."

"와?"

"전혀 스님 되실 분 같지 않은 분이 스님이 되셨으니까 그렇지요."

"내가 그렇게 보이나?"

"네."

"우째서?"

"그냥요. 그냥 그렇게 느껴져요."

"그건 니가 사람 볼 줄을 몰라서 그런기라."

"아닙니다. 저희도 동감입니다."

한 남학생이 거들었다.

"동감이라고?"

"네. 저희 생각도 영란이하고 같습니다."

"내가 중 된 지가 이십 년이 훨씬 넘었다. 그란데도 아직 중물이 안 들어 보이나?"

향운 스님은 심각한 얼굴로 남학생을 쳐다봤다.

"그게 아니고요."

질문을 던진 여학생은 어떻게 말할까 잠시 고민스러운 표정을 지었다.

"사람은 각자 형이 있잖아요. 그런데 스님은 아무리 봐도 스님 형은 아니거든요."

"그럼 니 눈에는 내가 무슨 형으로 보이노?"

"제 눈에는요, 꼭 대부(代父) 주인공처럼……."

하다가 여학생은 얼른 한 손으로 입을 가렸다.

"대부 주인공이라면 갱 영화 두목 말이가?"

"죄송해요, 스님. 저도 모르게 말이 헛나갔어요."

여학생은 당황해하며 얼굴이 빨개졌다.

"말이 헛나간 게 아니고 니가 바로 쪽집게 보살이다."

향운 스님은 조금도 불쾌해하지 않으며 여학생의 말을 긍정했다.

"그럼 제가 바로 본 거예요?"

여학생은 자신의 직관이 신기한 듯 되물었다.

"하머. 그때 중이 안 됐으면 지금쯤 틀림없이 깡패 두목이 돼 있을 기라."

"깡패 두목하고 스님은 극과 극인데 한 사람한테서 양극의 두 가지가 어떻게 가능해요?"

"인연에 따라선 가능할 수도 있제. 내가 그 본보기 아니가."

"그렇게 말씀하시니까 더 듣고 싶어요. 스님, 어떤 인연으로 스님이 되셨어요?"

"내 중 된 얘기가 그렇게 궁금하나?"

"네. 사실은 스님을 처음 뵐 때부터 그게 궁금해서 죽을 뻔했어요."

"그렇다면 해줘야지. 안 해주면 니가 죽을지도 모른께."

향운 스님은 이렇게 말하고 나더니 헛기침을 두어 번 했다. 아직도 무심한 마음으로는 자신의 얘기를 할 수 없는 모양이었다.

"내 어렸을 때 이름은 명길이었는데……."

정학과 휴학을 반복하면서 고등학교를 겨우 마친 명길은 자연스럽게 뒷골목 인생으로 자리를 굳혀갔다. 그는 환락가 주위를 맴돌면서 패싸움, 청부싸움, 대리싸움을 업으로 삼았고 그럼에 따라 주먹계에서도 '다크호스'란 별명으로 부상하게 되었다. 이러한 생활을 하는 동안 집과는 완전히 인연을 끊고 살았다. 부모를 뵐 면목도 없었지만 뵙고 싶지도 않았다. 그건 부모 쪽에서도 마찬가지였다. 이미 자신들의 한계 밖으로 튕겨 나간 자식이었기 때문에 그들로서는 아들에 대해 속수무책일 수밖에 없었다. 그래서 아들을 만날 염도 만나고 싶다는 생각도

낼 수가 없었다.

    자식이 타락의 늪으로 치달아가는 것을 지켜보면서도 아무 영향력을 미칠 수 없었던 명길 아버지는 끓어오르는 부아를 누를 길이 없어 매일 폭음을 했다. 그리고 폭음을 하고 나면 반드시 아내한테 주정을 했다. 주정의 레퍼토리는 일정했다. 첫째는 못된 아들을 낳은 죄, 둘째는 자식 교육을 잘못 시킨 죄, 셋째는 아들을 서울로 보내자고 처음 안을 낸 죄. 이 죄는 모두 아내의 몫이었고 자신은 처음부터 그 죄와는 무관했다.

    이렇게 되자 명길 어머니는 점점 깊은 우울증 속으로 빠져들었다. 아들의 타락과 비례해서, 남편의 횡포와 비례해서. 그러던 그녀는 어느 봄날 밤 다량의 수면제를 먹고 자기로서는 도저히 용서할 수 없었던 아들과 남편을 이승에 남겨둔 채 홀로 저세상으로 떠나갔다. 그것은 아들이 고등학교를 마치고 본격적으로 어둠의 세계에 뛰어든 지 1년 후쯤의 일이었다.

    명길이 어머니의 부음을 전해들은 것은 장례를 치르고도 열흘 가까운 시일이 지나서였다. 그날도 다른 날과 마찬가지로 느지감치 자리에서 일어난 명길은 아침 겸 칵테일이나 한 잔 마시려고 단골 카페로 나갔다. 그런데 거기에는 놀랍게도 삼촌이 앉아 있지 않은가. 그는 자신이 올 것을 미리 대기하고 있었던 듯 출입문 옆에 자리를 잡고 앉아 출입문을 쏘아보고 있었다. 삼촌과 눈이 마주친 명길은 순간적으로 도망을 칠까 하는 생각도 했지만 차마 그러지는 못하고 그의 앞자리에 가 앉았다.

"짐승도 죽음 앞에서는 본능적으로 느껴지는 게 있다카던데 너는 부모가 세상을 떴는데도 아무것도 느껴지는 게 없드나?"

삼촌은 한참 동안 명길을 노려보다가 경멸하는 감정을 노골적으로 드러내며 물었다.

"……."

명길이 무슨 말인지 알아듣지 못하고 어리둥절해하자 삼촌은 침을 뱉듯이 내뱉었다.

"예끼, 짐승만도 못한 놈."

그날 명길은 삼촌으로부터 어머니가 돌아가시게 된 경위를 상세히 들었다. 그리고 장례를 치르기에 앞서 가족이 총동원되어 자신을 찾아 나섰다는 얘기도 상세히 들었다. 삼촌은 이러한 일들을 다 설명하고 나서 '부모가 마지막 가는 길에 얼굴 한 번 보여주지 않은 불효막심한 놈'이라는 말로 결론을 내렸다.

명길은 그다음 날 삼촌한테 이끌려 어머니 위패가 모셔져 있는 문수사로 갔다. 문수사 법당 안에는 검은 리본에 싸인 어머니 사진이 놓여 있었다. 명길은 사진 앞에 꿇어앉아 사진을 가만히 올려다보았다. 그러고 있는 그의 머릿속에선 '저분은 나에 의해 살해되었다' 하는 생각이 떠나지 않고 있었다. 어머니가 아들인 자신에 의해 살해되었다는 생각은 자신이 어머니를 살해했다는 생각하고도 달랐다. 그런 생각을 하자 명길은 비로소 자기 자신에 대해 진저리가 쳐졌다. 그래서 얼른 자리에서 일어나 밖으로 나왔다. 자기는 어머니 영가 앞에 무릎을 꿇고 앉아 있어서도, 그 앞에 엎드려 울며 용서를 구해서도 안 된다는 것을 알았기 때문이었다.

밖으로 나온 명길은 자신의 몸을 바위 위에 올려놓고 짓찧고 싶어졌다. 아니, 짓이기고 싶어졌다. 그런 충동에 휩싸이자 온몸의 피가 심장으로 몰리면서 심장이 터질 것처럼 아파왔다. 명길은 법당 층계에 서서 이러지도 저러지도 못하고 있었다. 삼촌은 주지 스님을 만나겠다고 하면서 어딘가로 들어가더니 아직도 볼일이 끝나지 않았는지 모습을 보이지 않았다.

그때 사천왕문 안으로 어떤 스님이 걸어 들어왔다. 그 스님은 백미가 가득 담긴 바리(사천왕문이니 바리니 하는 말은 훨씬 후에 안 말이지만)를 오른손으로 높이 들고 시선을 자신의 눈높이보다 조금 아래에 둔 채 천천히 안으로 걸어 들어왔다. 그 스님을 보는 순간 이상하게 '저 스님은 성자 같다'라는 생각이 들었다. 영화에서 본 성자 모습이 떠올랐는지, 사진에서 본 성자 모습이 떠올랐는지 그건 그로서도 알 수가 없었다.

사천왕문으로 들어온 스님은 법당 뜰을 지나 법당 뒤에 있는 대숲 속으로 걸어 들어갔다. 법당 층계에 서서 넋을 잃고 스님의 모습을 바라보던 명길은 자신도 모르게 층계를 내려와 스님이 들어간 대숲 속으로 따라 들어갔다. 대숲 속에는 산으로 오르는 오솔길이 나 있었고 오솔길 저쪽에는 그 스님이 먼저 모습 그대로 백미가 담긴 바리를 오른손으로 높이 들고 천천히 산길을 오르고 있었다. 넋을 놓고 스님의 뒷모습을 바라보던 명길은 스님을 따라 오솔길을 올라갔다. 잡목 사이로 난 오솔길은 거의 같은 넓이로 끝없이 이어져 있었다.

알 수 없는 힘에 이끌리며 십 리쯤 그렇게 산길을 올라갔을 때 갑자기 시야가 확 트이면서 편편한 산등성이가 나왔다. 명길은 산등성이에 서서 주위를 두리번거렸다. 푸성귀를 심은 듯한 작은 채마밭과 함께 사면이 흙벽으로 된 토굴이 나왔다. 토굴 앞에 선 명길은 어떻게 할까 망설이다가 손수건 크기만 한 창을 통해 안을 들여다봤다. 스님은 들고 온 백미를 부처님 앞에 놓고 향로에 향 하나를 꽂더니 그 앞에 엎드려 지극정성으로 절을 했다. 1배, 2배, 3배.

삼배를 마친 스님은 방 가운데 정좌하고 앉으며 조용히 눈을 감았다.

"왔으면 안으로 들어오게."

명길은 그것이 자신에게 하는 말임을 알고 안으로 들어갔다. 그리고 무릎을 꿇고 앉으며 슬며시 스님의 얼굴을 쳐다봤다. 그런데 눈이 부셔서 도저히 마주 쳐다볼 수 없었다. 명길은 고개를 떨어뜨리며 방바닥을 내려다보았다. 이상하게 자꾸 불안해졌다.

"절에 왔는가?"

스님이 먼저 입을 열었다.

"네."

명길은 고개를 숙인 채 대답했다.

"이왕 왔으니 절에서 살도록 하게."

스님은 당부하듯 간곡하게 말했다.

"……."

명길이 무슨 말인지를 알아듣지 못하고 멍하니 쳐다보자 스님은 자신의 말에 이렇게 설명을 곁들였다.

"자네 얼굴엔 아직 살기가 남아 있네. 그러니 절에서 살도록 하게."

"……."

명길은 머릿속이 멍해지면서 아무 생각도 할 수가 없었다. 그래서 대답을 못 하고 가만히 앉아 있자 스님은 다짐하듯 물었다.

"내 말 알아듣겠나?"

"네."

명길은 엉겁결에 스님 말을 따르겠노라고 대답했다.

"그럼 됐네. 아래 절에 내려가서 주지 스님을 만나 뵙고 나한테서 들은 얘기를 그대로 전하게. 그러면 절에 있게 될 걸세."

스님은 담담히 말했다.

"……."

어느 정도 마음을 진정시킨 명길은 고개를 들고 스님 얼굴을 다시 한 번 슬며시 쳐다봤다. 분명히 남잔데 꼭 남자 같지만은 않았다. 그리고 첫인상은 섬뜩하리만큼 무서운데 가만히 보고 있으면 한없이 따뜻하게 느껴졌다. 참으로 기이했다. 그날 명길은 절에서 살겠다는 약속을 최종적으로 하고 토굴에서 나왔다. 스님 말씀도 말씀이지만 우선 갈 데가 없었다. 지금 이 시점에서 서울로 되돌아간다는 것은 말이 안 되었다. 그렇다고 고향으로 내려갈 수 있는 것도 아니었다.

이래저래 심란한 마음이 된 명길은 터벅터벅 산을 걸어 내려왔다. 그때 요사채 마루에 걸터앉아 있던 삼촌이 반색하며 쫓아왔다. 틀림없이 도망을 쳤으리라고 생각했던 조카가 도망을 치지 않고 제 발로 걸어서 자신 앞에 나타나 준 것만도 고마운 모양이었다. 명길은 주지 스님과 삼촌이 있는 자리에서 토굴 스님과의 일을 자세히 얘기했다.

주지 스님은 입맛을 몇 번 다시며 난감한 표정을 짓더니 행자로 있을 것을 허락해주었다.

"할 수 없지. 모른다면 몰라도 알고서야 살인을 시킬 수 있겠나?"

옆에 있던 삼촌도 은근히 좋아했다. 데리고 가봐야 화근만 만들 것이 뻔하기 때문에 절에 있게 된 것을 오히려 잘됐다고 생각하는 것 같았다.

"인생살이가 새옹지마라 안 했나. 스님 밑에서 잘 하고 있어봐라. 화가 복이 될지도 모른께."

절에는 명길 외에 세 명의 행자가 더 있었다. 진 행자, 박 행자, 최 행자였다. 진 행자는 1년 가까이 절에 있었다고 하는데, 그는 하루 종일 입을 다물고 자신의 일만 하다가 조금이라도 틈이 나면 책을 펴놓고 공부를 했다. 그의 꿈은 대학에 진학하는 것이고 더 큰 꿈은 위대한 불교학자가 되는 것이라고 했다. 그러기 때문에 명길로서는 가까이 다가가기가 여러모로 거북했다. 박 행자는 중학교를 갓 졸업하고 온 어린 소년이기 때문에 자기하고는 상대가 되지 않았다. 그래서 명길은 최 행자하고 친해졌으면 하는 생각을 속으로 하고 있었다.

최 행자는 진 행자하고는 완전히 다른 형이었다. 그는 자신이 알고 있는 것은 솔선해서 명길한테 가르쳐주려고 애를 썼다. 그래서 명길은 최 행자를 통해 새벽 3시에 눈을 떠서 밤 9시에 잠자리에 들 때까지 행자가 해야 할 일을 배워가며 익혔다. 불 때서 밥하고 반찬 만들고 설거지하고 청소하고 빨래하고 스님이 벗어놓은 고무신 닦고 심부름하고……. 하루 전만 해도 상상도 할 수 없었던 일들을 명길은 별 대과 없이 해냈다.

그렇게 3일을 지냈을 때 저녁예불을 마치고 나온 최 행자가 목탁 치는 법을 가르쳐주겠다면서 개울가로 나가자고 했다. 명길은 그의 호의를 고맙게 받아들여 같이 개울가로 나왔다. 밖으로 나오자 긴장감이 풀리면서 옆에 있는 최 행자가 오랜 지기처럼 친근하게 느껴졌다. 그건 최 행자도 마찬가지인 것 같았다. 두 사람은 가벼운 마음으로 잡담을 나눴다. 그때 최 행자가 어떻게 절에 있을 마음을 냈느냐고 물었다.

질문을 받은 명길은 조금 망설이다가 지금까지 살아왔던 자신의 생활을 비교적 솔직히 털어놓았다. 어머니의 죽음에 관한 얘기까지도. 그리고 마지막으로 토굴에 계신 스님을 만난 얘기를 하고, 그 스님에게서 들은 말이 직접적인 계기가 되어 절에 있게 되었다고 했다. 명길의 얘기를 다 들은 최 행자는 충격을 삭이는 듯 한참 동안 입을 열지 못했다.

"그 스님이 그렇게 말씀하셨다면 절에 있을 마음을 낸 것은 아주 잘한 일일세. 그 스님은 이미 반은 부처님이 되신 스님이기 때문에 그분이 하신 말씀은 모든 게 다 사실과 일치한다네."

그리고 나서 그는 좀 엄숙한 목소리로 자기 자신의 궁극적인 목표는 부처님이 되는 것이지만 그것은 너무나도 어려운 것이므로 금생에선 토굴 스님 정도의 도력을 지닌 스님이 되는 것이 꿈이라고 했다. 최 행자의 말을 듣고 있던 명길은 슬그머니 궁금증이 일었다. 부처님과 스님이 무엇이 어떻게 다르기에 그 스님은 반은 부처님이 되었다느니, 자기의 궁극적인 목표는 부처님이 되는 것이지만 금생의 목표는 도력 높은 스님이 되는 거라느니 하는 표현을 쓰는지 알 수가 없었다.

그 자신도 지금까지 부처님이나 스님이란 말을 들어보지 않은 것은 아니다. 하지만 그때는 그 말에 대해 전혀 관심을 갖지 않았기 때문에 부처님이나 스님에 대해 궁금하려야 궁금할 거리가 없었다. 그러던 것이 절에 와서 최 행자 말을 듣고 있노라니 부처님이나 스님이 도대체 어떤 분들이기에 그렇게 온갖 의미를 부여하는 건지 좀 더 확실하게 알고 싶어졌다. 그래서 명길은 무식하다는 소리를 들을 각오를 하고 그 부분에 대해 설명을 해달라고 청했다. 명길의 청을 받은 최 행자는 오히려 진지한 표정을 지으며 부처님과 스님을 바르게 아는 것은 불교를 이해하는 데 기본이 되므로 부처님과 스님을 정확하게 아는 일은 아주 중요한 일이라고 전제한 후에 다음과 같이 자기의 의견을 피력했다.

대개의 경우 부처님 하면 인도에서 성불하신 석가모니 부처님을 떠올리고, 스님 하면 석가모니 부처님의 가르침에 의지해 구도의 길을 가고 있는 출가 수행자를 떠올리게 되는데 이것은 지극히 좁은 의미의 해석이다. 왜냐하면 우주법계에서는 석가모니 부처님 외에도 무수히 많은 부처님이 계시고, 그 무수한 부처님의 가르침에 의지해 성불의 길을 가고 있는 또 헤아릴 수 없이 무수히 많은 구도자가 계시기 때문이다. 그러므로 부처님이라고 할 때는 우주법계에 가득하신 모든 부처님을, 스님이라고 할 때는 우주법계에서 성불을 향해 한 걸음 한 걸음 다가가고 있는 모든 구도자를 다 통틀어서 일컬어야 한다.

이렇게 광의로 해석할 때 불교는 이미 '불교'라는 울타리를 초월하고 있다. 불교뿐 아니라 인간이 쳐놓은 모든 울타리를 초월해 망망대해와도 같이 끝없이 공간을 확대시켜나가 우주 그 자체, 진리 그 자체를 하나로 뭉뚱그려 끌어안는 것, 이것이 불교다. 그리고 그렇게 보도록 지혜를 일깨워주신 분이 석가모니 부처님이시다. 부처님은 진리 그 자체와 이미 하나로 일치된 분이고 스님은 그렇게 되도록 노력해가는 분이다. 그러기 때문에 부처님은 말할 것도 없고 스님도 지상과 천상을 통틀어서 가장 보배로운 존재며, 따라서 인간은 물론 천상의 신들도 그분들을 귀히 여겨 예배공경하고 찬탄하는 것이다.

이렇게 부처님하고 스님에 관한 설명을 끝낸 최 행자는 자기는 처음 청소년 문제에 관심을 가지고 있었기 때문에 좋은 선생이 될 생각으로 사범대학에 진학했다고 했다. 그런데 불교 서클에 나가 2년간 불교 공부를 하고 나니 청소년을 교화하는 선생이 될 것이 아니라 인류를 교화하는 스님이 되어야겠다는 확고한 의지가 서게 되었고, 그래서 학교를 그만두고 절로 들어오게 되었다고 했다.

명길은 이미 그다음 이야기는 귀담아듣지 않았다. 그가 선생이 되든 스님이 되든 그건 자기하고는 아무 상관 없는 일이었다. 그가 관심을 가지고 있는 것은, 아니 그의 마음을 움켜잡은 것은 최 행자가 한 마지막 말 '인간은 물론 천상의 신들도 스님들을 귀히 여겨 예배공경하고 찬탄한다.'는 바로 그 말이었다.

명길은 그 말을 입속으로 되뇌고 또 되뇌어봤다. 인간은 물론 천상의 신들도 스님들을 귀히 여겨 예배공경하고 찬탄한다니! 스님들이 그렇게 귀한 존재들이란 말인가? 그것은 너무나도 놀라운 일이었다. 그러면서도 또 한편으로는 천상의 신들이란 말에 자꾸 의구심이 일었다. '천상의 신' 하면 그 신은 전지전능해서 모든 인간을 지배하고 인간은 그 신에게 복종하는 것으로 알고 있었는데 반대로 천상의 신이 인간인 스님을 예배공경하고 찬탄한다니 그것이 도대체 무슨 말인가?

명길은 혼자 고심하다가 그 말을 물어보았다. 신이 어떻게 인간인 스님을 예배공경하고 찬탄할 수 있느냐고. 명길의 질문을 받은 최 행자는 미소를 지으며 머리를 끄덕였다. 자기도 처음엔 그렇게 생각했노라고 하면서. 그러고 나서 그는 다음과 같이 설명했다.

해탈하지 못한 일체의 생명을 불교에서는 중생이라고 하는데 중생들이 모여 사는 세계를 크게 셋으로 나눠 욕계(欲界), 색계(色界), 무색계(無色界)라고 한다. 욕계에 살고 있는 중생은 마음이 산란하여 고요함에 들지 못할 뿐 아니라 식욕(食欲)과 음욕(淫欲)과 수면욕(睡眠欲)에 갇혀 허덕이게 되는데, 지옥계·축생계·아귀계·아수라계·인간계·육욕천이 여기에 해당한다. 그러고 나서 최 행자는 욕계 중생이 살고 있는 세계 하나하나를 설명했다. 특히 육욕천인 천상세계를 설명할 때는 신이 나서 사왕천 도리천 야마천 도솔천 화락천 타화자재천을 설명하면서 거기에서 사는 사람들의 수명과 복락을 설명했다.

육욕천에 살고 있는 사람들을 천인이라 하는데, 이 천인은 인간의 나이로 치면 수십억 살, 수백억 살을 살 뿐 아니라 인간과는 비교가 안 될 만큼 복락을 누리기 때문에 이들이 사는 세상을 천상으로 생각하고 이들을 천상의 신으로 생각할 수도 있다. 그러나 불교에서는 이들도 중생계로 보고 있다. 왜냐하면 이들 속에는 행복 즉 즐거움(樂)을 쫓는 욕망이 남아 있기 때문이다. 육욕천 설명을 마친 최 행자는 색계와 무색계에 대해서도 자세하게 설명했다.

그런 후 최 행자는 스님 하면 인간계에서 구도를 하고 있는 출가 수행자를 떠올리지만 스님의 원래 의미는 욕계뿐 아니라 색계·무색계에서도 성불을 향해 도를 구하는 모든 수행자를 일컫는다고 말했다. 그러므로 스님은 인간계뿐 아니라 천상계에서도 가장 보배로운 존재이며 따라서 인간만이 아니라 천상의 신들도 그들을 귀히 여겨 예배공경하고 찬탄하는 것이라고 설명을 마쳤다.

최 행자는 마치 공부한 단원을 잘 복습해 온 학생처럼 삼계에 대해 일목요연하게 설명했다. 명길은 그런 최 행자를 경탄의 얼굴로 쳐다보았다. 그것은 지식에 대한 최초의 경의였다. 일단 이렇게 그의 지식에 대해 경의심을 느끼고 나자 그 감정은 그대로 신뢰감으로 이어졌다. 그가 알고 있는 것은 다 맞을 거라는, 알고 있는 것뿐만 아니라 생각하고 판단하는 것도 다 맞을 거라는, 그래서 명길은 스님에 관한 얘기를 듣는 순간부터 자신의 가슴을 꽉 움켜잡고 있던 한 가지 궁금증을 물어보았다.

"죽은 사람의 혼도 스님을 알아볼 수 있을까?"

질문을 받은 최 행자는 잠시 생각하는 표정을 짓더니 대답했다.

"확실히는 모르지만 아마 그럴 거다."

절에서는 가끔 천도제를 지내는데 그때 스님들이 하는 법문은 제사에 참석한 사람을 위해서이기도 하지만 그보다는 죽은 영가를 위해서 하게 된다는 것이다. 영가를 위해서 법문을 한다는 것은 영가가 법문을 알아듣는다는 말이 전제된 것이므로 법문을 하고 계신 스님을 알아보지 못할 리가 없지 않겠느냐는 것이었다. 그리고 덧붙여서 성불하지 못한 일체의 유정물(有情物)을 중생이라고 한다면 그 중생 안에 중음신(中陰神)이

포함되는 것은 너무나도 당연한 일이라고 했다.

　최 행자의 말을 듣고 있는 명길은 가슴이 뜨거워지면서 확실하게 느껴지는 것이 있었다. 그것은 자기야말로 스님이 돼야 한다는 바로 그 사실이었다. 스님이 돼서 인간은 물론 천상의 신들한테도 예배공경을 받고 찬탄받는 모습을 어머니한테 보여드리고 싶었다. 그러면 어머니도 응어리진 한을 풀고 자기를 용서해 주실 것만 같았다. 그 생각을 하자 어떤 희망 같은 것이 솟아올랐다.

　명길은 최 행자의 손을 꽉 잡으며 물었다.

　"어떻게 하면 스님이 될 수 있을까?"

　그러자 최 행자는 의아한 표정을 지으며 오히려 반문했다.

　"스님이 되기 위해 지금 행자 생활을 하고 있지 않은가?"

　명길은 그제야 행자 생활을 하면 스님이 된다는 것을 알았다. 그것을 알고 나자 아직 3일밖에는 행자 생활을 하지 않았지만 3일이라도 행자 생활을 할 수 있었다는 게 감격스러웠다. 명길이 스스로 이렇게 감격해하자 최 행자는 그런 명길을 물끄러미 바라보더니 좋은 스님이 될 결심을 굳혔다면 자신이 했던 방법을 그대로 한번 해보는 것도 좋을 것이라고 하면서 하루에 능엄신주를 30번씩 1백 일간만 봉독해보라고 했다. 공부 방법에는 참선, 기도, 주력, 신행, 경전 연구 등 여러 가지가 있는데 행자 기간에는 주력이 가장 적합한 것 같다고 했다.

명길은 최 행자의 말이라면 무엇이든 받아들일 준비가 되어 있었기 때문에 그 말에 대해서도 전혀 이의를 느끼지 않았다. 그날 이후부터 명길은 행자 일과 외에 하루에 30번씩 능엄신주를 주력하기 시작했다. 능엄신주 주력은 반드시 법당에 가서 하되 부처님한테 공양 올리는 기분으로 경건하게 하라는 최 행자의 말을 받아들여 그렇게 하려고 애를 썼다. 법당에 가서 부처님한테 삼배를 드리고 주력을 하고 있으면 영가단에 모셔져 있는 어머니 사진이 물끄러미 자신을 내려다보고 계셨다. 그것은 사진이라기보다 어머니 자체로 느껴졌다. 그러면 명길은 더욱 열심히 주력을 했다. 열심히 공부하고 있는 자신의 모습을 어머니한테 보여드리고 싶은 애틋한 심정으로.

　이렇게 하루하루가 지나자 지금까지 경험해보지 못했던 성취감과 충만감이 가슴속을 꽉 메웠다. 그리고 알 수 없는 힘이 온몸에서 솟아올랐다. 새벽에 눈을 뜨면 맛있는 음식이 가득 차려져 있는 상을 보고 있는 것처럼 하루 동안 해야 할 일들이 마냥 즐겁게 느껴졌다. 명길은 신바람이 나서 밥하고 설거지하고 청소하고 빨래하고 심부름하는 행자 일 외에 틈틈이 부처님 앞에 나아가 주력을 했다. 행자 기간은 말 그대로 환희의 나날이었다.

자신의 행자 생활을 돌이켜보던 향운 스님은 잠시 감개무량한 얼굴로 앉아 있었다.

"초발심시변정각(初發心時便正覺)이란 말이 딱 맞는기라. 초발심 때 같은 근기가 3년만 그대로 뻗치면 나 같은 사람도 성불할 수 있었을지도 모르제."

"······?"

모여 앉은 젊은이들은 무슨 말인가 하는 얼굴로 멍하니 스님을 쳐다보았다.

"도를 구할 수만 있다면 불속에도 뛰어들고 물속에도 뛰어들고 벼랑에서도 뛰어내릴 수 있다카는 말이 절대로 거짓말은 아닌기라. 그때는 마 나도 그렇게 할 수 있겠는기라. 그란데······."

향운 스님은 말을 끊고 입을 다물었다.

"그런데요?"

한 남학생이 관심을 나타내며 다그치듯 물었다.

"내가 원래 하고 싶었던 말이 바로 이 말이니께 마저 할기다. 너무 서두르지 마라."

향운 스님은 목에 걸친 반가사를 벗어 한옆으로 접어놓았다.

"사미계를 받고 몇 달이 지나고 나니 이쪽저쪽에서 마구니들이 사정없이 쳐들어오는기라. 참말로 무섭드마."

"네?"

모여 있는 젊은이들은 눈을 동그랗게 뜨며 향운 스님을 쳐다봤다. 마구니란 말에 굉장한 호기심이 느껴지는 모양이었다.

"마구니라카니 뿔 달리고 혹 달린 귀신인 줄 알았드나?"

향운 스님이 젊은이들을 돌아다보며 물었다.

"그럼 아니에요?"

한 여학생이 반문했다.

"요 맹꽁이 봤나. 마구니가 우째 뿔 달리고 혹 달린 귀신이가?"

"아이 참 스님도, 그럼 뭐예요?"

"마구니라카는 건 장앤기라. 장애가 바로 마구닌기라. 그라니 스님들한테는 뭐가 마구니겠노? 수도에 장애가 되는 게 마구닌기라."

"그게 뭔데요?"

"그래도 모르겠나? 여자 생각, 술 생각, 고기 생각, 게으름을 부리고 싶은 생각, 도에 대해 자꾸 의심이 드는 생각… 이런 게 다 마구닌기라. 스님들한테는."

"……."

그제야 젊은이들은 스님의 말을 이해하겠다는 얼굴로 머리를 끄덕였다.

"살기가 남아 있다카니 살인이라도 칠까 봐 걱정했는데 의외로 물불을 가리지 않고 행자 생활을 열심히 하자 주지 스님은 나를 기특하게 보신기라. 그래서 진 행자, 최 행자한테 사미계를 줄 때 나도 같이 주셨제. 행자로 들어간 지 7개월 만이니께 빨리 받은 셈이제."

 사미계를 받은 몇 달 후 진 행자는 대학에 진학하겠다고 서울로 가고, 최 행자는 참선을 하겠다고 선방으로 들어갔다. 그러자 향운 스님도 만행을 좀 해볼 양으로 절을 나왔다. 인간은 물론 천상의 신들도 귀히 여겨 예배공경하고 찬탄한다는 스님이 되었건만 막상 절을 나오고 보니 하룻밤 유숙하기도 어려웠다. 종교가 다른 사람들은 못 볼 사람을 본 것처럼 상을 찡그리며 피했고, 그렇지 않은 사람들도 이 좋은 세상에 뭐가 될 게 없어서 저 새파란 나이에 중이 됐을까 하는 눈으로 쳐다봤다.
 스님을 귀히 여기지 않는 것은 세속의 사람들만이 아니었다. 그건 같은 스님들도 마찬가지였다. 산속에 있는 절을 찾아가면 공양과 함께 차 대접을 해주고 절을 떠날 때는 노자에 보태라고 약간의 돈을 주머니에 넣어주기도 했지만, 도심지에 가까운 절을 찾아가면 귀찮아하는 표정을 노골적으로 지으며 마지못해 하룻밤 재워주거나 그렇지 않으면 아예 그것마저 거절했다.
 이런 만행 속에서 향운 스님은 허탈감과 외로움 속에 빠져

들며 나날이 피폐해졌다. 그때 청원이라는 스님을 만났다. 향운 스님과 하룻밤 함께 잔 청원 스님은 이튿날 탁발을 하자고 제의했다. 그러면서 자신의 탁발 경험담을 털어놓았다. 얘기를 듣고 난 향운 스님은 수중에 돈이 없기도 했지만 탁발이라는 것에 흥미가 생겨서 그의 제의를 받아들였다. 그러나 막상 탁발을 나서고 보니 청원 스님은 염불은 고사하고 목탁도 제대로 칠 줄 몰랐다. 그래서 염불하고 목탁 치는 일은 향운 스님이 맡아서 했다. 우여곡절 끝에 하루를 보내고 저녁을 맞았을 때 청원 스님은 저녁이나 같이 먹자고 하면서 중국집으로 들어갔다.

중국집으로 들어간 청원 스님은 스스럼없이 탕수육 한 접시와 고량주 두 병 그리고 잡채밥 한 그릇씩을 시켰다. 당황한 향운 스님은 이래서는 안 된다는 생각을 속으로 하면서도 이상하게 그것을 말릴 힘이 생기지 않았다. 음식 냄새가 폐부 속으로 들어간 순간 그의 의지는 이미 냄새에 마취되어 버렸는지도 몰랐다. 오랜만에 술을 마신 때문인지 중국집을 나왔을 때는 취기가 온몸에 돌았다. 앞에서 걷던 청원 스님은 자연스럽게 향운 스님을 색싯집으로 데려갔고 향운 스님은 먼저처럼 이래서는 안 되는데 하는 생각을 하면서도 그것을 뿌리치고 나오지 못했다. 색싯집에서 하룻밤 자고 난 향운 스님과 청운 스님은 그다음 날도 똑같은 과정을 한 번 더 밟았다.

그리고 난 다음 날 새벽 눈을 뜬 향운 스님은 어둠 속에서 걸망을 찾아 메고 쫓기듯 색싯집을 나왔다. 골목으로 나온 그는 자신도 모르게 죽을힘을 다해 뛰었다. 방향도 모른 채. 한참 동안 그렇게 뛰던 그는 걸음을 멈추고 주위를 두리번거렸다. 이른 새벽인 때문인지 거리엔 다행히 아무도 없었다. 향운 스님은 만복부동산이란 간판 밑에 있는 의자에 주저앉으며 거친 호흡을 조절했다. 그러면서 자기가 왜 그렇게 죽을힘을 다해 골목을 도망쳐 나왔는가를 생각해 보았다. 그러던 그는 소스라치게 놀랐다. 자신이 도망쳐온 것은 여자가, 여자가 있는 골목이 아니라 바로 청원 스님이었음을 알았기 때문이었다.

그 길로 향운 스님은 어설픈 만행을 끝내고 문수사로 되돌아왔다. 그러나 한번 불붙기 시작한 욕정은 너무나도 무서운 기세로 타올랐다. 욕정뿐 아니라 오욕이 몽땅 그랬다. 이렇게 되자 절 생활이 따분하고 무료해서 견딜 수가 없었다. 대신 옛날 방탕했던 생활이 고개를 쳐들며 그를 유혹했다. 향운 스님은 마치 물속으로 가라앉는 배처럼 욕정의 갈증 속에서 나날이 침몰해 갔다.

"그럴 즈음에 토굴 스님이 내려오신기라. 그 스님은 한 달에 한 번 바리를 들고 아랫마을에 내려가 공양미를 받아오는 것 외에는 전혀 토굴을 나오지 않는 분인데 그날은 뭔 일이 있었는지 주지 스님을 찾아오셨더마. 그래서 나를 보셨제. 내 얼굴을 물끄러미 쳐다보시더니 '자네 나하고 토굴로 가세.' 하시는기라. 그래 따라갔제. 따라가니 참선법을 가르쳐주시면서 참선을 하라카시더군. 그리고 나서 편지 한 장을 써주시며 '이걸 양 거사한테 갖다 드리고 자네는 나가서 무슨 일을 하든 잠은 여기 와 자도록 하게.' 이러시는기라. 그래 영문도 모르고 편지를 들고 아랫마을로 내려갔제."

정미소를 하는 양 거사를 찾아가 편지를 주니 양 거사는 두 손으로 공손하게 받아서 읽었다. 토굴 스님의 손길이 닿은 것만으로도 편지가 소중한 보배처럼 느껴지는 모양이었다. 편지를 읽은 양 거사는 말없이 안으로 들어갔다. 그러더니 다른 봉투 하나를 들고 나왔다.

"이 안에 쌀 세 가마 값의 돈이 들어 있습니다. 스님 마음대로 쓰시고 다음 주 이맘때쯤에 다시 들르십시오. 그러면 또 시주를 하겠습니다."

"……."

향운 스님은 어리둥절해서 쳐다봤다. 무슨 말인지 얼른 이해가 안 가서였다.

"큰스님 뜻이니 조금도 염려하지 마시고 받아쓰십시오."

양 거사는 미소를 지으며 부드럽게 말했다.

향운 스님은 고맙다는 인사를 하고 양 거사가 건네주는 봉투를 받아들고 밖으로 나와서 열어보니 정말 쌀 세 가마 값의 돈이 들어 있었다. 향운 스님은 도깨비에 홀린 듯한 얼굴로 잠시 서 있다가 뭔가 좀 먹어야겠다는 생각을 하며 음식점 안으로 들어갔다. 그러자 고기 굽는 냄새가 코를 찔렀다. 향운 스님은 구석진 방으로 들어가 자리를 잡고 앉아서 불고기백반 4인분과 소주 한 병을 시켜 포식을 했다. 술과 고기로 포식을 하고 나니 그다음엔 여자 생각이 났다. 아니, 그건 순서가 뒤바뀐 말이다. 술과 고기로 포식을 하니 그다음에 여자 생각이 난 게 아니라 여자 생각이야말로 술과 고기를 포식하기 훨씬 이전부터 그를 사로잡고 있었던 가장 강한 욕망이었다.

이렇게 해서 향운 스님은 청원 스님의 안내를 받고서가 아니라 그 스스로가 전날에 밟았던 과정을 그대로 밟았다. 다만 한 가지 다른 것이 있다면 그때는 새벽에 색싯집을 도망쳐 나왔는데 이번에는 초저녁에 도망쳐 나왔다는 그 사실이었다.

밖으로 나오자 그의 발길은 토굴로 향하고 있었다. 토굴에 가 스님 뵐 일이 두려웠지만 스님과의 약속을 지켜야 한다는 자기 암시에 강하게 걸려 있었기 때문이었다. 토굴 앞에 이른 향운 스님은 잠시 망설이다가 문을 열고 안으로 들어갔다. 방 안에는 촛불 한 자루가 켜져 있었고 스님은 그 앞에 결가부좌를 하고 앉아 참선을 하고 계셨다.

향운 스님은 다녀왔다는 인사도 드리지 못하고 그 뒤에 가 무릎을 꿇고 앉았다. 얼마쯤 그렇게 시간이 지났을 때 스님이 고개를 돌렸다.

"피곤할 텐데 먼저 자게."

"……."

향운 스님은 멍한 얼굴로 스님을 쳐다봤다. 자신을 바라보는 스님의 얼굴이 한없이 따뜻하고 부드럽게 느껴졌다. 스님에게서 그런 느낌을 받자 향운 스님도 긴장이 풀리면서 앉아 있는 자리가 편안해지기 시작했다. 그래서 방 안을 두리번거렸다. 자라고는 하는데 이부자리는 물론 퇴침 하나도 눈에 띄지 않았다. 향운 스님은 어떻게 할까 잠시 망설이다가 승복 두루마기를 벗어서 벽에 걸고 걸망을 베고 모로 누웠다. 참선도 하지 않으면서 우두커니 앉아 있으면 스님한테 오히려 방해가 될 것 같아서였다.

"그라다가 그만 잠이 들었제. 잠결에 들으니 목탁 소리가 나데. 스님이 목탁을 쳐서 나를 깨운기라. 눈을 떠보니 세 시드마. 그래 벌떡 일어나서 주위를 둘러보니 스님은 초저녁에 앉아 계시던 대로 앉아 계시더군. 스님을 보면서 속으로 생각했제.

장좌불와라 하드마, 저런 게 바로 장좌불와로구나 하고. 밖에 나와 세수를 하고 들어가니 스님이 가사 장삼을 입으시고 예불 드릴 준비를 하고 계시드마. 그래 따라 예불을 드렸제. 예불을 드리고 나니 참선을 하라시는기라. 두 시간 동안. 내사 마 참선 이라 할 것도 없지만 스님을 따라 두 시간 앉아 있었제. 참선이 끝나니 큰절에 내려가 아침공양을 들라 하시더마. 스님은 불린 쌀을 조금 입에 넣으시는 것 외에는 아무것도 드시지 않으시니 까 나 같은 사람은 같이 공양을 들래야 들 수도 없지만… 사실 은 나한테 자유를 주신기라. 마음대로 돌아다니다 오라 그 말 씀이제."

그때부터 향운 스님은 정말 자유를 만끽하면서 하고 싶은 짓을 마음대로 하고 다녔다. 큰절에 제(祭)가 있거나 불사가 있 어 손을 필요로 하는 날을 제외하면 늘 절 밖에 나가 살았다. 아랫마을만 도는 것이 따분하면 차를 타고 백 리, 이백 리 떨어 진 시(市)까지 나가서 놀다가 왔다. 그의 하루는 늘 대동소이했 다. 낮에는 마을로 내려가 고기 먹고 술 마시고 여자 만나고 극 장 가고 당구장 가고……. 그러다 저녁이면 토굴로 올라가 잠 자고 새벽이면 일어나 예불드리고 참선하고. 이렇게 일주일을 보내고 난 다음 월요일 아침이 되면 마치 노임을 받으러 가는 노무자처럼 양 거사를 찾아가 쌀 세 가마 값의 보시를 받아서 또 마을로 내려갔다.

토굴 스님은 그가 나가서 무슨 짓을 하든 전혀 개의치 않았다. 대신 새벽이 되면 아무리 술에 곯아떨어져 있어도 정확히 깨워서 두 시간 동안 참선을 시켰다. 어떤 때는 참선을 하면서 꾸벅꾸벅 졸기도 하는데 그럴 땐 어김없이 죽비가 그의 어깨를 내리쳤다. 새벽에 참선을 시킬 때만은 칼날 위에 세워놓은 것처럼 엄격하게 다스렸다. 그렇게 7주가 지나고 나니, 정확히 말해 7주에서 이틀이 모자라는 47일이 되고 나니 속이 메슥메슥해지면서 온몸에서 냄새가 나기 시작했다. 여자 냄새, 고기 냄새, 술 냄새. 몸에서 냄새가 난다고 생각하니 미칠 것 같았다. 그래서 목욕탕으로 달려갔다. 물속에 몸을 담그고 있으면 냄새가 빠질지도 모른다는 생각을 하면서.

물속에 들어가 얼마쯤 있으니 뿌연 김 속에서 어머니 얼굴이 떠올랐다. 그런데 어머니는 자기를 바라보면서 소리 없이 울고 계셨다. 생시 때와 똑같이. 향운 스님은 눈을 감아보기도 하고 떠보기도 하고 감았다 떴다 해보기도 하고 별별 짓을 다 해봤다. 그러나 어머니 얼굴은 그의 눈앞에서 지워지지 않았다. 그래서 할 수 없이 목욕탕을 나왔다. 목욕탕 문을 나서니 더욱 속이 메슥거리면서 온몸의 힘이 쫙 빠졌다. 가장 보배로운 존재인 스님이 돼서 인간에게는 물론 천상의 신들한테도 예배공경받고 찬탄받는 모습을 어머니한테 보여드리려고 했는데 그런 모습을 보여드리기는커녕 오히려 멸시받고 저주받은 모습만 보여드렸다고 생각하니 자신의 몸뚱이를 바위 위에 올려놓고 짓찧고 싶은 정도가 아니라 그냥 그대로 목숨을 끊고 싶었다.

몽유병자처럼 거리를 헤매고 다니던 향운 스님이 토굴에 도착한 것은 자정이 거의 다 되어서였다. 토굴 문을 열고 안으로 들어가니 방 안에는 향 내음이 가득했다. 스님은 벽 쪽을 향해 부처님과 대좌하고 마주 앉아 있었다. 향운 스님은 첫날에 토굴을 방문했을 때처럼 스님한테 인사도 하지 못하고 겁먹은 얼굴로 무릎을 꿇고 앉았다.

"여기 와서 연비를 받게."

침묵이 흐르고 있을 때 스님이 낮은 소리로 말했다.

"……."

향운 스님이 말뜻을 알아듣지 못하고 가만히 있자 스님이 고개를 돌리며 쳐다봤다.

"다시 시작해야지."

"……."

다시 시작해야지. 그 말속에는 다시 시작할 수 있다는 가능성과 다시 시작해도 된다는 허락의 뜻이 함께 포함돼 있었다. 향운 스님은 반사적으로 자리에서 벌떡 일어났다. 알 수 없는 무엇인가가 가슴속을 꽉 채워서 숨도 쉴 수 없을 지경이었다. 자리에서 일어난 향운 스님은 두어 걸음 앞으로 나가 대좌하고 앉은 부처님과 스님을 번갈아 바라보았다. 두 분은 마주 앉아서 근심스러운 얼굴로 하루 종일 자기가 돌아오기를 기다리고 있었다는 생각이 들었다. 그렇다고 느껴지는 순간 마침내 그의 얼굴에선 뜨거운 눈물이 쏟아져 내리기 시작했다. 향운 스님은 눈물로 뒤덮인 얼굴로 스님을 향해 장궤합장하고 승복 소매를 걷어 올렸다. 그러자 스님은 향 세 개비를 뽑아 불을 붙인 후 빨갛게 타오른 향 끝을 향운 스님 팔 위에 지그시 눌렀다. 무지의 죄업이 소멸되기를 비시며. 그것은 생명을 새로 소생시키는 환생 의식이었다. 그 순간 향운 스님은 전신으로 자비가 이해되었다.

"자비는 용선기라. 용서가 바로 자빈기라."

향운 스님은 주먹을 꽉 쥔 손을 개어놓은 반가사 위에 얹으며 말했다.

"……"

모여 앉은 젊은이들은 감동적인 얼굴로 그를 쳐다보고 있었다.

"스님은 용서를 통해 나한테 자비를 가르쳐주셨제. 그 힘으로 지금까지 중노릇을 하고 있다. 처음 생각했던 대로 인천(人天)의 스승은 못 됐지만 그래도 금생에서 중노릇을 하고 있으니 얼마나 다행한 일이노."

"……."

"다음 달이믄 요 앞에 방 한 칸을 얻을 수 있다. 그라면 오갈 데 없는 불량배들이 너덧 명 와서 살 수 있을기다. 그들 중 하나라도 개과천선해서 바른 사람이 된다면 그들 어머니가 얼마나 기뻐하시겠노. 그라면 우리 어머니도 따라서 같이 기뻐허시겠지. 자식이 사람 노릇한다고."

향운 스님은 입을 꾹 다물었다. 그 순간 뭉툭한 코끝이 미세하게 경련을 일으켰고 그 경련은 얼굴 전체로 퍼져갔다.

"……."

젊은이들은 숙연한 얼굴로 그를 쳐다보고 있었다. 카타르시스라 할까? 스님을 바라보고 있는 자신들의 마음이 정화되고 있음이 느껴졌다. 그때 전화벨이 울렸다. 계속.

스님은 자리에서 일어나 수화기를 들었다.

"여보세요?"

"스님, 접니다. 지흡니다."

"스님이 웬일이십니까?"

"법운 스님이 내일 토굴로 안 가셔도 돼서요. 그래서 연락을 드리려고요."

"와예?"

"큰스님이 다음 달 초에 도다가로 가신답니다."

"그게 정말입니까?"

"네."

"누가 그라는데예?"

"반초 스님이 지금 오셨는데 토굴에 들렀다가 오셨답니다."

"그라믄 틀림없겠구마예."

"네."

"그럼 우리도 다음 달이면 스님을 뵐 수 있겠네예."

"그렇지요."

"고맙습니더, 연락 줘서. 그라고 반초 스님한테 여기 와서 주무시라고 하소. 기다리고 있다고."

"네, 그러지요. 안녕히 계십시오, 스님."

"네, 안녕히 계십시오."

수화기를 놓고 돌아서는 향운 스님 얼굴에 화기가 돌았다.

"누가 오시는데 그러세요?"

스님 얼굴을 주시하고 있던 여학생이 궁금한 듯 물었다.

"지금까지 말했던 그 스님 아이가. 내려 오신다카는 거 보니 계획하셨던 공부가 이제사 다 끝나신 모양이다."

향운 스님은 부모 자랑을 하는 어린아이처럼 의기양양해서 말했다.

"어머, 그럼 그 스님이 아직도 공부를 하세요?"

질문을 하는 여학생뿐 아니라 다른 사람들도 같은 얼굴로 쳐다봤다.

"공부를 하시는 정도가 아니제. 밥해 잡숫는 시간이 아까워서 생쌀을 조금 입에 넣으시고 주무시는 시간이 아까워서 앉아서 눈을 붙이시니께. 세상 사람 중에서 그렇게까지 공부하는 사람이 누가 있겠노?"

"그 스님은 무슨 공부를 하시는데요?"

"그거사 나도 모르제. 도(道)라카는 건 남한테 보여줄 수도 남이 볼 수도 없는 거니까. 그라기 때문에 모르는 사람이 함부로 말할 수 있는 경계가 아닌기라."

향운 스님은 입을 다물었다. 자기 같은 사람이 그 스님의 내면세계를 말하는 것 자체가 불경스러운 일이라는 듯.

"최 행자가 법운 스님인가요?"

한 남학생이 물었다.

"아니지. 법운 스님은 향운 스님하고 고등학교 동창이시라 잖아."

옆의 친구가 대신 대답했다.

"그럼 법운 스님도 고향이 부산인가요?"

"아니다. 법운 스님은 나주다. 맛있는 배로 유명한."

"그 스님은 어떻게 해서 스님이 되셨는데요?"

"데모 현장을 취재하다 세상이 싫어졌다카더마. 자세한 건 내도 모른다."

"그 스님은 그럼 기자였겠네요?"

"하모. 그 스님은 원래부터 수재였었다. 나하곤 생판 다르제. 그건 그렇고 요 앞에 가서 국수나 먹자. 많이 떠들었더니 배가 푹 꺼져서 기운이 하나도 없네."

향운 스님은 개어놓은 가사를 들고 먼저 자리에서 일어섰다. 그러자 가운데 앉아서 묵묵히 얘기를 듣고 있던 승찬도 불안한 얼굴로 시계를 보며 따라 일어났다. 이랑이 끝내 오지 않는 것이 왠지 마음에 걸렸다.

"참, 미카엘 신부님은 아직 안 돌아오셨다카더나?"

앞에서 걷던 향운 스님이 고개를 돌리며 승찬한테 물었다.

"네. 소식이 없는 걸 보니 그런 것 같습니다."

"싱거운 양반 다 보겠네. 친하게 지내자 해놓고선······."

향운 스님은 혼잣말처럼 중얼거리더니 앞에서 휘적휘적 걸어갔다.

11
장

Udambara

노을 진 천방둑길을 지팡이에 의지해 한 발 한 발을 힘겹게 떼어 놓던 혜일 스님은 까만 꼭두서니 열매가 익어가고 있는 덩굴 밑에 서서 가만히 풀숲을 들여다보고 있었다. 잡풀 속에 동그란 단추 같은 황백의 서국화가 수십 송이, 수백 송이 무더기 무더기로 피어 있어서였다. 예전에는 음력 3월 3일에 이 풀을 뜯어서 떡을 빚어 모자(母子)가 함께 먹었다 하여 모자떡이라고도 불리었다. 하지만 혜일 스님 머릿속에는 떡으로서가 아니라 오히려 담배로 기억되어 있었다.

어린 시절에 본 외할아버지는 늘 해소 기침을 하셨다. 그래서 담배를 피우고 싶으시면 담배 대신 말린 서국화를 담배통에 담아서 피우시곤 했다. 그러기 때문에 늦가을 외가에 가면 사랑마루 한쪽 구석에는 언제나 돗자리가 펴져 있었고 그 위에는 노란 서국화가 널려 있었다. 그것은 일 년 동안 할아버지가 피우실 담배 양식을 준비하기 위한 것이었다. 잠시 아득한 추억 속에 잠겨 있던 혜일 스님은 다시 지팡이에 의지해 한 발 한 발 힘겹게 천방둑길을 걸어갔다. 처음 강릉으로 올 때만 해도 양옆에서 사람이 부축해주지 않으면 걷기가 어려웠는데 이제는 지팡이만 짚으면 이렇게나마 혼자 걸을 수 있었다. 혜일 스님은 그것을 박 씨의 은공으로 생각하고 있었다.

강릉으로 온 혜일 스님은 지효 스님이 지어준 첩약을 내놓았다. 그러자 송강은 그 약을 예전 방식대로 약탕기에다 달이자고 제안했다. 약 효험은 달이는 사람의 정성이 반은 차지한다고 하니 이왕이면 정성을 들여 보자는 것이었다. 하지만 막상 약을 달이려고 하니 그것이 보통 일이 아니었다. 송강은 바깥 볼일이 있어서 집을 비울 때가 많았고, 혜일 스님은 무릎을 꿇고 앉는 것은 고사하고 허리를 굽히기도 어려웠기 때문에 약을 달일 수가 없었다. 그리고 용정 엄마는 용정 엄마대로 텃밭일이다 부엌일이다 해서 늘 바쁘게 움직여야 하기 때문에 약 시간을 맞추기가 쉽지 않았다. 그래서 약 달이는 일은 자연히 박 씨 몫이 되고 말았다.

박 씨가 약을 달이게 되자 혜일 스님은 내심 불안했다. 약은 시간을 맞춰서 졸아드는 양을 조절해야 하는데 앞을 못 보는 박 씨가 그 일을 해낼 수 있을까 해서였다. 그런데 그건 기우였다. 박 씨는 물 끓는 소리로 약탕기 속의 양을 정확히 가늠하고 있었다. 혜일 스님은 처음 그 일을 몹시 경이롭게 받아들이면서 사람은 한쪽 기능이 약화되면 다른 쪽 기능으로 약화된 부분을 보완한다 하더니 박 씨도 아마 그런 경우인가 보다고 생각했다.

하지만 시간이 경과함에 따라 꼭 그렇지만은 않다는 것을 알았다. 박 씨는 약을 달이는 일에 신성하다고 느껴질 만큼 정성을 쏟고 있었다. 그는 풍로 옆에 자리를 잡고 앉아 나물을 다듬거나 고구마나 토란 줄기 껍질을 벗기면서 모든 신경을 약 끓는 소리에 집중시키고 있었다. 그럴 때의 그녀 얼굴은 기도를 드리는 사람처럼 진지했다. 그런 것은 약 달이는 일만이 아니었다. 혜일 스님을 지압할 때도 그랬다. 혜일 스님이 강릉에 온 지 엿새쯤 지났을 때 박 씨가 손수 달인 약을 들고 혜일 스님 방으로 왔다. 그녀는 눈을 감고 한옆에 앉아 있다가 스님이 약을 다 마시자 조심스럽게 물었다.

"제가 지압을 해드려 볼까요?"

혜일 스님은 서울에서도 지압을 받아본 일이 있었기 때문에 그렇게 해달라고 청하고 자리에 누웠다. 그러자 박 씨는 감은 두 눈을 더욱 꼭 감더니 자신 주위에 깔려 있는 기를 심장으로 끌어모으듯 가슴으로 깊게, 깊게 숨을 들이마셨다. 얼마간 그러고 난 후 박 씨는 단정히 무릎을 꿇고 앉아 지압을 하기 시작했다. 지압을 받는 동안 혜일 스님은 파르르 떨리는 듯한 기의 파동을 온몸으로 느낄 수 있었다. 참으로 불가사의한 기분이었다. 한 시간 가까이 그렇게 지압을 받자 몸 전체가 마치 박하사탕을 먹은 것처럼 화해지면서 경쾌해졌다. 그 후부터 혜일 스님은 매일 한 시간씩 박 씨한테 지압을 받았다. 지압을 받고 나면 몸의 상태가 좋아지고 있음이 그대로 느껴졌다.

2주 가까이 그렇게 지내자 혜일 스님은 지팡이에 의지해 혼자 걸음을 옮길 수 있게 되었다. 그래서 매일 일과처럼 사랑마당을 지나 연당 주위를 돌기도 하고 중문으로 들어가 후원을 걷기도 했다. 그런데 이젠 천방둑까지 나갔다 올 수 있음은 물론 컨디션이 좋은 날은 천방둑에서도 한참 동안을 더 걸어서 갔다 올 수가 있었다. 혜일 스님은 천방둑에 서서 지서와 면소로 이어지는 길 양편에 뭉게구름처럼 피어 있는 코스모스를 바라보다가 조심조심 내려갔다. 한 달 전 여기에 올 때만 해도 더위가 기승을 부려 한여름으로 느껴졌는데 여름은 어딘가로 가고 코스모스가 지천으로 피어나는 가을이 되었다. 여름이 어딘가로 갔다고 생각하던 혜일 스님은 자신의 그런 생각이 우스워서 혼자 씩 웃었다. 여름이 가긴 어디로 갔겠는가. 지금 이 가을 속에 들어와 있지. 전생이 금생 속에 들어와 있는 것처럼.

천방둑을 내려온 스님은 고추밭 사이로 난 길을 따라 마을 안으로 들어갔다. 그리고 깨밭을 지나 고래등 같은 집을 감싸고 있는 긴 담 쪽으로 걸어갔다. 그때 맞은편에서 회색 동방을 입은 머리가 하얀 남자가 조그만 사내아이를 안고 걸어오는 모습이 보였다. 그 사람 뒤에는 사십 대로 보이는 여자가 보퉁이를 하나 들고 따라오고 있었다. 얼핏 보기에는 친정에 다니러 온 딸을 마중 나온 친정아버지 같았지만, 그가 스님들이 입는 승복을 입고 있었기 때문에 혜일 스님은 관심을 가지고 그를 살펴보았다. 그러던 그는 몹시 놀라며 지팡이를 짚은 채 그 자리에 우뚝 멈춰 섰다. 앞에서 오고 있는 사람은 최길성 씨와 영옥 그리고 신문에 났던 그 문제의 아이가 분명해 보였기 때문이었다.

최길성임을 알아본 혜일 스님은 부지런히 걸음을 옮겨 앞으로 나가며 남자처럼 우렁우렁한 목소리로 인사를 했다.

"최 선생님을 여기서 뵙다니 너무나 뜻밖입니다."

"혜일 스님이시군요. 오래간만입니다."

최길성도 아이를 안고 급히 앞으로 걸어오더니 아이를 땅에 내려놓고 두 손을 모아 합장하며 허리를 굽혔다.

"영옥 씨 아닙니까? 반갑습니다."

혜일 스님은 오른손에 들었던 지팡이를 왼손으로 옮기며 영옥 앞으로 손을 내밀었다.

"……."

그러나 영옥은 표정 없는 얼굴로 가만히 쳐다볼 뿐 혜일 스님이 내민 손을 마주잡으려 하지 않았다.

"인도에 가셨다더니 언제 오셨습니까?"

최길성이 옆에 내려놓은 아이의 손을 잡으며 물었다.

"한 반년 됐습니다."

혜일 스님은 최길성이 의식적으로 말을 시키고 있다는 것을 알고 있었다. 그래서 영옥 쪽으로는 시선을 주지 않으며 대답했다.

"힘든 공부하시느라고 건강을 많이 해치신 모양입니다."

최길성이 미소를 지었다. 은발 때문인지 미소를 짓고 있는 그의 얼굴이 순결하다고 느껴질 만큼 깨끗하게 보였다.

"힘든 공부 안 하려고 도망을 쳤더니 결국 손오공 신세가 되고 말았습니다."

혜일 스님은 지팡이를 짚고 있는 자신의 모습을 보이며 씩 웃었다.

"부처님 손바닥 안에 계시니 얼마나 행복하십니까?"

최길성은 농을 하며 아이를 다시 안으려고 몸을 굽혔다. 그러자 아이는 어깨를 양옆으로 흔들며 최길성의 손에서 벗어나려 하더니 뒤뚱뒤뚱 넘어질 듯 넘어질 듯 뛰면서 대문 안으로 들어갔다. 마치 자신의 집으로 들어가는 것처럼. 아이의 뒷모습을 바라보던 최길성은 몸을 일으키며 영옥을 돌아다봤다.

"제가 먼저 들어가 보겠습니다."

최길성 일행을 보고 있던 혜일 스님은 이렇게 말하곤 먼저 안으로 들어갔다. 영옥과의 동행을 송강한테 먼저 알리는 게 좋을 것 같아서였다.

"……."

혜일 스님이 안으로 들어가자 최길성은 잠시 멍한 얼굴로 서 있더니 감개무량한 얼굴로 집 주위를 둘러보기 시작했다. 채련, 이 씨, 한태서, 동화, 박 씨, 융, 송강, 그리고 형규. 이 집과 관련지어진 사람들 얼굴이 영상 속의 자막처럼 머릿속을 스치고 지나갔다. 이들이 모두 내가 금생에서 만났던 사람들인가?

"연락도 없이 어떻게 이렇게 오셨습니까?"

송강이 뛰듯이 급히 달려 나오며 허리를 굽혔다.

"시내에서 전화를 할까 하다가 번거로운 것 같아서 그만뒀다."

최길성은 미소를 지으며 송강을 내려다봤다. 딸을 바라보고 있는 것 같은 그의 시선 속에는 애정이 깊게 배어 있었다.

"어서 들어가시지요."

송강은 최길성한테 이렇게 말하곤 뒤에 선 영옥한테도 인사를 했다.

"어서 오세요."

"……."

그러나 영옥은 표정 없는 얼굴로 송강을 바라볼 뿐 인사 한 마디 나눌 줄을 몰랐다.

"연락을 하고 오셨으면 제가 마중을 나갔을 텐데요."

"마중은 무슨. 들어가기나 하자."

최길성이 앞장을 서서 중문으로 들어갔다. 그들이 안마당으로 들어섰을 때 먼저 들어간 꼬마가 댓돌 위에 서서 안방 대청마루로 올라가려고 조그만 다리를 쳐들었다 내리고 쳐들었다 내리고 하는 모습이 보였다.

"쟤 좀 봐. 저길 올라가야 하는 줄 어떻게 알았지?"

송강은 쫓아가서 아이를 안아 마루 위로 올려주며 신기해했다.

"어머, 손님들이 오셨군요."

뒷문으로 들어오던 용정 엄마가 최길성 일행을 보고 멈칫하며 멈춰 섰다. 그녀가 들고 있는 소쿠리 안에는 붉은 산호 같은 싸리버섯이 수북이 담겨 있었다.

"안녕하셨습니까?"

최길성이 용정 엄마를 보며 미소를 지었다.

"그럼요. 어서 안으로 들어가세요."

용정 엄마는 소쿠리를 든 손으로 안방을 가리키며 웃었다. 웃고 있는 오른쪽 눈이 흰자위만 보여 그녀 모습을 더욱 비참하게 만들었다.

"네."

최길성은 용정 엄마를 향해 목례를 하고 영옥을 먼저 마루 위로 올려보냈다.

"미영이 아버지가 싸리버섯을 따왔다고 하기에 사왔더니 마침 잘됐네요. 이걸로 국을 끓일까요?"

손님들이 방으로 들어가자 용정 엄마는 소곤소곤 낮은 소리로 물었다.

"네. 밀가루를 엷게 풀고요."

"고기하고 먼저 볶다가 물을 부어야죠?"

"그러면 버섯 향이 없어지니까 버섯은 나중에 넣으세요."

"네, 알았어요. 어서 들어가세요."

용정 엄마는 소쿠리를 들고 부엌으로 들어갔다. 산에서 따 온 자연 버섯이라 버섯 특유의 향이 은은하게 배어나왔다. 송강은 옷매무새를 단정하게 고치고 방으로 들어갔다. 그리고는 문갑 앞에 앉은 최길성을 향해 공손히 절을 했다.

"아버님, 절 받으세요."

아버님이란 호칭을 아직까지 써본 일이 없었지만 결혼을 한 달도 안 남겨놓은 지금으로서는 그렇게 불러야 할 것 같았다.

"오냐."

최길성도 자세를 바로 하며 정중히 절을 받았다.

"그동안 별고 없으셨나요?"

절을 마친 송강은 무릎을 옆으로 모으고 앉으며 안부를 물었다.

"별일 없었다. 뭐 별일 있을 게 있니?"

"건강도 좋으셨고요?"

"그래. 집수리를 대대적으로 한다는 말은 들었지만 막상 와 보니 새집이 됐구나. 장하다."

"저 자신을 시험해봤습니다."

"그랬겠지."

"서울엔 언제 가셨습니까?"

"형규 제대에 맞춰서 갔다 왔다."

최길성은 잠시 말을 끊었다가 다시 이었다.

"저 사람 얘기가 신문에 났다고 하니 너도 신문을 봐서 알고 있겠다만 나는 이번 서울에 가서 처음 알았다. 사정이 딱한 것 같아서 살고 있는 데를 가보니 그냥 놔뒀다간 생명을 부지하기가 어렵겠더구나. 그래서 데려왔다. 마침 도다가에 빈집이 한 채 있으니 거기서 살게 하면 될 것 같다."

최길성은 담담하게 그리고 진실하게 말했다. 자신의 주변이나 심경을 사실 그대로 알려야 할 대상으로 생각하고 있는 듯.

"......"

송강은 그런 그의 마음을 고맙게 받아들이면서 영옥과 아이를 다시 한 번 살펴보았다. 신문에 난 게 사실이라면 영옥보다 아이가 더 충격을 받고 후유증도 더 컸어야 할 것 같은데 아이는 너무나 말짱하고 정상적이었다. 그는 백동자도 병풍 앞에 서서 똘망똘망한 눈망울을 굴리며 제기차기·연날리기·팽이치기를 하는 병풍 속의 선동(仙童)들을 정신없이 들여다보고 있었다.

"이제 우리 얘기를 좀 하자."

최길성이 송강을 쳐다봤다.

"……."

송강도 아이한테 줬던 시선을 거두며 최길성을 쳐다봤다.

"지효 스님한테서 연락을 받았니?"

"네."

"날짜를 우리끼리 정해서 미안하다. 혹시 지장은 없는지 모르겠다."

"괜찮습니다."

"그럼 됐다. 날짜는 그렇게 하기로 하고 이번에는 장소를 정하자. 혹시 마음에 둔 예식장이 있니?"

"저는 예식장은 피하고 싶습니다."

"왜?"

"그쪽 형식이 싫습니다."

"생각해 보니 그렇구나."

최길성은 머리를 끄덕였다. 그는 처음 송강의 말을 서양식의 결혼 의식이 싫다는 말로 받아들였다. 그러나 다시 생각해 보니 누군가가 자기를 데리고 식장 안으로 들어가야 하고 보호자석에 어머니가 앉아 있어야 하는 그런 형식이 싫다는 말로 이해되었다. 그건 송강의 말이 옳았다. 절대적인 무슨 의미가 있는 일도 아닌데 자초해서 마음의 압박을 받거나 압박을 받게 할 필요는 없다는 생각이었다. 그리고 그 일은 송강의 어머니에게만 국한된 것이 아니라 자기 자신도 마찬가지였다. 자기도 그러고 싶지가 않았다.

"결혼식을 집에서 하게 되면 아무래도 전통 혼례로 해야겠구나."

"그래야 되겠지요."

"그렇게 하자. 우리가 하는 결혼식을 굳이 서양식으로 할 필요가 있겠니."

"……."

"날짜하고 장소는 정해졌으니 이번에는 주례 문제를 의논해보자. 지난번 서울에서는 백족화상을 모시기로 결정을 봤다. 네 생각은 어떠냐?"

"……."

백족화상이란 말을 듣는 순간 송강은 입을 꼭 다물며 고개를 숙였다. 고개를 숙이고 있는 그녀 모습에서 감정이 복잡하게 얽히고 있음을 느낄 수 있었다. 송강은 한참 동안 그렇게 고개를 숙이고 있더니 자신의 의견을 밝혔다.

"주례는 정의택 변호사님을 모셨으면 좋겠습니다."

"네 마음이 그렇다면 그렇게 하자."

최길성은 착잡한 마음으로 송강을 바라보다가 동의를 했다. 두 사람 사이엔 침묵이 흘렀다. 한참 동안 묵묵히 앉아 있던 최길성이 조용히 입을 열었다.

"형규가 여기 와 있고 싶어 하는 걸 내가 말렸다. 결혼 전에 같이 있는 건 남 보기도 좋지 않지만 그보다 식도 올리기 전에 네가 그 아이를 싫어하게 될까 봐서다. 나는 그게 두려웠다."

"……."

송강은 괴로운 얼굴로 최길성을 물끄러미 쳐다보았다. 나는 이분을 위해서도 형규 씨를 싫어해서는 안 된다, 하는 생각을 속으로 하면서. 그러나 마음은 더욱 답답해졌다.

결혼 날은 화창했다. 하늘은 말 그대로 코발트색이었고 햇빛은 밝고 투명했다. 마당에 쳐놓은 차일은 미풍에도 깃발처럼 펄럭여서 더욱 잔칫집 분위기를 고조시켰다. 차일 아래에는 초례상이 차려져 있고 초례상 주위에는 사람들이 겹겹이 둘러서서 식이 진행되기를 기다리고 있었다. 소위 구혼식이라고 불리는 전통 혼례 의식은 그들 주위에서도 사라진 지가 이미 오래기 때문에 사람들은 모두 아련한 향수 속에 잠기면서 식을 구경하고 싶어 했다.

잠시 후 사모관대를 한 신랑이 청사초롱을 든 계집아이와 사내아이를 앞에, 기러기를 든 기럭아비를 뒤에 세우고 활짝 열린 대문 안으로 걸어 들어왔다. 탄탄한 몸에 사모관대를 한 형규는 어사화를 꽂고 입성하는 장원급제자처럼 득의만만했다. 실제로 그는 행정고시를 합격한 기쁨과 송강을 아내로 맞이한 기쁨을 함께 지니고 있었기 때문에 장원급제자의 득의만만함을 그대로 가슴에 안고 있었는지도 모른다. 신랑이 들어오자 거의가 신부 측인 하객들은 신랑에 대한 자신들의 소감을 소곤소곤 귓속말로 나누기 시작했다.

기럭아비로 온 친구가 신랑에게 기러기를 건네주자 신랑은 기러기 머리가 왼쪽으로 가도록 받아 안았다. 그때 신부 측에서 두 사람의 남자가 나와 신랑을 전안상 앞으로 안내해갔다. 한 사람은 양복을 입었고 또 한 사람은 흰 도포에 갓을 쓰고 있었다. 신랑이 전안상에 안고 온 기러기를 내려놓자 한복을 곱게 차려입은 여인들이 앞으로 나와 전안상을 들고 안방으로 들어갔다. 방으로 들어간 여인들이 신부 앞에 전안상을 놓고 물러나는 순간 밖에 서 있던 신랑이 전안상을 향해 두 번 절을 했다.

전안례가 끝나자 신부가 시자(侍者)의 부축을 받으며 대청마루로 나왔다. 연두색 바탕에 자주색 깃을 대고 색동 소매를

단 원삼을 입고 칠보로 장식한 족두리를 쓰고 있는 신부를 보자 사람들은 일시에 탄성을 질렀다. 그녀의 모습은 단아하면서도 화사했고 향기로웠다. 신부가 나오자 신랑은 손을 앞으로 모아 읍을 하고 돌아서서 초례청으로 향했다. 청사초롱을 든 아이들이 앞에 서고 그 뒤로 신랑, 신랑 뒤로 신부가 따랐다. 초례청으로 온 신랑은 동쪽으로, 신부는 서쪽으로 가서 미리 준비해 놓은 물에 손을 씻고 신랑은 신부 측 시자가 내주는 수건에, 신부는 신랑 측 시자가 내주는 수건에 각각 손을 닦았다. 신랑 측에서는 고모와 사촌누이 그리고 친구들이 와서 시중을 들어주고 있었다.

손을 씻은 두 사람이 깔아놓은 화문석 위로 올라가 초례상을 가운데 두고 서로 마주보고 서자 신부 측 시자가 먼저 신부를 부축해 두 번 절을 시켰다. 그러자 신랑도 이에 대한 답례로 신부를 향해 한 번 절을 했다. 똑같은 방법으로 한 번 더 반복하고 난 두 사람은 화문석 위에 마주앉았고 양측 시자들은 일정한 의식을 거쳐 신랑과 신부에게 술을 권했다. 술을 마신 두 사람은 다시 자리에서 일어나 마주섰고 집례자는 혼인이 원만히 이루어졌음을 선언했다.

의식이 다 끝나자 정의택 변호사가 주례사라기보다 축사를 했다. 그리고 이어 박 교수가 양가를 대표해 감사의 인사를 드렸다. 신랑과 신부가 하객들을 향해 절을 하는 것으로 모든 의식은 다 끝났고 하객들은 우레와 같은 박수로 새로 탄생한 부부를 축복해주었다. 이렇게 해서 결혼식은 집례자의 선언대로 원만하게 끝났다. 아니, 원만이란 말만 가지고는 뭔가 부족하다. 거기에는 화려하게와 장엄하게라는 말이 더 첨가되어야 한다. 결혼식은 어디에서도 볼 수 없을 만큼 장엄하고 화려하게 치러졌다.

모든 의식이 다 치러지자 그다음에는 연회가 베풀어졌다. 가마솥에는 국수틀이 얹히고 국수틀에서는 가무스름한 메밀국수가 계속 뽑혀 나오고 있었다. 그리고 그 국수는 바로 끓는 물속으로 들어가 온갖 고명으로 치장을 한 다음 손님상으로 옮겨갔다. 후원 차일 밑에는 과방이 차려졌고 과방에서는 손끝이 야문 십여 명의 아낙네들이 둘러앉아 고기, 어물, 전, 떡, 나물, 유과, 과일 등속을 썰고 담기에 여념이 없었다. 그들이 담아놓은 음식은 청년들에 의해 사랑마당과 안마당으로 부지런히 옮겨졌다. 마당에는 여러 개의 차일이 쳐졌고 차일 밑에는 깨끗한 비닐 돗자리가 깔려 있었다. 그리고 그 돗자리 위에는 집안 친척들뿐 아니라 삼동네 사람들이 빽빽하게 둘러앉아 잡담과 웃음 속에서 즐겁게 식사를 했다.

송강은 자신의 결혼 잔치를 성대하게 차렸다. 잔치를 성대하게 차리는 것은 한씨 가문의 전통이었고 전통을 잇는 것은 권위와 명예도 함께 잇는 것이라고 생각하고 있었다. 옛날 할머니는 음식을 적게 해서 손님들을 궁색하게 대접하는 걸 제일 싫어하셨다. 그래서 할머니는 늘 사람들이 실컷 먹고 남는 것은 싸가지고 돌아갈 수 있게 음식을 장만했다. 그러기 때문에 한 씨네 잔치는 언제나 끝에 가선 동네잔치가 되고 말았다. 송강은 어려서부터 그런 것을 보고 커왔기 때문에 행사가 있을 때마다 할머니가 하던 대로 따라 하게 되었다.

사람들이 즐겁게 식사들을 하고 있을 때 신랑과 신부는 신혼여행 떠날 채비를 챙겼다. 송강은 처음엔 신혼여행 같은 것은 전혀 고려하지 않았다. 그런데 어느 날 문득 머릿속에서 '융의 체취가 배어 있는 이 집에서 형규와 초야를 맞을 순 없다'는 생각이 떠올랐다. 그래서 처음 생각을 번복하고 형규의 청을 받아들여 제주도로 여행을 떠나기로 했다. 분홍 깨끼 치마저고리로 갈아입은 송강은 형규와 나란히 서서 시아버지가 된 최길성 씨한테 먼저 절을 하고 다음에 어머니한테 절을 했다. 그리고 나서 사람들의 배웅을 받으며 대문을 나섰다. 대문 앞에는 정의택 변호사가 내준 검은 세단이 그들을 기다리고 있었다.

세단 앞으로 온 송강은 한 손으로 자동차 문을 잡고 초조한 얼굴로 주위를 살폈다. 그러던 그녀는 감나무 밑에 서서 일그러진 얼굴로 자기를 주시하고 있는 융과 눈이 마주친 순간 뚫어져라 융의 얼굴을 쳐다봤다. 30초 정도. 그리고 난 송강은 고통스러운 얼굴로 눈을 감고 다시 30초 정도 서 있더니 차 안으로 들어갔다. 두 사람의 어깨가 뒤창을 통해 나란히 보이는 순간 차는 소리 없이 미끄러지며 한길 쪽으로 달려갔다.

배웅 나온 사람들은 차가 시야에서 완전히 사라질 때까지 웃으며 손을 흔들었다. 그들 속에는 지효 스님, 박 교수, 혜일 스님, 향운 스님, 이랑의 모습도 보였다. 이랑은 두 팔을 포개어 자신의 허리를 꼭 감싸고 서서 멀어져가는 차를 바라보고 있었다. 그러고 있는 그녀 표정은 어딘지 쓸쓸해 보였다.

"융아."

최길성이 감나무 밑으로 다가와서 나직한 소리로 불렀다.

"……."

"백족화상이 도다가에 와 계신다. 너한테 그렇게 전해달라고 하시더라."

"……."

그러나 융은 그의 말을 듣고 있지 않았다. 들리지가 않았다. 융은 몸을 돌렸다. 큰길을 따라 얼마간 그렇게 걷다 보니 지서를 지나 저수지 앞까지 와 있었다. 융은 걸음을 멈추고 서서 하늘처럼 푸르게 보이는 저수지 물을 바라보고 있었다. 그러나 바라보고만 있을 뿐 그의 머릿속에선 아무 생각도 일지 않았다.

그때 뒤에서 자동차 멎는 소리가 들리더니 누군가가 자기 이름을 불렀다.

"융아."

"……."

융은 고개를 돌리며 소리 나는 쪽을 바라보았다. 고등학교 동창생인 재용이 운전석에 앉아서 창 쪽으로 몸을 기울이고 있었다.

"잔치 보러 왔구나. 반갑다."

재용은 팔을 내밀며 악수를 청했다.

"……."

융도 그에게로 다가가 손을 마주잡으며 무슨 말인가로 인사를 해야겠다는 생각은 하고 있는데 입이 떨어지지 않아서 말을 할 수가 없었다.

"어디로 갈 건지 타라. 내가 데려다줄게."

재용이 차 문을 열어주며 타기를 권했다. 융은 어떻게 할까 망설이다가 그냥 차에 올랐다.

"목적지가 어디니? 방향을 알아야 차를 몰지."

융이 입을 다물고 가만히 앉아 있자 재용은 핸들을 잡으며 융을 돌아다봤다.

"할머니 산소. 미안하지만 날 거기까지 좀 데려다줘."

융은 사정을 했다. 그러면서 스스로 놀라고 있었다. 자기는 차에 오르는 순간까지 산소에 갈 생각을 하지 않고 있었기 때문이었다.

"야, 잔치에 와서 무슨 산소니?"

"……."

"하기야 자주 못 오니 온 김에 다녀가는 것도 괜찮긴 하겠다."

재용은 자기 혼자 자문자답을 하더니 산소 가는 쪽으로 차 방향을 돌렸다.

"소문에 들으니 몸이 아파서 학교를 쉬었다고 하던데 요즈음은 괜찮니?"

"응."

"나는 제대하고 와서 아버지 양계장 일을 돕고 있다. 말이 양계장이지 사실은 닭보다 오리가 더 많다. 서울 갈 때 잠깐 들러라. 토종 오리알 좀 줄게."

"……."

융은 눈을 감았다. 자신의 감정으로는 재용과 도저히 더 이야기를 나눌 수 없어서였다.

"……."

융이 아무 대답이 없자 고개를 돌려 융의 안색을 살피던 재용도 따라서 입을 다물었다. 건강이 안 좋다고 하더니 많이 안 좋은 모양이라고 생각하면서. 시골길이라곤 하지만 버스가 다니는 길은 포장이 돼 있었기 때문에 할머니 산소가 있는 산 밑까지 가는 데는 20분도 채 걸리지 않았다. 융은 재용한테 고맙다는 인사를 하고 차에서 내렸다. 그러자 재용도 한 번 더 손을 내밀어 작별의 악수를 청하더니 돌아섰다.

　산소로 오르는 길은 완만한 경사로 이어져 있었다. 융은 밭가에 서서 할머니 산소가 있는 산을 물끄러미 쳐다보다가 오솔길로 접어들었다. 잎을 다 떨군 채 붉은 열매만 매달고 청청한 하늘 밑에 서 있는 감나무는 그 자체가 사리(舍利)같이 느껴졌다. 융은 감나무 밑을 지나 억새가 능선을 뒤덮고 있는 산길로 올라갔다. 탈속한 노인처럼 평화롭게 바람에 나부끼고 있는 억새는 석양을 받아 더욱 평화롭게 보였다. 하지만 이러한 모든 것은 단지 거기 있을 뿐 어떤 것도 융의 눈에 들어오지 않았다. 절망감과 상실감 때문에 융은 가슴이 아팠다. 가슴이 미어지게 아프다는 그 통속적인 말이 얼마나 절절한 자기표현인가를 비로소 알았다.

　억새 능선을 지나 가파른 오솔길을 조금 더 올라가니 할머니 산소가 나왔다. 할머니 산소는 넓고 높고 둥글었다. 마치 아흔아홉 칸짜리 집을 그대로 옮겨놓은 것처럼 풍요로웠다. 융은 산소를 물끄러미 바라보다가 신발을 벗고 그 앞에 엎드려 두 번 절을 했다. 그리고 무릎을 꿇고 앉아 '할머니' 하며 고개를 숙였다. 그러자 가슴 깊은 곳에서 뜨거운 덩어리 같은 것이 솟구쳐 올라왔다. 그 순간 융은 자기가 왜 여기 왔는지 알았다. 그것은 울고 싶어서였다. 울 수 있는 곳, 울 수 있는 대상을 찾아온 것이었다. 그런데 울음이 나오지 않았다. 가슴은 터져

버릴 것처럼 아픈데 울 수가 없었다. 흡사 입으로 지구를 삼킨 것 같았다.

서쪽 하늘을 붉게 물들이며 자하산(紫霞山) 능선 위에 걸려 있던 해도 어느덧 지고 하늘에는 총총히 별이 돋아나 있었다. 열사흘 달도. 달빛은 생명 있는 모든 것 위에 스며들어 온 산을 교교히 감쌌고, 달빛 속에 잠긴 일체의 생명은 숨을 죽이며 융을 옹위하고 있었다.

융아

백족화상이 도다가에 오셨다. 너한테 그렇게 전하라고 하시더라.

감나무 밑에서 들었던 최길성 아저씨의 말이 떠올랐다. 그때는 듣고 있지 않은 것 같았는데… 신기했다.

도다가! 융은 달빛 속에 서서 도다가란 말을 조용히 떠올렸다. 그 순간 '도다가로 가자.'라는 말이 자신의 가슴속에서 울려 나오는 것 같았는데 할머니가 '도다가로 가거라.'라고 이르는 말처럼 들렸다. 융은 고개를 갸웃하며 달빛 속에 둥그렇게 모습을 드러내고 있는 할머니의 무덤을 바라보았다.

할머니는 어디 계실까? 어디서 나와 다시 만날 수 있을까? 어떤 모습으로 서로.

12장

Udambara

최길성이 영옥과 꼬마를 데리고 도다가로 온 지도 100일 정도 지났다. 최길성은 영옥을 아랫마을에 있는 빈집에서 살게 하려고 마음을 먹었기 때문에 영옥을 데려올 때 집수리에 필요한 물건들을 미리 구입해서 왔다. 도배지도 사고, 창문에 바를 한지도 사고, 부엌을 입식으로 고칠 수 있게 싱크대와 작은 수납장도 샀다. 그리고 옷가지를 넣을 서랍장과 꼭 필요한 살림살이도 사서 작은 트럭에 싣고 모자를 데리고 도다가로 왔다. 그리고 도다가에 와서 틈틈이 수리를 해 이제는 영옥이가 그 집을 자신의 집이라고 생각하며 살게 되었다.

그러나 막상 영옥이를 그 집에 살게 하려고 하니 해결되지 않는 문제가 한두 가지가 아니었다. 그중에서도 가장 시급한 건

식생활이었다. 부엌도 입식으로 고쳐주고 세간도 장만해 줬지만 영옥은 밥을 해 먹을 생각을 하지 않았다. 그렇다고 해서 밥해 먹는 일을 완전히 잊은 건 아니었다. 쌀을 씻어서 밥을 하기는 하는데 그건 최길성이 옆에 있을 때만 그랬다. 최길성이 옆에 없으면 하루고 이틀이고 밥해 먹을 생각을 하지 않았다. 최길성은 처음엔 배가 고프면 해 먹겠지 하고 모른 체하기도 했지만, 닷새가 지나도 밥을 해 먹지 않는 영옥을 보고 이건 심각하구나, 하는 생각을 하지 않을 수 없었다.

'왜 내가 있으면 밥할 생각을 하지? 나하고의 기억은 밥을 해 줬던 것만 남아 있는 건가?'

최길성은 이런 생각을 하며 혼자 쓸쓸히 웃은 적이 있었다. 그다음 문제는 꼬마였다. 아니 꼬마 문제야 말로 자신이 해결해 줘야 할 가장 시급한 문제였다. 최길성은 영옥이 모자를 데리고 도다가로 온 다음 날, 꼬마만 데리고 백족화상한테 가서 인사를 드렸다. 강릉에 잘 다녀왔다는 보고와 함께 영옥이 모자를 도다가에서 살게 해 달라는 허락을 받기 위해서였다.

"강릉은 잘 다녀왔습니다. 혼인도 잘 치르고 융한테도 큰스님이 여기 와 계신다는 걸 알렸습니다. 그리고 제가 돌보지 않으면 안 될 모자가 있어서 데리고 왔습니다. 여기서 함께 살게 해주시면 고맙겠습니다."

최길성은 이렇게 말하며 백족화상을 쳐다봤다.

"잘 하셨습니다. 이 아이는 장차 불교계의 위대한 지도자가 될 것이니 절에서 살게 하십시오."

아이를 가만히 바라보던 백족화상이 말했다.

"네. 그렇게 하겠습니다."

최길성은 얼떨결에 이렇게 대답을 하고 밖으로 나왔다. 그런데 막상 밖으로 나와 보니 궁금한 게 한두 가지가 아니었다. 이 아이가 장차 불교계의 위대한 지도자가 된다고 했는데 스님으로 그렇게 된다는 것인지, 재가자로 그렇게 된다는 건지도 궁금했고, 위대하다는 말과 훌륭하다는 말이 같은지 다른지도 궁금했다. 아니 위대하다는 말과 훌륭하다는 말이 같은지 다른지가 궁금한 게 아니고 백족화상이 그 말을 같은 말로 썼는지 다른 말로 썼는지 그게 궁금했다. 그렇다고 해서 되돌아가서 자신이 궁금하게 여기는 바를 물어볼 수도 없었다.

최길성은 꼬마의 손을 잡고 나오면서 묘한 생각이 들었다. 이 아이와 자신의 인연이 무관하지 않다는 느낌 때문이었다. 아이도 그런 느낌이 드는지 최길성을 처음 만난 이후 기회만 닿으면 옆에 와서 최길성의 손을 잡았다. 그러면서 안심하는 표정을 지었다. 자신을 보호해 줄 사람은 최길성밖에 없다는 사실을 알고 있는 것처럼. 최길성은 꼬마의 손을 잡고 후원으로 돌아가면서 이런저런 생각에 잠겼다.

꼬마는 백족화상이 시키지 않아도 저절로 절에서 살았다.

그건 절에 최길성이 있기 때문이기도 했지만 꼬마는 절에서 놀다가 어두워지면 그냥 절에서 자려고 했다. 하루 이틀 그러다 보니 꼬마는 자연스럽게 절에서 살게 되었고, 꼬마가 절에 있게 되자 대신 영옥이가 절로 올라왔다. 아이를 보기 위해서였다. 영옥은 아이를 보면 환하게 웃으며 아이를 끌어안지만 강제로 아이를 데리고 집으로 가려고 하지 않았다. 그러다 보니 자연스럽게 아이는 절에서 사는 게 되었고, 영옥은 아이를 보기 위해 절로 오는 게 되었다.

영옥은 처음 절에 와서 무표정한 얼굴로 우두커니 서 있었는데 그런 영옥의 모습을 본 공양주 보살이 배추 다듬는 걸 시킨 이후 영옥은 자연스럽게 공양간에서 일을 거들게 되었다. 영옥은 아침이면 아이를 보기 위해 절로 와서 환하게 웃으며 아이를 끌어안는 행복을 누린 대가로 하루 종일 공양간에서 이 일 저 일을 바쁘게 거들다가 저녁이면 아이를 다시 한 번 환한 얼굴로 끌어안아 보고는 혼자 집으로 내려갔다. 그러다 보니 영옥의 식사문제도 자연스럽게 해결되어서 최길성은 이래저래 다행이라고 생각하며 지내고 있었다.

영옥에 대한 시름을 던 대가로 최길성은 아침이면 꼬마 손을 잡고 후원으로 가서 영옥이한테 꼬마를 한 번 안아보게 해주고, 저녁이면 다시 꼬마 손을 잡고 후원으로 가서 영옥이한테 꼬마를 안아보게 해주는 배려를 의무처럼 하고 있었다. 지금도 영옥이가 공양간에 와 있을 거 같아서 꼬마의 손을 잡고 후원으로 가는 중이었다.

"야 산신동자, 내가 사탕 하나 줄까?"

포행을 하던 스님이 다가와서 아이 손에 사탕 하나를 쥐여 주었다. 도다가에서 꼬마 이름은 산신동자였다. 누구 입에서인지 모르지만 꼬마가 바로 신문에 났던 그 꼬마라는 말이 퍼지면서부터 꼬마는 산신동자로 불리게 되었다. 절에서는 호랑이를 산신, 혹은 산신을 옹위하는 영물로 보기 때문에 자연스럽게 붙여진 애칭이었다. 총명한 눈망울을 똘망똘망 굴리는 꼬마를 산신동자로 부르게 되자 꼬마는 도다가에 온 지 한 달도 채 안 돼서 도다가의 마스코트가 되었다. 스스로의 힘으로 모든 사람의 사랑을 한 몸에 듬뿍 받으면서 도다가의 일원이 된 것이다.

최길성이 꼬마 손을 잡고 후원으로 가자 영옥이가 다가와 환하게 웃으며 꼬마를 끌어안았다. 그러자 꼬마도 영옥을 보고 활짝 웃었다. 최길성은 옆에 서서 모자의 의식이 끝나기를 기다리며 무심한 얼굴로 모자를 내려다보고 있었다. 무심한 얼굴로 모자를 내려다보는 그것 역시 최길성이 치르는 또 하나의 의식이었다. 세 사람은 아침과 저녁 두 차례씩 도다가 후원에서 의식을 치르는 일로 하루의 일상을 시작하고 마감했다. 최길성과 영옥의 인연은 그렇게 지속되어 갔다. 산신동자로 불리는 꼬마를 가운데 놓고서.

'딱 3일만 쉽니더.'

대문에 붙인 종이가 떨어질까 봐 걱정된 향운 스님은 넓적한 손바닥으로 꾹꾹 눌러 주고는 몸을 돌렸다. 늦지 않게 도착해야 하는데 길이 막히면 큰일이다. 마음이 급해진 향운 스님은 주차장 쪽으로 부지런히 걸음을 옮겼다. 두루마기 고름은 다시 매주고 싶을 만큼 느슨하게 풀어져 있고, 등에 진 걸망도 몸에 딱 붙는 거 같진 않지만 스님한테선 산 냄새가 났다. 향운 스님은 늘 자신을 가리켜 '산승(山僧)'이라 했지만 산에 거처를 두고 있을 때는 맡을 수 없던 냄새였다. 그러던 것이 서울 한복판인 인사동에서 찻집을 하면서부터 스님한테선 조금씩 산 냄새가 나기 시작했다. 신기한 일이었다.

공용주차장에 도착한 향운 스님은 자신의 승합차에 올랐다. 좋은 차(茶)를 구입하기 위해 지방을 다닐 일이 많기도 했지만 그건 겉으로 드러난 이유였고, 향운 스님이 정말 승합차를 사고 싶었던 이유는 법운 스님 어머니를 차에 태워서 바람을 쐬어 주고 싶어서였다. 그러고 싶은 그 마음은 자신의 어머니에게로 향하는 절절한 마음이었다. 어머니를 옆에 태우고 사람 노릇하며 사는 자신의 모습을 꼭 한번 보여드리고 싶은데 그 일은 영원히 할 수 없는 일이 되고 말았다. 애통했다.

향운 스님이 선재사에 도착한 것은 9시 7분 전이었다. 향운 스님은 시간을 맞춰서 도착할 수 있게 된 걸 다행으로 생각하며 차에서 내렸다. 그때 다른 차가 와서 선재사 대문 앞에 섰다. 향운 스님은 차 문을 닫으며 새로 온 차를 바라보았다. 그러던 스님은 반기는 얼굴로 인사를 했다.

"박 교수님 아니십니꺼? 융 때문에 오셨는교?"

차문을 닫고 돌아서던 박 교수도 환하게 웃으며 인사를 했다.

"안녕하셨습니까? 오늘 스님이 융을 데리고 가신다면서요?"

"그렇습니더. 지난가을 자꾸 차를 사고 싶어지더니 융을 도다가에 데려다주려고 그랬는 갚습니더."

향운 스님이 밝게 웃었다.

"어서 들어가시지요."

박 교수는 향운 스님을 앞장세우고 자신도 그 뒤를 따라 안으로 들어갔다. 대문 앞에서 향운 스님을 만나게 돼서 다행이라고 생각하면서. 그때 종각 쪽에서 이랑이가 걸어왔다. 이랑도 향운 스님과 박 교수를 보자 머리를 숙이며 공손하게 인사를 했다.

"스님은 안에 계시제?"

향운 스님이 묻자

"네. 어서 들어오세요."

이랑은 이렇게 말하곤 앞에서 뛰어갔다. 손님들이 오셨음을 지효 스님한테 빨리 알리기 위해서였다.

"스님, 향운 스님하고 박 교수님이 오셨어요."

현관문을 열고 들어선 이랑이 이렇게 말하자 지효 스님은 말없이 고개를 들었다.

"……."

스님 앞에는 여행용 가방이 놓여 있었고, 융이 입을 속옷과 겉옷들도 같이 놓여 있었다.

"손님들을 이리로 모시고 올까요?"

이랑은 살며시 고개를 돌리며 물었다. 그러는 그녀 얼굴은 창백했고 입술도 까칠하게 말라 있었다.

"응, 그렇게 하지."

지효 스님은 비로소 정신이 돌아왔는지 이랑을 쳐다보며 고개를 끄덕였다.

"알겠습니다."

이랑은 현관 밖으로 몸을 돌렸다. 화장기 없는 그녀의 얼굴은 감정까지도 지워진 것처럼 보였다.

"이리로 들어오시죠. 스님은 지금 여기 계신데요."

이랑의 말을 들은 두 사람은 층계로 올라왔다. 손님들이 안으로 들어가는 것을 본 이랑은 몸을 돌려 옆방으로 갔다. 차를 준비하기 위해서였다.

"어서 오십시오."

지효 스님이 현관문을 열어주며 손님들을 맞았다. 거실 안으로 들어선 향운 스님과 박 교수는 지효 스님이 융을 떠나보낼 차비를 하고 있음을 알았다.

"인사는 그만 생략하고 자리에 앉읍시더."

향운 스님이 이렇게 말하며 먼저 자리에 털썩 앉자 지효 스님도 합장으로 인사를 대신하며 마주앉았다.

"융을 떠나보내려 하니 스님도 괴로우신 거 같네예."

향운 스님이 지효 스님을 보며 묻자 지효 스님이 고백하듯 답했다.

"융 없이도 선재사가 운영될 수 있을지… 마음이 착잡하네요."

"그게 뭔 말인교? 선재사야 스님이 운영하셨지 융이 했습니꺼?"

향운 스님이 눈을 크게 뜨며 쳐다봤다.

"저도 지금까진 그렇게 생각해 왔습니다. 융은 그동안 학생이었고 절 일에는 전혀 마음을 쓰지 않았으니까요. 그런데 막상 융이 떠난다고 하니 대들보가 빠져나가는 거 같아서 선재사가 앞으로 절로 운영이 될 수 있을까 하는 생각이 드는군요."

지효 스님의 말을 듣고 있던 박 교수가 공감하는 표정을 지었다.

"지금 스님이 하신 말씀이 저도 충분히 이해가 됩니다. 융이 없다고 생각하니 학교도 텅 빈 거 같아서 여기서 계속 학생들을 가르칠 수 있을까, 하는 생각이 들더군요."

박 교수의 말을 듣고 있던 지효 스님이 고개를 들어 박 교수를 쳐다봤다. 말로는 표현할 수 없는 어떤 결속감을 담고서.

"융은 학교를 졸업했으니 학교를 떠날 건 기정사실이고… 그러고 보니 기정사실인 건 아니네예. 석사과정도 있고 박사과정도 있으니 말입니다. 그리고 융이 도다가로 간다고 해도 영원히 가는 건 아니니… 말을 하고 보니 지금 한 말도 맞지는 않네예. 여기로 다시 온다는 보장도 없고 안 온다는 보장도 없으니까예."

향운 스님은 마음속에서 융에 대한 정리가 안 되는지 자신이 한 말을 부정하며 중언부언했다. 그러나 아무도 그런 향운 스님을 탓하지는 않았다. 융에 대한 마음이 정리되지 않기는 지효 스님이나 박 교수도 마찬가지였기 때문이다.

잠시 침묵이 흐른 뒤 향운 스님이 다시 입을 열었다.

"저도 마 두 분 마음과 같습니더. 융이 없다고 생각하니 서울이 텅 빈 거 같아서 재미있는 일이 하나도 없는 거 같네예. 융이 재미있게 해준 적도 없는데 말입니다."

"그러고 보니 융은 우리가 생각했던 거보다 훨씬 더 큰 그림자를 우리한테 드리웠던 거 같군요."

박 교수가 쓸쓸한 표정으로 웃었다. 그때 이랑이가 차 준비를 해 가지고 왔다. 이랑은 세 사람이 나눈 얘기를 듣고 있었던 듯 바싹 마른 입술을 더욱 꼭 다물고 있었다.

"이걸 최 선생님한테 전해 주십시오. 최 선생님도 돈이 필요하실 거 같아서 조금 넣었습니다."

박 교수가 주머니 속에서 봉투를 꺼내 향운 스님 앞에 놓았다. 수표가 들어 있는 듯 봉투는 얇았다. 최 선생님도 돈이 필요할 것 같다는 말이 무슨 뜻을 담고 있는지는 그 자리에 있는 사람들은 다 알아들었다. 그건 말할 것도 없이 영옥 모자를 두고 하는 말이었다.

"고맙습니더. 꼭 전해드리겠습니더."

향운 스님은 자신도 모르게 고맙다는 표현을 썼다. 그건 그의 의식 밑바닥에 최길성에 대한 미안함이 자리하고 있어서였을 것이다.

"……."

이랑은 입을 더욱 꼭 다물며 차를 따랐다. 다관을 쥔 손이 떨리고 있었다. 박 교수는 그런 이랑을 못 본 체하며 최길성에 대한 얘기를 계속했다.

"지금 와서 생각해 보니 제 스승은 최 선생님이었다는 생각이 듭니다. 무엇을 특별히 이루신 것도 없고 하신 것도 없지만, 최 선생님은 그때그때 꼭 필요한 일들을 하셨고 모든 사람한테 필요한 도움을 주며 사셨다고 봅니다. 저도 그렇게 살고 싶지만 제 풍신으로 봐서는 그렇게 사는 일은 불가능한 거 같습니다."

박 교수는 이렇게 말하며 자조적인 웃음을 지었다.

"……."

박 교수의 말을 듣고 있던 지효 스님이 천천히 머리를 끄덕였다. 박 교수가 최길성처럼 살 수 있는지 없는지는 모르겠지만 최길성에 대한 평가는 적절하다는 생각이 들었다.

"최 거사님이 저한테 하신 건 마 말할 것도 없고 이번에 하신 처사를 보고도 놀랐습니더. 인격적으로 높은 경지에 들어 있지 않으면 도저히 할 수 없는 일들이지예. 절집에서는 도인이라는 말을 많이 쓰는데 최 거사님 같은 분이 진짜 도인이 아니겠습니꺼?"

향운 스님이 차를 한 모금 마시며 말했다. 그때 이랑이가 조용히 자리에서 일어났다.

"융을 찾아보려고?"

지효 스님은 이랑이가 자리를 뜰 수 있는 구실을 만들어 주기 위해 일부러 물었다.

"네."

이랑은 간단히 대답하며 몸을 돌렸다.

"밖에 나가진 않았을 테고… 종각 쪽으로 한번 가 봐"

지효 스님이 이랑의 등에 대고 말하자 이랑이가 고개를 돌리며 대답했다.

"종각 쪽에도 가 봤는데 거기도 없어요."

"그게 뭔 소린교? 융이 없어졌습니꺼?"

향운 스님이 눈을 크게 뜨며 물었다.

"방에도 없고 마당에도 없고… 융이 보이지 않네요."

지효 스님이 향운 스님을 보며 말했다.

"융이 보이지 않는다고예?"

"제가 나가서 다시 한 번 더 찾아볼게요."

향운 스님이 놀라자 이랑은 조용히 문을 닫으며 밖으로 나갔다.

"열 시가 다 돼 가는데예"

향운 스님이 눈을 찡그리며 시계를 들여다보자 지효 스님이 차를 한 모금 마시며 말했다.

"10시에 떠나는 건 융도 알고 있으니까 시간 맞춰 오겠지요."

세 사람이 담소를 나누며 차를 마시고 있을 때 발소리와 함께 이랑이 들어왔다.

"오빠가 법당에 있어요."

이랑의 목소리가 떨리고 있었다.

"법당에?"

지효 스님이 놀라며 물었다. 새벽예불시간 이외에 융이 법당에 간 적이 한 번도 없었기 때문이었다.

"네."

이랑은 여전히 떨리는 목소리로 대답했다.

"그럼 데려오지 그랬어. 향운 스님하고 박 교수님이 와 계신다는 말을 하고."

지효 스님이 이해가 안 간다는 얼굴로 쳐다보자 이랑은 고개를 저었다. 자신은 그렇게 할 수 없다는 의사 표시였다.

"스님이 가보세요. 저는……."

"무슨 일인데 그래?"

지효 스님이 자리에서 일어서자 향운 스님도 몸을 일으키며 지효 스님 뒤를 따랐다.

"저도 법당 참배를 하고 오겠습니더. 먼 길 떠나는데 부처님한테 고하고 가야지예."

"저도 법당 참배를 하고 오겠습니다."

박 교수도 따라 일어났다. 그러자 이랑도 그들 뒤를 따랐다.

"……."

법당 앞에선 지효 스님이 손을 들어 자신의 입을 가리며 멈춰 섰다. 그러자 향운 스님이 고개를 빼고 안을 들여다보다 한 발 뒤로 물러서며 눈을 둥그렇게 떴다. 무슨 일인가 하고 안을 들여다보던 박 교수도 움칠하고 놀라며 뒤로 물러섰다. 부처님 앞에 결가부좌를 하고 앉은 융은 부처님과 하나가 돼서, 아니 마룻바닥과 하나가 돼서 다시는 몸을 일으키지 않을 것 같은 자세로 앉아 있었다. 그런 그의 몸에선 광채가 은은하게 뿜어져 나오고 있었다.

"……."

지효 스님은 부처님인지 아니면 융인지를 향해 조용히 허리를 굽혀 합장하고는 몸을 돌렸다. 그러자 나머지 사람들도 마치 최면에 걸린 것처럼 지효 스님과 같은 자세로 합장을 하곤 몸을 돌렸다. 다시 거실로 온 네 사람은 서로의 얼굴을 쳐다보며 말없이 서 있었다.

"오늘 떠나기는 어려울 거 같군요. 융이 삼매에 들어 있습니다."

지효 스님이 향운 스님을 보며 말했다.

"저런 게 삼맨교?"

향운 스님이 물었다.

"……."

지효 스님이 조용히 긍정하는 표정을 짓자 향운 스님은 체증이 풀린 듯 환하게 웃음까지 지으며 말했다.

"이제야 속이 시원합니다. 지금 본 융의 모습이 옛날 토굴에서 본 노장님 모습하고 똑같은데 그게 바로 삼매네예."

"……?"

그런 향운 스님을 박 교수는 어이없어하며 쳐다봤다. 같은 스님으로서 아니 비구로서 삼매를 묻는다는 게 너무 이상하게 보였다.

'자존심도 없나? 그런 걸 다 묻게.'

이런 생각을 하던 박 교수는 자신의 생각에 움찔하며 놀랐다. 향운 스님의 솔직함이 자신한테는 없다는 생각이 들어서였다. 그동안 책이나 말을 통해 삼매란 말은 숱하게 들어왔다. 하지만 자기 자신이 삼매에 들어본 적은 말할 것도 없고 삼매에 든 사람을 본 적도 없었다. 그래서 삼매가 어떤 상태인지를 자신은 모르고 있다. 모르고 있는 걸 마치 알고 있는 것처럼 착각하는 것, 그게 바로 학자인 자신의 모습이었다.

"잠깐 앉으시죠. 아무래도 금방은 떠날 수 없을 거 같습니다."

지효 스님이 침착하게 말하며 먼저 자리에 앉았다. 그러자 나머지 사람들도 따라 앉았다.

"나가서 물을 담아 와. 차를 한 번 더 마시게."

"네."

지효 스님이 이랑 쪽으로 고개를 돌리자 이랑이 다관을 들고 밖으로 나갔다.

"융의 모습이 옛날 토굴에서 본 노장님 모습과 같다는 건 무슨 말입니까?"

박 교수는 자신도 솔직해지고 싶다는 생각을 하며 향운 스님한테 물었다.

"얘기를 다 하려면 복잡하고예. 아무튼 제가 처음 절에서 살 때였는데 밤에는 노장님이 계신 토굴에서 자고, 낮에는 마을로 내려와서 온갖 나쁜 짓을 다 하고 다닐 때였습니더. 그럴 때 밤에 토굴에 올라가면 노장님이 지금 융 같은 자세로 앉아 계신기라예. 그래서 뒤에 우두커니 앉아 있다가 슬그머니 누워서 자곤 했는데 그때 보면 노장님이 방바닥에 딱 붙은 거 같은 기라예. 어떤 때는 한번 밀어보고 싶은 마음도 들었지예. 방바닥에서 떨어지나 안 떨어지나 하고 말입니더."

향운 스님은 행복한 미소를 지으며 허허 하고 웃었다.

'노장님과 인연이 돼서 중노릇을 하게 됐으니 알고 보면 내 복도 그리 만만한 복은 아닌기라!'

망망대해와 같이 끝없이 펼쳐진 푸른 하늘 아래로 금빛 광명이 소용돌이치고 있고, 그 빛 사이로 눈이 부시도록 아름다운 꽃 한 송이가 지상을 향해 서서히 내려오고 있었다. 백족화상은 형언할 수 없는 환희심을 느끼며 꽃을 맞이하기 위해 호숫가로 나갔다. 그러자 어디에선가 사람들이 하나둘 모여들기 시작해 호숫가는 삽시간에 수천수만의 인파로 뒤덮였다.

백족화상은 두 손을 모아 합장하며 경건한 마음으로 금빛 찬란한 꽃을 올려다보았다. 그 순간 꽃은 융(隆)의 모습으로 바뀌었고 지상으로 내려온 융은 호숫가에 운집해 있는 사람들 속으로 힘차게 걸어갔다.

백족화상은 충격과 감동을 함께 느끼며 호수 쪽을 물끄러미 바라보았다. 바로 그때 호숫가를 뒤덮고 있던 인파는 수천수만 개의 촛불을 켜놓은 것처럼 밝은 빛을 뿜어내기 시작했고, 그 빛은 그대로 물속에 잠겨 호수 속에서도 수천수만의 촛불을 켜놓은 것처럼 밝은 빛이 고요히 뿜어져 나오고 있었다.

"스님."

등 뒤에서 양 수좌 목소리가 들려왔다.

"……."

호수를 물끄러미 내려다보며 삼매 속에서 목격한 장엄한 광경을 떠올리고 있던 백족화상은 고개를 돌렸다.

"왜 여기 나와 계십니까?"

양 수좌가 조심스럽게 물었다.

"손님을 기다리고 있네."

백족화상은 미소 띤 얼굴로 대답했다.

"어떤 손님이 오시는데 이렇게 직접 나와 기다리십니까?"

"머지않아 우리의 스승이 될 분인데 곧 올 것 같아 기다리고 있네."

"스승이 될 분이라면… 어떤 스님이신데요?"

양 수좌가 의아한 표정을 지으며 떠듬떠듬 물었다. 노장님도 스승이 계신가?

"스님이 아니고 학생일세."

"네?"

"이제 곧 올 것 같으니 자네는 얼른 가서 최 거사를 오라고 하게."

백족화상은 미소를 지으며 일렀다.

"네, 알겠습니다."

양 수좌는 의아함과 호기심이 뒤섞인 얼굴로 백족화상을 바라보더니 조용히 합장하고 물러갔다.

"……."

양 수좌가 물러가자 백족화상은 도다가 촌로(村老)들이 살고 있는 아랫마을을 물끄러미 내려다보았다. 마을 사이로 난 길을 따라 융이 곧 모습을 보일 것 같아서였다.

백족화상이 거처하는 토굴 뒤엔 나지막한 산이 있고 그 산엔 산죽이 빽빽이 자라고 있었다. 그래서 여름은 물론 겨울에도 그 산은 늘 푸른 모습을 하고 있었다. 산 위에는 넓은 암반이 있는데 그 암반은 푸른 산죽과 조화를 이루어 마치 푸른 연잎 위에 활짝 핀 연꽃처럼 보였다. 사계절 언제 보아도 푸른 연잎 위에 활짝 피어 있는 연꽃 같은 바위를 보며 도다가 사람들은 그런 성인이 꼭 오리라고 믿고 있었다. 그러다가 백족화상이 토굴에 안주하게 되면서부터 그들의 믿음은 신념으로 바뀌게 되었다.

백족화상은 융이 온 며칠 후 융을 데리고 그 암반 위로 올라가 가부좌를 하고 앉았다. 두 사람은 가벼이 몸을 풀고 호흡을 조절한 후 고요히 마음을 가라앉히며 선정에 들어갔다. 두 사람 머리 위엔 하늘이 높게 펼쳐져 있고, 그 하늘은 눈이 부시도록 푸르렀다.

선정이 깊어졌을 때 백족화상이 묻고 융이 대답했다. 적정 속에서 펼쳐지는 인식의 교류. 그것을 대화라고 할 수 있을지? 선정 속의 시간은 현실 속의 시간과 다르다. 현실에서 1초가 선정에서는 억만 년이 될 수 있다. 백족화상과 융이 공유한 시간을 우리의 개념으로 받아들여도 될지?

"보았는가?"
"네."

"무엇을?"
"자아의 뿌리가 뽑혀짐을 보았습니다."
"무엇에 의해서?"
"비로자나부처님의 대 광명에 의해서입니다."

    자아의 뿌리가 뽑히는 대전환의 경험, 그 경험이 아무리 심오하다 해도 자아관념에 뿌리를 내리고 있는 선정에 의해서라면 자아를 완전히 초극하지는 못한다. 따라서 비로자나불에 의한, 진리 자체에 의한 대선정의 경험을 통하지 않으면 자아의 뿌리는 완전히 뽑혀질 수가 없다.

"그대가 본 자아는 무엇이었는가?"
"습성이었습니다. 그래서 실체가 없었습니다."
"실체가 없는 그 자아는 어디에 있는가?"
"현실세계 속에 있습니다."
"현실세계는 어떻게 있는가?"
"비로자나부처님의 세계, 진여의 세계를 에워싸고 있습니다."
"진여의 세계는?"
"현실세계를 에워싸고 있습니다."

"그렇다면?"

"진여의 세계와 현실세계는 에워싸고 에워싸이는 보완의 관계입니다. 따라서 현실세계는 진여의 세계에 동화되어 있으며, 자아관념도 진여세계에 동화되어 있습니다."

우리는 삼매를 통해 비로자나불의 세계, 진여의 세계에 접하고 그 세계에 동화된다. 현실세계는 비로자나불의 세계를 표현하는 무대이며 모든 생명은 비로자나불의 세계를 드러내는 연기자다.

"비로자나불의 세계는 무엇인가?"
"눈에 보이지 않는 대 전당입니다."
"그럼 우리는?"
"눈에 보이지 않는 대 전당을 현실세계 속에 드러내는 목수입니다."
"목수가 짓게 되는 전당은?"
"황금전당입니다."
"지금부터 황금전당을 짓는 항해를 함께 해가세."
"항해는 어떻게 해야 합니까?"

"항해를 함께 한다함은 속도를 맞추는 일부터 시작함이네."

"속도는 어떻게 맞춥니까?"

"속도를 맞추는 일은 내가 할 테니 그대는 앞으로 나아가는 일만 하게."

"그렇게 하겠습니다."

"자아의 뿌리가 뽑혔음을 체험한 그대는 이제 부처님의 세계에 새롭게 태어났네.

일체의 세간 길에서 나와 출세간의 길에 들어감으로써 보살의 법성(法性)에 거처하게 되었네.

이로써 그대에겐 최고의 불지(佛智)를 구해가는 일과, 궁극의 깨달음을 일체 중생을 위해 회향할 수 있는 기반이 마련되었네.

가장 경건하고

속속들이 무아이고

불지(佛智) 추구와 회향의 기반을 마련한 그대는 보살이네.

여기까지 오기 위해 노력한 그대를 부처님이 찬탄하고 기뻐하시네.

진리를 체득한 자리는 환희의 자리네.

이제 고요히 마음을 가라앉히고 그대 내면을 비추어 보게.

그대가 비춰 볼 거울은 비로자나부처님, 곧 진여의 바다이 네."

인식의 세계에서 두 사람의 항해는 시작되었다.
그 항해가 어디까지 이어질지 그건 그들 자신도
모르고 있을 것이다. 그리고 백족화상이 젓던 노를
언제쯤 융에게 물려줄지, 그래서 역할이 뒤바뀌게
될지 그것 역시 그들 자신도 모르고 있을 것이다.
그 일은 항해를 통해서 체득되어질 것이므로.

제 4 권

끝

작가후기
epilogue

내 진정한
도반,

독자

작품은 작가가 투영된 완전한 피사체다. 작가는 자신의 생각, 사상, 인식작용, 이해, 욕망, 주의 주장 등 내면에 응축된 모든 걸 작품 속에 쏟아낸다. 수십 년간 함께 살아온 가족한테도 친구한테도 드러내지 못했던, 드러내지 않았던 진실을 가장 정직하게 드러내는 게 작품이다.

작가는 작품을 통해 미지의 독자와 교유한다. 가장 진실한 교유가 미지의 독자와 이루어진다니 오묘하지 않은가? 일면식도 없는 독자가 작가와 가장 진실하게 교유하고 있다니 말이다. 내가 살아온 80년 세월을 되돌아보니 나 자신도 역시 그랬던 것 같다. 내 안에서 나를 떠받들고 있는 두 개의 기둥, 하나는 문학이고 하나는 붓다의 가르침이다. 나는 이 두 개의 기둥을 내 안에 굳건히 세움으로써 나 자신을 지탱해 왔다. 내 삶의 전부였던 두 개의 기둥,

그 기둥을 세울 수 있었던 것도 책을 통해서였다. 문학은 러시아 작가가 펴낸 작품들에 의해서였고 붓다의 가르침은 일본 불교학자가 펴낸 경전의 해설에 의해서였다. 시간과 공간을 초월해 나를 변화시켜 준 스승들은 모습을 보여 주지도, 음성을 들려주지도, 미소 지으며 나를 바라보지도 않았던 분들이다. 어떻게 이런 게 가능한 것일까? 그 역시 오묘하다.

　내가 쓴 작품들도 누군가에게 그런 삶의 변화를 줄 수 있을까? 그래서 밝음 쪽으로 힘차게 두 발을 떼게 할 수 있을까? 만약 그런 독자가 있다 해도 그와 나는 일면식도 없이 살아가게 될 것이다. 그리고 생을 마감하게 될 것이다. 독자가 인생을 함께 살아온 가족보다 친구보다도 더 진실하게 교유할 수 있다니! 이것이 문학 작품만이 가질 수 있는 오묘함이다.

마지막으로 하고 싶었던 말을 이 지면을 통해서 해야겠다.

소설은 허구지만 소설은 진실의 광맥을 찾아 들어가는 혈투다. 이 혈투를 작가는 일생 동안 자기 자신과 벌이고 있다. 그런데 정치인들이 <소설>이라는 단어를 야유와 비하의 의미를 담아 남발하고 있다. 탐욕의 악취를 풍기는 그 입으로 제발 <소설>이라는 단어를 함부로 말하지 마시라. 소설가처럼 진실을 찾아 자신과 혈투를 벌여보지 않으셨다면 말이다.

소설가
남지심

디자인. 달사람 **moonmanstudio**

『우담바라』 35주 년 기념 리커버 디자인에 '만다라(mandala)' 작품을 사용할 수 있도록
허락해 주신 '만다라 아티스트_ 김성애 작가님'께 깊은 감사의 인사를 드립니다.

우담 35주년기념판
바라 ₄

펴낸날　2023년 4월 6일 발행
지은이　남지심
펴낸이　정창득
기획　문학창작집단 바띠
편집　이종숙　김미정　이수빈
책임편집　전현서

만다라　김성애　M. 010.2562.3225　E. kimsungae22@gmail.com
디자인　달사람스튜디오　E. moonmanstudio@naver.com

펴낸곳　도서출판 애기꾼　[제300-2013-124호] (2013.10.28)
　　　　E. batistaff@naver.com　T. 070.8880.8202　F. 0505.361.9565

ISBN　979-11-88487-14-1　04810
ISBN　979-11-88487-10-3　04810 (세트)